Verbotene Versuchung

Lucien-Knight-Trilogie

Band 1: Verbotene Versuchung
Band 2: Verbotene Erfüllung
Band 3: Verbotenes Spiel

Kitty French lebt mit ihrem Ehemann und ihren zwei Söhnen in England. Mit ihrer Serie um Sophie Black und Lucien Knight landete sie sofort einen Bestseller.
Weitere Informationen unter: http://kittyfrench.blogspot.co.uk

Kitty French

Verbotene Versuchung

Roman

Aus dem Englischen
von Charlotte Seydel

Weltbild

Die englische Originalausgabe erschien 2012 unter dem Titel *Knight & Play*.

Besuchen Sie uns im Internet:
www.weltbild.de

Genehmigte Lizenzausgabe für Weltbild GmbH & Co. KG,
Werner-von-Siemens-Straße 1, 86159 Augsburg

Übersetzung: Charlotte Seydel
Umschlaggestaltung: *zeichenpool, München
Umschlagmotiv: www.shutterstock.com
Satz: Datagroup int. SRL, Timisoara
Gesamtherstellung: CPI Moravia Books s.r.o., Pohorelice
Printed in the EU
ISBN 978-3-95973-393-9

2020 2019 2018 2017
Die letzte Jahreszahl gibt die aktuelle Lizenzausgabe an.

1

»Was kann ich bloß tun, damit mein Lebenslauf interessanter klingt, Kara? Ich würde mich auch nicht einstellen, wenn dies hier auf meinem Schreibtisch landen würde.« Sophie seufzte und schob ihrer Freundin über den kleinen Tisch das Papier zu.

»Dann pepp ihn ein bisschen auf. Das macht doch jeder.« Kara riss ein Päckchen Zucker auf und verteilte ihn auf dem Schaum ihres Cappuccinos. Während sie mit einem langen Holzstab in ihrem Becher rührte, studierte sie den Lebenslauf. »Nimm beispielsweise den Satz hier. Du schreibst: Ich war zehn Jahre als Assistentin der Geschäftsführung tätig.«

Sophie zuckte die Schultern. »Ja, das war ich.«

»Ja, ich weiß das«, erwiderte Kara, als spräche sie mit einem Kind. »Aber es muss cooler klingen. Witziger. Ein bisschen sexy.«

»Es war nicht cool«, schnaubte Sophie. »Oder sexy. Oder witzig. Die meiste Zeit habe ich Kostenvoranschläge für Doppelverglasungen getippt und Dereks Grabschhände abgewehrt.«

»Du musst mir schon ein bisschen helfen, Sophie«, seufzte Kara. »Für was für eine Stelle bewirbst du dich denn?«

»Wieder als Assistentin der Geschäftsführung, aber es ist eine deutlich größere Firma.«

»Auch ein Bauunternehmen?«

»Nein.« Sophie zögerte.

»Nun, was dann? Wir können deinen Lebenslauf auf jede Branche anpassen.«

Sophie beugte sich vor und senkte die Stimme, damit niemand sonst im Café verstand, was sie sagte. »Es ist ein Unternehmen der Unterhaltungsindustrie für Erwachsene.«

Karas Brauen schossen zu ihrem dichten Pony hoch, und sie fing an zu lachen. »Heiliger Strohsack, Sophie! Na, das ist vielleicht ein Karrieresprung. Weiß Dan davon?«

Sophie schüttelte den Kopf. Dan war schon wieder für ein paar Tage geschäftlich unterwegs, und es erschien ihr irgendwie unangemessen, ihm am Telefon von der Stellenanzeige zu erzählen. Sie hätte es ihm natürlich sagen können, bevor er gefahren war, aber er hatte so geschäftsmäßig und distanziert gewirkt. Wenn sie ganz ehrlich sein sollte, wollte sie es ihm erst erzählen, wenn ihr die Stelle tatsächlich angeboten wurde. Warum vorher unnötig die Pferde scheu machen!

Kara runzelte die Stirn. »Wie zum Teufel soll ich die Sexindustrie mit deiner Erfahrung in einem Bauunternehmen zusammenbringen?«

»Ich habe keine Ahnung.« Sophie biss ein Stück von dem Keks ab, den sie zu ihrer heißen Schokolade dazubekommen hatte, und fing an zu lachen. »Man könnte sagen, dass ich mich mit Schwellkörpern auskenne.«

Kara grinste und holte ihren Laptop aus der Tasche. »Na, jetzt bist du auf dem richtigen Weg. Komm schon. Lass uns sehen, was wir tun können.«

Ein paar Stunden und zwei große Blaubeer-Muffins später steckte Sophie ihren neuen, aufgepeppten Lebenslauf in einen Umschlag und warf ihn in den Briefkasten. Zuvor versiegelte sie ihn mit einem Kuss, damit er ihr Glück brachte.

Lucien Knight warf den Plastikbecher mit dem widerlichen Automatenkaffee in den Mülleimer und sah die Bewerbungen durch, die mit der morgendlichen Post gekommen waren. Wenn eine der Bewerberinnen ihr Talent zum Kaffeekochen anpries, würde er sie sofort zu einem Vorstellungsgespräch einladen.

Zu alt. Die erste Bewerbung folgte dem Kaffeebecher in den Abfalleimer.

Kleine Kinder. Die zweite folgte der ersten.

Er hatte weder etwas gegen ältere Frauen noch gegen Mütter. Er wollte nur schlicht eine Assistentin haben, für die er oberste Priorität hatte, und seiner Erfahrung nach versuchten ältere Frauen, ihn zu bemuttern, und junge Mütter waren zu sehr mit ihrem Nachwuchs beschäftigt, als dass er für sie die Nummer eins auf ihrer Liste sein konnte.

Auf dem dritten Umschlag fanden sich Spuren von Lippenstift, was er nicht schlecht fand.

Sophie Black. Sie bestand den Alterstest und schrieb nichts von Kindern oder von einem Ehemann. Dafür pries sie ihre Fähigkeiten an und betonte, dass sie überaus offen für Neues sei. Mädchen, die überaus offen für Neues waren, interessierten ihn sehr, ebenso wie Mädchen, die ihre Umschläge mit einem Kuss versiegelten. Obwohl Sophie Black nichts davon schrieb, dass sie gut Kaffee kochen konnte, legte er ihren Lebenslauf auf den Packen für Vorstellungsgespräche.

»Kara! Ich habe eine Einladung zum Vorstellungsgespräch bei Knight Inc.«, flüsterte Sophie in ihr Mobiltelefon. Sie blickte zu Dereks Büro hinüber, der mit einem der Baustellenmeister in eine hitzige Diskussion verwickelt war.

»Ist nicht wahr! Das ist ja toll!«, zischte Kara zurück, die offenbar ebenso wenig sprechen konnte wie Sophie, die Neuigkeiten aber unbedingt hören wollte.

Beim Anblick des dicken cremeweißen Umschlags mit dem Logo von Knight Inc., der neben einigen braunen Rechnungen heute Morgen auf ihrer Fußmatte gelegen hatte, hatte Sophie ein aufgeregtes Kribbeln erfasst. Als sie mit der Post in der Hand zurück in die Küche gekommen war, hatte Derek von seiner Zeitung aufgesehen.

»Ist etwas Interessantes dabei?«

»Eigentlich nicht. Nur Rechnungen und Reklame.« Sie legte die Post auf die Arbeitsplatte.

Noch bevor sie überhaupt zu Ende gesprochen hatte, hatte er den Blick schon wieder auf die Zeitung gerichtet, und ausnahmsweise war Sophie froh über sein Desinteresse gewesen.

»Und wann ist es?«, flüsterte Kara in ihr Ohr.

»Am Montag nach der Arbeit. Was soll ich anziehen?«

»Vielleicht gehst du als französisches Dienstmädchen? Oder als lüsterne Krankenschwester?« Karas Lachen dröhnte schmutzig durch die Leitung.

»Ich meine es ernst, Kara. Die erwarten bestimmt jemand Cooles, Modernes, und mein Kleiderschrank besteht nur aus tödlich langweiligen Geschäftskostümen.«

»Dann solltest du deinen Glückssternen dafür danken, dass du mich hast.« Kara lachte. »Ich komme am Sonntag vorbei und helfe dir, etwas zu finden.«

»Du bist meine Rettung«, sagte Sophie und fühlte sich durch die Unterstützung ihrer Freundin gestärkt. »Ich besorge Wein. Dan ist ab morgen für zehn Tage verreist, wir haben das Haus für uns.«

»Abgemacht. Ich muss jetzt auflegen«, murmelte Kara. »Mein idiotischer Chef beobachtet mich.«

Einige Stunden später kippte Sophie einen Fertigsalat in eine Schüssel, verteilte etwas Dressing darüber und stellte ihn in die Mitte des Esstischs. Ein zartes Lächeln umspielte ihre Lippen, als sie die Hand auf das kühle Holz legte. Es war ein großer Eichentisch, und sie konnte sich noch gut erinnern, wie sie Dan vor ein paar Jahren eine neue Krawatte gekauft und für ihn *Pretty Woman* gespielt hatte. Als er nach Hause kam und sie nackt in hochhackigen Schuhen und mit dem Geschenk um den Hals sah, lockerte er seine Krawatte, und sie weihten den Esstisch ein. Und gleich darauf auch noch die Treppe.

Wenn sie jetzt daran dachte, konnte Sophie sich kaum mehr vorstellen, dass das je passiert war.

Wer waren diese Leute gewesen?

Dan hatte sie gleich vom ersten Augenblick an umgehauen, und als er an ihrem einundzwanzigsten Geburtstag um ihre Hand anhielt, musste Sophie nicht lange nachdenken. Klar, sie waren jung, aber sie waren verliebt, und so scheiterte jeder Versuch ihrer Familien, sie von ihrem Entschluss abzubringen. Im Großen und Ganzen war in ihrer Ehe auch alles in Ordnung. Stellt sich nicht bei allen längeren Beziehungen eine gewisse Routine ein, wenn das erste wilde Verlangen nachgelassen hat? Sophie hatte genügend Artikel in Illustrierten gelesen, um zu wissen, dass sie durchaus nicht allein war. In den meisten lebenslangen Liebesbeziehungen zählte spontaner Sex auf dem Küchentisch eher zu den Ausnahmen. Und, um ehrlich zu sein, war es nicht allein Dans Schuld. Sophie hätte sich genauso gut etwas einfallen lassen können. Aber was? Und wann? Dan war so viel unterwegs, dass man ihn als Teilzeitehemann bezeichnen konnte, wenn es so etwas gab.

Was Sophie demzufolge zur Teilzeitehefrau machte. Der Gedanke beunruhigte sie, und sie hatte noch immer eine nachdenkliche Falte auf der Stirn, als Dan wenig später durch die Tür trat.

»Alles klar, Süße?« Er küsste sie auf die Stirn und stellte seine Aktentasche ab.

Sophie lächelte und schob ihre melancholische Stimmung beiseite. Heute war ihr letzter gemeinsamer Abend, bevor Dan zehn Tage wegfuhr, und nicht der rechte Augenblick, um Staub aufzuwirbeln. »Alles okay«, sagte sie. »Hast du Hunger? Ich habe Pizza gemacht.«

Dan schlüpfte aus seiner Anzugjacke und ging auf die Treppe zu.

»In Ordnung. Ich ziehe mich nur schnell um, dann bin ich sofort wieder hier.«

Sophie schnitt die Pizza auf und stellte Wein auf den Tisch. Als Dan in alten Jeans und einem weißen T-Shirt wieder herunterkam, lächelte sie. Seine Haare waren noch feucht vom Duschen, und seine Füße nackt. In Momenten wie diesem, wenn er keinen Anzug trug und nicht den Blackberry ans Ohr hielt, gehörte er wieder ihr. Sie hatten jede Beförderung seiner steilen Karriere gefeiert, doch mit jeder Gehaltserhöhung stieg auch seine Verantwortung, und er musste immer mehr reisen.

»Das ist nett.« Er deutete mit dem Kopf auf den gedeckten Tisch mit den Kerzen.

»Ich dachte, ein bisschen Romantik könnte uns nicht schaden.«

Dan lachte und griff nach der Weinflasche. »Immer mit der Ruhe, Sophie. Ich bin total kaputt.«

Sophies Lächeln verblasste, während sie die Pizza auf den Tellern verteilte. »Dann iss und tank neue Kraft.«

Dan nahm Messer und Gabel und berichtete von der Arbeit, und Sophie schob zunehmend enttäuscht ihren Salat auf dem Teller hin und her. Der Abend verging mit bedeutungslosem Geplauder, und dabei hatte Sophie ihn zu etwas Besonderem machen wollen, damit sie sich in den kommenden Tagen daran erinnern konnten. Dan nahm sich noch ein Stück von der Pizza, und Sophie nutzte die Pause, um das Thema zu wechseln.

»Ich habe am Montag ein Vorstellungsgespräch.«

Dan blickte überrascht auf. »Ich wusste gar nicht, dass du ernsthaft etwas Neues suchst.«

»Das hatte ich auch nicht vor. Ich habe es eher zufällig entdeckt.«

Dan schenkte ihnen nach. »Was ist es?«

Sophie zögerte. »Wieder eine Stelle als Assistentin, aber in einer größeren Firma.«

»Cool.« Dan gähnte und ließ die Schultern kreisen. »Jesus, bin ich verspannt. Dieser Job bringt mich noch um, Soph.«

»Trotzdem willst du ihn nicht aufgeben«, stellte Sophie fest. Dan stöhnte andauernd über seine langen Arbeitszeiten, aber sie wusste genau, dass er trotzdem nicht in den Stellenanzeigen nach etwas anderem suchen würde.

Dan zuckte mit den Schultern und schob den Teller weg.

»Ich bin fertig. Ich sollte jetzt lieber hochgehen und packen.«

Sophie nickte und lächelte angespannt, räumte die leeren Teller ab und blies enttäuscht die Kerzen aus, während er verschwand. Beim Aufräumen in der Küche diskutierte sie mit sich. Sie hatte mit ihrer Bemerkung über seine Kraft eine zarte Andeutung machen wollen, die er jedoch nicht begriffen hatte. Sie trank einen ordentlichen Schluck Wein und beschloss, etwas deutlicher zu werden. Schließlich war es nicht fair, von ihm zu erwarten, dass er den Anfang machte. Sie schaltete das Licht in der Küche aus und richtete im Flurspiegel ihr Haar, dann trug sie noch etwas Lipgloss auf.

Sophie hörte, wie Dan oben den Reißverschluss seiner Tasche zuzog, hüpfte ins Wohnzimmer, setzte sich aufs Sofa und zog die Beine hoch, als wollte sie sagen »Komm zu mir«. Sie blickte hinunter auf ihre Bluse und öffnete einen Knopf, damit Dan einen flüchtigen Blick auf ihren Spitzen-BH erhaschte, wenn er sich zu ihr aufs Sofa gesellte.

Nur, dass er es gar nicht tat. Als er wieder herunterkam, lächelte er sie geistesabwesend an und warf sich in seinen Sessel, dann nahm er die Fernbedienung vom Couchtisch.

»Gibt es etwas Gutes?«

Sophie versuchte, ihren aufkommenden Unmut zu ignorieren, setzte ein neutrales Lächeln auf und ergriff ihr Weinglas. »Ich weiß es nicht.«

Ohne sie zu fragen, schaltete Dan einfach um und entschied sich für die Wiederholung einer Police-Realityshow, die Sophie nicht ausstehen konnte.

»Hast du alles fertig gepackt?«, fragte sie.

»Ich glaube schon«, antwortete er, ohne den Blick vom Bildschirm zu nehmen.

»Zehn Nächte sind eine lange Zeit«, bemerkte sie leise.

Dans Blick schnellte zu Sophie, er grinste. »Wirst du mich vermissen?«

Sophie nickte. »Natürlich.« Sie zögerte und fühlte sich überaus unwohl. »Sollen wir, äh, vielleicht früh ins Bett gehen?«

»Ja«, Dan gähnte. »Geh schon mal hoch, wenn du magst, ich sperre ab und komme in fünf Minuten nach.«

Sophie stand auf und nahm die Weingläser mit. Als sie an Dans Sessel vorbeikam, beugte sie sich zu ihm hinunter und hauchte einen Kuss auf seine Lippen. »Bis gleich.«

Oben zog sie sich langsam aus, ließ jedoch ihre Spitzenunterwäsche an, die sollte Dan ihr abstreifen. Sie setzte sich mit ihrem Weinglas ins Bett und wartete. Nach fünf Minuten nestelte sie nervös an ihrer Unterwäsche. War das vielleicht etwas zu offensichtlich? Sollte sie sich lieber etwas anderes überziehen? Nach zehn Minuten beschloss sie, ein Buch zu nehmen und sich damit die Zeit zu vertreiben. Nach zwanzig fielen ihr langsam die Augen zu. Schließlich gab sie auf und tappte nach unten. Dan saß noch immer in seinem Sessel und war mit dem Blackberry in der Hand eingeschlafen. Sie berührte ihn an der Schulter, woraufhin er aufwachte und das Telefon fallen ließ.

»Mist, tut mir leid, Soph.« Eilig griff er das Telefon und überprüfte das Display. Sophie drehte sich um und kehrte noch immer hoffnungsvoll ins Bett zurück. Dabei hatte Dan sie kaum angesehen, als sie in der Spitzenwäsche vor ihm stand, die sie nur seinetwegen anbehalten hatte. Sie hätte ebenso gut ihren Wintermantel tragen können.

Als er ein paar Minuten später ins Schlafzimmer kam, zog er sich aus, schlüpfte ins Bett und grummelte etwas, während er den Wecker auf früher als sonst stellte. Er schaltete die Lampe aus, ließ sich zurückfallen und zog die Decke bis unters Kinn.

Sophie drehte sich in der Dunkelheit hin zu ihm, und ein paar Minuten lang schwiegen beide.

Nachdem sich ihre Augen an die Dunkelheit gewöhnt hatten, erkannte Sophie deutlich sein Profil, und obwohl er bereits die Augen geschlossen hatte, streckte sie die Hand aus und strich ihm über die Wange. Er wandte ihr sein Gesicht zu und küsste ihre Handfläche.

»Gute Nacht, Liebes«, murmelte er. »Ich versuche, dich morgen früh nicht zu wecken.«

Es fiel Sophie schwer, Dans eindeutiges Verhalten zu ignorieren. Er wollte einfach nur schlafen. Doch ihre schwelende Verzweiflung trieb sie an. Sie kuschelte sich dicht an ihn und küsste ihn auf den Mundwinkel. »Ich werde dich wirklich vermissen.«

Dan seufzte. »Ich dich auch, Süße.« Er küsste sie auf die Stirn, nicht auf die Lippen. »Kaum, dass du dich versiehst, bin ich schon wieder da.« Er lachte leise, drehte sich um und wandte ihr den Rücken zu. »Sieh es positiv, Soph. Wenn ich weg bin, hast du die Macht über die Fernbedienung.«

2

»Mr Knight erwartet Sie jetzt.«

Sophie lächelte die makellos gekleidete Empfangsdame flüchtig an. Den Großteil des Tages hatte sie in ihrem Büro gesessen und sich in Gedanken auf mögliche Fragen vorbereitet, doch beim Anblick des prächtigen schwarzen Knight-Inc.-Gebäudes hatte sie all ihre sorgfältig zurechtgelegten Antworten schlagartig vergessen. Das Haus hatte eine überaus einschüchternde Wirkung auf sie, und sie hatte ernsthaft erwogen umzukehren.

Sie hatte bereits eine Stelle. Sie braucht keine zweite.

Dann entdeckte sie zufällig ihr Spiegelbild in den glänzenden Scheiben. Kara hatte Wort gehalten und gestern Magisches bewirkt. Sophie erkannte die attraktive moderne Frau, die ihr entgegenblickte, kaum wieder. Die Jacke des schwarzen Kostüms war in der Taille schmal geschnitten und betonte ihre Kurven. Der Bleistiftrock war gerade um Haaresbreite davon entfernt, zu kurz zu sein, und ihre Mary-Jane-Pumps verlängerten deutlich ihre Beine. Kara war süchtig nach Designersachen und mit einem Arm voll Geschäftskleidung aufgetaucht, die mit Sophies schlichter Konfektionsware nichts gemein hatte. Als sie in das tiefviolette Kostüm schlüpfte, war etwas Außergewöhnliches passiert. Sie war nicht mehr einfach nur Sophie, Assistentin in einem Bauunternehmen. Sie war eine bessere Ausgabe ihrer selbst – schick und elegant. Eine ganz neue Person, der unendlich viele Möglichkeiten offenstanden.

Während sie am Empfang des obersten Stockwerks darauf wartete, hereingerufen zu werden, hatte sich dieses Selbstbewusstsein Stück für Stück in Luft aufgelöst. Am liebsten hätte Sophie die Flucht ergriffen, als sie der Rezeptionistin über den dicken Teppich durch den Flur folgte.

Ihr war übel.

Doch schließlich hielten sie vor einem Büro am Ende des Korridors, und nachdem sie einmal angeklopft hatte, öffnete ihre Begleiterin die Tür und trat einen Schritt zur Seite, sodass Sophie eintreten konnte.

Sophie schluckte schwer und ging hinein.

Normalerweise interessierte sich Sophie nicht für andere Männer. Doch von Lucien Knight konnte sie kaum den Blick abwenden.

Er war alles andere als normal.

Groß, dunkel und gut aussehend beschrieb ihn nur äußerst unzureichend. Er war eindeutig groß, aber mit dunkelblonden Haaren und blitzenden blauen Augen, die sie mit leicht lüsternem Interesse betrachteten. Er trug keine richtige Geschäftskleidung. Vielleicht hatte er sie vorher getragen, jetzt jedoch war er lediglich in ein eng geschnittenes schwarzes Hemd gekleidet, dessen Ärmel er aufgekrempelt hatte, sodass seine starken gebräunten Unterarme zum Vorschein kamen. Außerdem hatte er die ebenfalls dunkle Krawatte gelockert und den obersten Knopf geöffnet. Hätte er die Füße auf den Schreibtisch gelegt und ein Glas Whiskey hervorgeholt, wäre Sophie nicht überrascht gewesen. Er sah aus, als käme er aus einem Club oder als sei er einem schicken coolen Magazin entstiegen.

»Kommen Sie herein, Ms Black. Ich beiße nicht.«

Sie durchquerte den Raum.

»Es sei denn, Sie bitten mich darum«, schob er hinterher und hob eine Braue, als sie vor seinem Schreibtisch Platz nahm.

Darauf hatte Sophie keine Antwort parat. Sollte sie überhaupt antworten oder so tun, als hätte sie seine Worte nicht gehört? Zum Glück sprach Mr Knight bereits weiter, während sie noch darüber nachdachte.

»Also, Ms Black. Warum möchten Sie meine Assistentin werden?«

Puh, auf diesem Terrain fühlte sie sich etwas sicherer. Auf diese Frage war sie vorbereitet.

»Ich arbeite bereits einige Jahre in meinem jetzigen Unternehmen, und ich bin auf der Suche nach neuen Herausforderungen.« Sie sah, wie er sie beobachtete. Ihre Worte schienen ihn zu amüsieren.

»Verstehe.« Er nickte. »Aber warum ausgerechnet hier? Warum bei Knight Incorporated?«

Sophie schlug die Beine übereinander und verschränkte die Finger in ihrem Schoß, damit sie aufhörte, nervös mit ihnen herumzuspielen. »Na ja, weil es anders ist als das, was ich momentan mache.« *Ha.* Das war die Untertreibung des Jahres. Noch immer musterte er sie aufmerksam, doch seine Miene verriet nichts. »Und weil, nun, um ganz ehrlich zu sein, mir ist langweilig, Mr Knight.« Sein Blick flackerte und ließ erkennen, dass sie endlich etwas gesagt hatte, das ihn überraschte. Er schien über ihre Worte nachzudenken, und sie schwiegen einen Augenblick.

»Wissen Sie, weshalb ich Sie zu einem Vorstellungsgespräch eingeladen habe?«, fragte er schließlich.

Sophie zögerte. »Wegen meiner Bewerbung?«

Er nickte. »Sie haben den Umschlag mit einem Kuss versiegelt. Ich wollte die Lippen dieses Abdrucks kennenlernen.«

Seine Antwort raubte ihr den Atem und trieb ein heißes Kribbeln ihren Nacken hinauf. Langsam kam sie sich nicht mehr wie bei einem Vorstellungsgespräch vor, sondern als habe sie jemand in einer Bar angesprochen, was ihr allerdings schon länger nicht mehr passiert war.

»Sie erröten leicht, Ms Black.« Er drehte einen Stift zwischen den Fingern. »Glauben Sie mir, das ist in diesem Geschäft nicht gerade günstig.«

Er zog einen Mundwinkel nach oben und musterte sie weiter. »Dies ist kein Geschäft für schüchterne Mädchen.« Er stützte die Ellenbogen auf und legte die Fingerspitzen aneinander. »Sind Sie schüchtern, Sophie?«

Ach, das war lächerlich. Sophie wusste nicht, ob er sich über sie lustig machte, und ein gewichtiger Teil ihres Gehirns forderte sie eindringlich auf, die Flucht zu ergreifen und in ihren sicheren Alltag zurückzukehren. Doch etwas hielt sie auf ihrem Stuhl fest, und dieses Etwas gab ihr den Mut, seinem herausfordernden Blick standzuhalten und seine Frage zu beantworten.

»Nein, Mr Knight. Ich bin nicht sonderlich schüchtern.«

»Nennen Sie mich Lucien.«

Lucien. Mist. Selbst sein Name war sexy.

»Gut, Sophie. Also, ich brauche jemanden, der diesen ganzen üblichen Assistentenkram erledigt. Sie wissen schon, was ich meine. Deshalb langweile ich Sie nicht mit Details, aber dazu gehört auf jeden Fall, dass Sie einen anständigen Kaffee zubereiten können. Ist das ein Problem für Sie?«

Sophie schüttelte den Kopf und lachte aus purer Erleichterung. Ermutigt erwiderte sie: »Das ist etwas chauvinistisch, Mr Knight.«

»Lucien.«

»Na gut. Damit das klar ist: Ja, ich mache einen sehr guten Kaffee, Lucien.« Sophie hatte zum ersten Mal seine Namen ausgesprochen und dabei das Gefühl, etwas sehr Schmutziges gesagt zu haben.

»Sie begleiten mich zu Besprechungen, zu Messen und hin und wieder auf Geschäftsreisen. Ich habe ungewöhnliche Arbeitszeiten. Macht Ihnen das etwas aus?«

Er war jetzt ganz sachlich und kühl, und seine Miene duldete keine Widerrede. Sophie runzelte die Stirn. Ihr erster Gedanke galt Dan, doch tat er nicht genau dasselbe für seinen Chef, ohne dabei einen Gedanken an sie zu verschwenden?

»Nein, das ist kein Problem«, antwortete sie ruhig.

»So weit, so gut.« Er nickte zustimmend, dann strich er sich nachdenklich über das Kinn und betrachtete sie.

»Ich weiß nicht, Sophie. Sie erfüllen alle Anforderungen, und dennoch ...«

»Was?«, fragte Sophie. Sein Zögern machte ihr Bemühen zunichte, professionell zu wirken. Doch da er sich selbst nicht gerade professionell verhielt, störte ihn das vermutlich nicht.

Er legte den Kopf schief. »Wie kann ich das taktvoll ausdrücken?« Er befeuchtete seine Lippen. »Sie wirken zu ... unschuldig.«

Sophie schüttelte den Kopf. »Ich bin mir nicht sicher, was Sie meinen.«

Er breitete seine Arme aus. »Das ist die Sexbranche, Sophie. Das ist etwas ganz anderes, als Kostenvoranschläge für Gebäude zu tippen. Vielleicht arbeiten Sie eines Tages an einem Bericht, in dem Sexspielzeug einem Vergleich unterzogen wird. Als Nächstes bestellen Sie neue Käfige für einen der Clubs. Ich brauche jemanden, der das alles macht, ohne mit der Wimper zu zucken.« Sophie wusste, dass die verräterische Farbe in ihre Wangen zurückgekehrt war. »Jemand, der nicht gleich errötet, wenn er nur das Wort Vibrator hört«, fügte er zur Verdeutlichung hinzu.

»Das kann ich alles«, beharrte Sophie und war alles andere als sicher, ob das stimmte.

Lucien sah sie mit einem prüfenden Blick an und öffnete seine Schreibtischschublade.

Er legte einen Gegenstand auf den Tisch zwischen sie. »Was ist das?«, fragte er. Sophie blickte hinunter und spürte, wie ihr wieder die Hitze in die Wangen stieg.

»Mr Knight …« Sie hob eine Braue. »Lucien … Ich …«

»Was, Sophie? Wissen Sie nicht, was das ist, oder sind Sie zu prüde, es auszusprechen?« Er nahm den blauen Ring aus weichem Silikon und hielt ihn ihr hin. Sophie blickte ihn an, und seine Augen verrieten ihr, dass dies hier die Feuerprobe war. Fiel sie durch, war sie raus. Sie nahm den Ring entgegen und schluckte schwer, als sie das weiche, dehnbare Material in den Händen fühlte. Sie blickte ihm direkt in die Augen.

»Das ist ein Penisring.«

»Braves Mädchen.« Er grinste. »Und was macht man damit?«

Sophie musste wieder schlucken und senkte den Blick.

Sie konnte hier nicht auf persönliche Erfahrungen zurückgreifen.

»Er … äh …«

»Falsche Antwort, Sophie.« Er runzelte die Stirn. »Versuchen Sie es noch einmal.«

Sophie rutschte auf ihrem Stuhl hin und her. »Ich bin mir nicht ganz sicher, aber ich glaube, er sorgt dafür, dass der Mann länger kann?«

Lucien verzog einen Mundwinkel. »Nicht ganz sicher, was? Kann ich daraus schließen, dass Sie keine eigenen Erfahrungen mit Sexspielzeug haben?«

»Mr Knight …« Sophie rang nach Luft. »Ich glaube wirklich nicht, dass das eine angemessene Frage für ein Vorstellungsgespräch ist.« Einerseits war sie entrüstet, andererseits hatte er den Nagel auf den Kopf getroffen.

»Vielleicht nicht, aber wenn Sie irgendwie prüde sind, ist diese Stelle nichts für Sie.«

»Ich bin nicht prüde. Ich bin doch keine schüchterne Jungfer, um Gottes willen. Ich bin eine verheiratete Frau.«

Kurz wirkte Lucien ehrlich überrascht, sein Blick zuckte zu ihrer linken Hand. »Sie sind verheiratet?«

»Ist das in dieser Branche etwa verboten?«

»Nein, nein.« Sein ganzes Verhalten hatte sich unmerklich verändert. »Erzählen Sie mir, was Ihr Mann dazu sagt, dass Sie sich um diese Stelle bewerben?«

Sophie zögerte und konnte seinem Blick nicht länger standhalten. »Er hat nichts dagegen.«

Lucien stieß einen leisen Pfiff aus. »Er weiß es nicht, stimmt's?«

»Doch. In gewisser Weise schon.« Sie blickte auf ihren

Ehering. »Er weiß, dass ich ein Vorstellungsgespräch habe, nur nicht genau, wo.«

»Und glauben Sie, er hätte etwas dagegen? Wenn Sie meine Frau wären, hätte ich etwas dagegen.« Lucien sah sie aus seinen blauen Augen an, und seine Worte hatten eine aufregende Wirkung auf sie. Wenn Dan nur so besitzergreifend wäre.

»Es macht ihm nichts aus«, erklärte sie ruhig. »Er ist ziemlich mit seiner eigenen Arbeit beschäftigt. Ich bin mir sicher, wenn ich zufrieden bin, ist er es auch.«

»Und sind Sie zufrieden, Sophie?«

Sie war sich nicht sicher, was er meinte, und das irritierte sie. Sah man ihr die Eheprobleme so deutlich an? Oder prüfte er nur, ob sein aufreibender, ungewöhnlicher Fragestil ihr etwas ausmachte? So oder so gab es nur eine mögliche Antwort.

»Ja, ich glaube schon.«

Lucien nickte und trommelte mit den Fingern auf den Schreibtisch.

»Gut.« Sein Lächeln erreichte nicht ganz seine Augen. »Danke, dass Sie gekommen sind, Sophie. Ich werde mich melden.« Er schob seinen Stuhl zurück.

Sophie starrte ihn überrascht an. Das war's? Er war fertig?

Sie hatte das deutliche Gefühl, dass er sie nicht für geeignet hielt, und weil sie ihn vermutlich nie wiedersehen würde, schlug sie alle Vorsicht in den Wind.

»Sie halten mich für ungeeignet.«

Er lehnte sich auf seinem Stuhl zurück und sah sie offen an. »Ich glaube nicht, dass diese Arbeit etwas für Sie ist.« Er zuckte die Achseln. »Sie sind zu vanillig.«

»Vanillig?« Die Enttäuschung war ihr anzuhören. »Was soll das heißen?«

Er schüttelte lächelnd den Kopf. »Genau.« Er beugte sich vor und seufzte. »Hören Sie, Sophie, Sie scheinen ein nettes Mädchen zu sein. Aber ich brauche kein nettes Mädchen für diesen Job. Ich brauche jemanden, der keine Hemmungen hat. Jemanden, der einen Dildo von einer Analkette unterscheiden kann. Jemanden, der nicht wie ein Schulmädchen stottert, wenn er ein schmutziges Wort aussprechen muss.«

Sophie straffte die Schultern. »Sie unterschätzen mich, Lucien. Ich kann diese Arbeit tun. Ich bin verdammt gut, und ich lerne schnell.« Sie hielt seinem Blick stand und zwang ihn, ihr zu glauben. Plötzlich war es überaus wichtig für sie, dass er sie nicht als prüde abschrieb, denn das würde all ihre negativen Gefühle zu ihrer Beziehung mit Dan bestätigen. War sie wirklich die kleine Maus, für die sie beide offenbar hielten?

»Okay.« Lucien verschränkte die Arme vor der Brust, und Sophie fielen die Muskeln auf, die sich unter seinem Hemd abzeichneten.

»Sagen Sie Klitoris, Sophie.«

Sophie blieb vor Schreck der Mund offen stehen. Als Lucien Knight so unerwartet das Wort »Klitoris« aussprach, schnürte sich ihr die Kehle zu. Auf keinen Fall würde sie das Wort aussprechen, nur damit er seinen Spaß hatte.

»Nun, das ist eindeutig etwas, das auf keiner der Webseiten zu Vorstellungsgesprächen aufgetaucht ist, die ich mir angesehen habe«, spottete sie, um ihre Verlegenheit zu überspielen.

»Sie haben recht.« Er nickte zustimmend und öffnete den Knoten seiner Krawatte. *War ihm heiß?* Sie fand es ziemlich heiß hier drin. Er tippte mit dem Stift auf die Tischplatte.

»Na, gut, sagen Sie nicht Klitoris.« Sie seufzte erleichtert auf. »Sagen Sie stattdessen Masturbation.«

Sophie konnte nicht mehr. Lucien Knight überforderte sie. Er war zu sexy, zu arrogant, zu männlich. Auch wenn der Mann komplett angezogen war, verströmte er mit jeder Pore so viel Sexappeal, wie Sophie es noch nie erlebt hatte. Er erinnerte sie an einen Wikinger, und sie kam sich vor wie ein Burgfräulein in Not. Lucien Knight hatte recht. Für die freizügige Konversation, die er von ihr erwartete, war sie nicht gemacht. Sie konnte einfach nicht so schamlos sein, wie es nötig wäre. Sie stand auf.

»Wissen Sie was, Mr Knight? Wahrscheinlich haben Sie recht. Ich bin nicht für so etwas geschaffen.« Sie hängte sich schwungvoll ihre Tasche über die Schulter und ignorierte das belustigte Funkeln in seinen Augen.

»Es tut mir leid, dass ich Ihre Zeit verschwendet habe.«

Lucien stand ebenfalls auf und durchquerte den Raum, um die Tür zu öffnen. »Ganz im Gegenteil, Sophie. Es war mir ein Vergnügen.«

Er stellte sich zwischen Sophie und den Ausgang und ließ ihr keine andere Möglichkeit, als sich beim Gehen dicht an ihm vorbeizudrängen. Selbst mit ihren hohen Absätzen überragte er sie noch um Längen. Sie fing seinen Geruch ein. *Köstlich.* Er roch nach warmen Gewürzen und Zitrone und noch nach etwas anderem. Etwas, das dunkel und sexy war, ganz genau wie Lucien Knight. Es überwältigte ihre

Sinne. Sie wollte gehen und gleichzeitig wünschte sie sich, dass er sie zurückhielt.

Sie drehte sich zu ihm um und sah, dass er mit einem lasziven Lächeln am Türpfosten lehnte.

»Auf Wiedersehen, Mr Knight.«

»Ms Black.« Er neigte den Kopf und ließ ihr keine andere Möglichkeit, als zu gehen.

Es sei denn …

Sophie wandte sich ab, drehte sich dann jedoch wieder zu ihm um und sagte etwas, von dem sie nie geglaubt hätte, dass sie es jemals in einem Vorstellungsgespräch sagen würde.

»Klitoris.« Erfreut beobachtete sie, wie das lüsterne Funkeln in seine kühlen blauen Augen zurückkehrte. Sie befeuchtete ihre Lippen, dann sagte sie: »Masturbation.«

Sophie begegnete seinem Blick, aus dem große Erheiterung sprach.

»Penisringe, Analketten. Vibratoren, Dildos und …« Sie blickte sich verzweifelt nach einem großen Finale um, »und aufblasbare Gummipuppen!«

Das anerkennende Brennen in Luciens Augen erregte sie. In diesem Augenblick war sie nicht mehr die einfache Sophie Black, Assistentin in einem Bauunternehmen und unsichtbare Ehefrau. Sie war die attraktive und coole Ms Black, die einen Sexgott der Wikinger mit wenigen Worten aufhalten konnte. Sie bemerkte, dass Lucien schluckte, bevor er sprach.

»Sie fangen morgen um punkt neun Uhr an. Kommen Sie nicht zu spät, Ms Black.«

Als sie abends gemütlich auf dem Sofa saßen und chinesisches Essen auf ihren Knien balancierten, starrte Kara Sophie gespannt an. »Du wirst die Stelle doch nicht wirklich annehmen, oder?«

Sophie zog die Beine unter sich und nickte. »Doch, Kara.« Sie trank einen Schluck Wein und suchte nach den richtigen Worten, um ihre Gefühle zu beschreiben. »Wenn nicht, muss ich mich damit abfinden, dass mein Leben nie spannender wird, als es jetzt ist.« Sie deutete auf das Wohnzimmer. »Ein Beruf ohne Zukunft, ein Mann, der kaum zu Hause ist und der, wenn er da ist, mich nicht bemerkt.«

»Soph, wenn du Probleme mit Dan hast, werden sie sich durch diese Arbeit noch tausendfach verschlimmern, meinst du nicht?«

»Nein. Vielleicht lerne ich Dinge kennen, mit denen ich neuen Schwung in unser Leben bringen kann.«

»Kannst du nicht einfach mit ihm reden?«

»Kara, ich nehme diese Stelle nicht nur Dans und meinetwegen an. Sondern weil ich dort heute eine andere Seite an mir entdeckt habe, eine neue Sophie, die mir besser gefällt.«

Kara schüttelt den Kopf und lachte resigniert. »Dann solltest du die Kleider behalten. Etwas sagt mir, dass du sie brauchen wirst.«

Sophie verschloss alle Türen und ging mit ihrem Mobiltelefon ins Bett, um Dan anzurufen. Sie lauschte auf das Klicken, während sich die Leitung über die weite Entfernung aufbaute. Es klingelte ein- oder zweimal, dann sprang die Mailbox an. Sie blickte auf ihre Armbanduhr. Es war erst halb elf, für ihn also kurz nach Mitternacht. Wer war bei ihm, dass er um diese Zeit ihren Anruf abwies? Seine Besprechungen fingen erst morgen an. Sophie seufzte und glitt unter die Decke, das Telefon behielt sie in der Hand, falls Dan zurückrufen sollte. Was er jedoch nicht tat.

3

Am nächsten Morgen schritt Sophie um acht Uhr fünfzig durch die glänzenden Türen von Knight Inc. Das Herz schlug ihr bis zum Hals.

Der arme alte Derek war noch nie so sprachlos wie gestern Abend gewesen, als sie ihn angerufen hatte, um aus dem Nichts heraus zu kündigen. Zum Glück war er so durcheinander gewesen, dass er ihr sogar genehmigt hatte, ihren restlichen Urlaub zu nehmen, anstatt die einwöchige Kündigungsfrist einzuhalten.

Ihr alter Chef war ein echter Lustmolch gewesen. Sophie bedauerte die nächste Assistentin, die seine zudringlichen Hände abwehren musste.

War ihr neuer Chef ein Lustmolch? Sie sah Lucien Knight in Gedanken deutlich vor sich – ein gebräunter, muskulöser Krieger mit funkelnden blauen Augen, der äußerst sprachgewandt war. *Nein.* Er war kein Lustmolch. Seine Aufgabe brachte es mit sich, dass man den üblichen Schleier des Anstands lüftete. Obwohl Sophie Lucien erst einmal begegnet war, spürte sie, dass er eine gewisse Grenze nicht überschreiten würde. Derek konnte seine schmutzigen alten Hände nicht von ihr lassen, aber Sophie war sich ziemlich sicher, dass Lucien Knight sie noch nicht einmal mit dem kleinen Finger berühren würde.

Es sei denn, sie wollte es.

Sophie schüttelte den Kopf, um die verbotenen Gedanken zu vertreiben, und trat aus dem Fahrstuhl auf den dicken Teppich im obersten Stockwerk. Es saß dieselbe tadellos gekleidete Dame wie gestern an der Rezeption, die Sophie heute jedoch mit einem etwas wärmeren Lächeln empfing.

»Mr Knight erwartet Sie, Sophie. Willkommen an Bord.«

Sophie lächelte, es verwirrte sie, dass sie bereits ihren Namen kannte. »Danke.«

Die Empfangsdame tippte auf ihrer Tastatur und machte keine Anstalten aufzustehen. »Soll ich einfach durchgehen?«

Die Angesprochene nickte und deutete mit ausgestrecktem Arm in Richtung Flur.

Das war das. Nun war sie offiziell Angestellte von Knight Inc.

Als Sophie auf Luciens Tür am Ende des flauschigen Teppichs zuging, spürte sie ein nervöses Flattern in der Magengegend. Gestern war sie sich bereits vorgekommen wie im Traum – solche Dinge passierten einfach nicht im wahren Leben. In Büchern vielleicht oder in Filmen, aber nicht ganz normalen Mädchen, die ein ganz normales Leben führten. Doch es war tatsächlich passiert, und als Sophie zweimal an Luciens Tür geklopft hatte, kam sie sich wie alles andere, nur nicht wie ein normales Mädchen vor.

»Kommen Sie herein.« Lucien Knights leise Aufforderung drang durch die Tür, und Sophie drehte den Knauf und trat ein.

»Sophie.« Ein laszives Lächeln umspielte seinen Mund, als er aufblickte. »Sie sind gekommen.«

Sie hob überrascht die Brauen. »Haben Sie etwas anderes erwartet?«

Er zuckte die Schultern. »Wie hätten Sie widerstehen können?«

Sophie lächelte trotz aller Nervosität. Sie konnte nicht anders. Lucien Knight war der selbstsicherste – nein, der großspurigste – Mann, dem sie je begegnet war.

»Hier entlang.« Lucien stand auf und öffnete neben seinem Schreibtisch eine Tür, die in einen zweiten Raum führte. Bis jetzt hatte Sophie den Durchgang nicht bemerkt. Sie trat hinter den Schreibtisch neben ihn. Das benachbarte Büro war kleiner aber ebenso schick eingerichtet und bot einen wunderbaren Blick über London.

»Hier müssten Sie alles finden, was Sie brauchen. Claire hat Ihnen detaillierte Erklärungen hinterlassen.«

»Claire?«, erkundigte sich Sophie interessiert.

»Meine letzte Assistentin. Sie musste vor ein paar Wochen früher als geplant gehen, aber es müsste alles in Ordnung sein.«

Sophie getraute sich nicht zu fragen, warum Claire so überstürzt gegangen war. Vielleicht hatte sie sich in ihren Chef verliebt ...

»Warum nehmen Sie sich nicht etwas Zeit, um sich mit allem vertraut zu machen? Ich rufe Sie, wenn ich etwas brauche.«

Lucien ließ die Tür zu Sophies Büro offen und setzte sich an seinen Tisch. Obwohl er soeben das Gegenteil behauptet hatte, hätte er viel Geld darauf verwettet, dass Sophie Black heute Morgen nicht erscheinen würde. Sie hatte ihn jedoch erneut überrascht, genau wie gestern Abend, als sie sich plötzlich umgedreht und Dinge gesagt hatte, die ihr deutlich unangenehm waren. Er spürte, dass sich hinter ihrem braven Äußeren ein mutigeres Ich verbarg, und er freute sich darauf, es zu befreien. Als sie im Türrahmen erschien, blickte er auf.

»Kaffee, Mr Knight?« Ihre Augen glänzten schelmisch.

»Oh, danke, Sophie. Sehr gern. Espresso, wenn Sie mit dieser Höllenmaschine zurechtkommen.«

Sie verschwand wieder, dann rasselte der Hightech-Kaffeeautomat in ihrem Büro, mit dem er sich nie ernsthaft befasst hatte. Ein paar Minuten später stellte sie eine dampfende Tasse vor ihn auf den Schreibtisch.

»Ich weiß nicht, ob Sie Zucker nehmen«, sagte sie und hielt eine kleine Tüte in der Hand bereit.

»Nein, danke. Er ist genau richtig so.«

Sie neigte den Kopf, und die Sonne spiegelte sich in der Spange, mit der sie die Haare hochgesteckt hatte. Lucien juckte es in den Fingern, sie zu lösen, damit die blonden Strähnen ihr Gesicht umrahmten. Wie lang sie wohl waren? Reichten sie bis zu ihren Schultern? Waren sie lang genug, um ihre Brüste zu bedecken? Plötzlich unruhig, rutschte er auf seinem Sitz hin und her.

Er nahm die Tasse und beobachtete, wie sie sich in ihr Büro zurückzog. Er musste noch viel über Sophie Black lernen, aber zwei Dinge waren bereits offensichtlich: Das Mädchen hatte ein fabelhaftes Hinterteil, und sie konnte tatsächlich einen verdammt guten Kaffee machen.

Sophie setzte sich an den großen fremden Schreibtisch und drückte eine Taste auf der Computertastatur. Sofort leuchtete der Bildschirm auf, und das Knight-Inc.-Logo erschien.

Claire hatte ihr tatsächlich sehr genaue Notizen hinterlassen. Sophie fand alles, was sie wissen musste – von Computerpasswörtern bis hin zu kniffligen Details, wie Luciens Kalender zu bedienen war. Der Gedanke, dass sie für die Termine dieses großen Sexgottes vor ihrer Tür verantwortlich war, verursachte Sophie ein flaues Gefühl im Magen. Sie gab die Passwörter in den Computer ein und öffnete das E-Mail-Programm. Irgendwo musste sie ja schließlich anfangen.

Die nächsten Stunden vergingen wie im Flug, und Sophie stellte überrascht fest, dass diese Arbeit tatsächlich einiges mit ihrer alten Aufgabe gemeinsam hatte. Sie musste hier wie dort E-Mails sortieren, sich um die Post kümmern und Memos tippen. Diese Gemeinsamkeiten verliehen ihr Mut. *Ich kann es schaffen.*

Sie war gerade dabei, sich mit dem Ablagesystem vertraut zu machen, als eine Nachricht in der Ecke ihres Bildschirms erschien.

»*Sie sind sehr fleißig, Ms Black. Ich bin beeindruckt.*«

Ein Lächeln spielte um ihre Mundwinkel. Natürlich lehnte Lucien Knight sich nicht einfach zurück, streckte den Kopf durch die Tür und sprach mit ihr. Sie begriff schnell, dass er das Vorhersagbare mied. Ihre Finger schwebten über der Tastatur, während sie nach einer passenden Antwort suchte. Zuallererst war dieser Mann ihr Chef. Sie sollte einfach ganz professionell sein, aber irgendwie hatte er ihr gezeigt, dass er das nicht von ihr erwartete.

Sie glaubte, dass er eher die andere Sophie wollte. Sich gegenseitig Nachrichten zu schicken kam ihr unglaublich intim vor, es war ein seltsames Gefühl. Aber eher prickelnd seltsam als abschreckend seltsam.

Sie zermarterte sich das Hirn. Was würde die andere Sophie sagen?

»*Es ist mein Ziel, dass Sie zufrieden sind, Mr Knight.*«

Sie schickte die Nachricht ab.

Ein paar Sekunden später blitzte seine Antwort auf.

»*Dann hoffe ich, dass Sie gut treffen, Sophie.*«

Sophie lachte leise vor sich hin.

»*Ich schieße nie daneben. Gibt es etwas, das ich als Nächstes für Sie tun kann, Mr Knight?*«

»*Ja. Nennen Sie mich Lucien.*«

Sophie errötete. Sie hatte heute Morgen bereits ein paarmal versucht, ihn Lucien zu nennen, aber es hatte sie irritiert. Warum konnte er nicht einen ganz gewöhnlichen Namen haben? Wie Tom oder Jack ... *oder Dan*. Einen Namen, den jeder haben konnte und nicht einen, der so persönlich war, dass er ganz ihm gehörte? Er schien den Namen ganz und gar auszufüllen.

In diesem Augenblick entschied er sich, mit seinem Stuhl zurückzurollen und mit einem Stapel Papier in der Hand in ihr Büro zu kommen.

»Sophie, könnten Sie sich bitte nach der Mittagspause darum kümmern?« Er reichte ihr die Papiere. »Das sind Kundenurteile aus unseren Produkttests. Ich muss die Ergebnisse vergleichen.«

Sie legte die Papiere mit einem professionellen Lächeln zur Seite. *Sag seinen Namen. Sag seinen Namen.* »Natürlich ..., Lucien.« Da. Sie hatte es gesagt, und niemand war gestorben.

Seine Augen funkelten anerkennend. »Viel besser.«

Er blickte auf seine Armbanduhr. »Ich bin für ein oder zwei Stunden außer Haus. Vergessen Sie nicht, eine Mittagspause zu machen.«

Wenige Minuten später ging er, und zum ersten Mal, seit sie heute Morgen gekommen war, konnte Sophie richtig durchatmen. Sie war in seiner Gegenwart angespannt gewesen, zu angespannt. Gegen ihren Willen tauchte plötzlich das Bild in ihrem Kopf auf, wie Lucien Knight ihre verspannten Schultern massierte. Sophie schob es rasch beiseite. Was geschah da mit ihr? Ihr letzter Chef hatte sie nie so durcheinandergebracht, doch bei Derek hatte sie sich auch eher bemüht, auf keinen Fall seine Aufmerksamkeit zu erregen. Bei ihm hatte sie keine Tagträume gehabt wie ein Fan von seinem Star. Tatsache war, dass sie die Gegenwart von Lucien Knight nervös machte.

Ihr war noch nie jemand wie er begegnet. Er strahlte pure sexuelle Energie aus. Er hatte sich von den üblichen Konventionen befreit, die die Menschen hemmten, und auf dieser Basis Knight Inc. gegründet. Bei ihren Nachforschungen vor dem Vorstellungsgespräch hatte sie wenig über den Mann selbst herausgefunden, aber viel über das mehrere Millionen Pfund schwere Geschäft mit Clubs und Geschäften für Erwachsene, die er überall in Großbritannien betrieb. Er schien die Welt durch eine Röntgenbrille zu betrachten, und er hatte Millionen verdient, indem er die sündige Ader ansprach, die selbst in jedem noch so anständigen Menschen verborgen war.

Bis jetzt hatte sich Sophie als ganz normale Frau betrachtet. Dass sie diese Stelle angenommen hatte, war vermutlich – nein, eindeutig – das größte Abenteuer, auf das sie sich je eingelassen hatte. Sie hatte sich hier beworben, weil sie an der Langeweile in ihrem Leben erstickte. Und bislang sah es so aus, als habe sie voll ins Schwarze getroffen. Dieser Job würde etwas Aufregung in ihren Alltag bringen.

Flüchtete sie aus ihrem alten Leben? Ja.

Benutzte sie die Arbeit, um nicht über die knappe Nachricht von Dan nachzudenken, die sie heute Morgen erhalten hatte und in der er ihr mitteilte, sie solle ihn nicht mehr so spät anrufen und dass er sie anrufe, wenn er könne? Absolut.

Er war seit drei Tagen weg und hatte noch keine Zeit gefunden, sie anzurufen. Nicht, dass das so ungewöhnlich war. Es kam immer häufiger vor, wenn er in den letzten Jahren über Nacht verreiste.

Sophie wollte lieber nicht genauer darüber nachdenken, denn dann würden Fragen auftauchen, die Antworten nach sich zögen. Bis jetzt hatte sie keine Fragen stellen wollen, auch wenn sie in großen schwarzen Lettern zu lesen waren. Die Kluft zwischen ihnen hatte sich langsam zu einem Ozean ausgeweitet, in dem Strandgut und Reste einer vernachlässigten Beziehung schwammen. Unzählige kalte Schultern anstelle von warmen Umarmungen. Zu viele trockene Küsse auf die Wange statt leidenschaftlicher Umarmungen auf dem Esstisch. Zu viele eilig versteckte SMS-Nachrichten. Alle Umstände deuteten auf eine andere Frau hin, und Sophies sexuelles Selbstvertrauen war mit Dans unleugbaren Zurückweisungen im Bett deutlich gesunken. Sie war sich alt und kalt vorgekommen. Bis jetzt. Bis sie gestern Abend Lucien Knights Kraftfeld betreten hatte.

Er sah sie auf eine Art an, bei der sie sich ganz als Frau fühlte, und Sophie spürte, wie sie erblühte, reifte, wieder auftauchte. Und das gefiel ihr.

Es gefiel ihr sogar sehr.

Sie holte ihre mitgebrachte Mahlzeit aus der Tasche und kehrte an ihren Schreibtisch zurück, um sich mit den Unterlagen zu befassen, die Lucien ihr gegeben hatte. Sie schlug die Akte auf und ließ beim Anblick der ganzseitigen Zeichnung auf der ersten Seite ihr Sandwich auf halbem Weg zum Mund in der Luft hängen.

Was war das denn? Sie legte den Kopf schief und versuchte es herauszufinden, wurde jedoch nicht klüger. Über einen ganz normalen Vibrator, den man ihr an ihrem Junggesellinnenabschied geschenkt hatte, ging ihre Erfahrung mit Sexspielzeug nicht hinaus, und selbst dieser war nicht zum Einsatz gekommen. Sophie blätterte die Seite um und las die Produktbeschreibung.

»Der brandneue ›Leck- und Liebesring‹ besitzt die besten Eigenschaften von unserem regulären vibrierenden Penisring sowie zusätzlich einen innovativen Klitoris-Stimulator in Zungenform aus Silikon. Für ein erfülltes Liebesspiel zu zweit. Er bewegt sich nicht nur wie eine echte Zunge, sondern fühlt sich auch so an. Der ferngesteuerte ›Leck- und Liebesring‹ vereint das Beste aus allen Welten. Die absolut wasserdichte Einheit wird zusätzlich mit einer abnehmbaren Analkette für Männer oder Frauen angeboten.«

Während Sophie die Beschreibung las, presste sie erschrocken die Hände auf die Wangen. Wollte Lucien sie wieder einmal auf die Probe stellen?

Oder war das einfach die Realität des Jobs, den sie angenommen hatte? Sophie war sich nicht sicher, aber so oder so musste sie den Bericht schreiben. Beim Durchblättern der restlichen Seiten stellte sie fest, dass es sich um standardisierte Fragebögen zum Ankreuzen handelte, die am Schluss Platz für individuelle Kommentare ließen. Diese waren offen genug, um verglichen werden zu können, aber alles andere als leicht zu lesen. Sophie merkte, dass ihr beim Lesen der Antworten der anonymen fremden Menschen zunehmend heiß wurde und ihre Unruhe wuchs. Ganz offensichtlich hatte das Spielzeug den Testern gefallen.

Unglaublicher Orgasmus, schrieb einer. *Fühlte sich wie eine echte Zunge an*, berichtete jemand anderer. Während sie die Antworten miteinander verglich, wanderte Sophies Blick ständig zurück zu der Zeichnung.

War das Ding wirklich so gut? Wie lebensecht fühlte es sich an? Diese und andere Fragen schossen Sophie durch den Kopf, während sie die Kommentare notierte. Sie hörte gar nicht, dass Luciens Bürotür aufging und bemerkte ihn erst, als er um die Ecke guckte. Als sie aufblickte, salutierte er zum Spaß.

Waren ihre Wangen verräterisch gerötet? Sah er ihr an, wie aufgewühlt sie war? Dem wissenden Ausdruck in seinen blauen Augen nach zu urteilen, vermutlich ja.

»Ich bin wieder da, wenn Sie irgendetwas brauchen«, murmelte er. Sophie blickte auf, als er sich abwandte und registrierte unwillkürlich, wie sich das dunkle Hemd um seine breiten Schultern spannte. Er war ganz offensichtlich gut in Form.

Sophie blies sich den Pony aus der Stirn und schüttelte den Kopf, um ihre Gedanken wieder auf den rechten Weg zu bringen und nicht länger darüber nachzudenken, wie gut Lucien Knight ohne dieses Hemd aussähe.

»*Wie geht es mit dem Bericht voran?*« Die Frage erschien in ihrem Chat-Fenster in der Ecke des Bildschirms. Sie zögerte, dann tippte sie.

»*Ganz gut, glaube ich. Ich bin fast fertig.*«

»*Gute Arbeit. Kommen Sie rüber und fassen Sie die Ergebnisse für mich zusammen, wenn Sie fertig sind.*«

Wahrscheinlich hörte Lucien, wie sie laut nach Luft schnappte. Die Vorstellung, die Ergebnisse der Fragebögen mit ihm zu besprechen, beunruhigte sie sehr.

Das konnte sie nicht, das konnte sie einfach nicht.

»*Doch, Sie können.*« Die Worte tauchten plötzlich auf dem Bildschirm auf, und sie hörte ihn laut lachen. »*In Ihrer Bewerbung haben Sie geschrieben, dass Sie nach Herausforderungen suchen, Ms Black.*«

Sophie bedeckte ihr Gesicht mit beiden Händen. Mit dieser Art von Herausforderung hatte sie nicht gerechnet.

»*In fünfzehn Minuten. Bringen Sie Kaffee mit.*«

Fast sehnte sich Sophie nach ihrem alten Job, als sie die letzten Kommentare abspeicherte und den Bericht ausdruckte. Mit Langeweile ließ sich leichter umgehen als mit diesem ständigen Nervenkitzel.

Sie heftete zwei Exemplare des Berichts zusammen und legte sie auf das Tablett neben den Kaffee. Jetzt oder nie. Sie streckte den Kopf um die Ecke.

»Ich kann Ihnen den Bericht auch gern mailen, wenn Sie beschäftigt sind.«

Lucien grinste über ihren letzten Versuch, dem Gespräch aus dem Weg zu gehen.

»Nicht nötig. Ich bin ganz Ohr, Sophie.«

Sie drehte sich um und holte tief Luft, während sie das Tablett anhob. Es war Zeit, die andere Sophie ins Spiel zu bringen – die, der Lucien die Stelle gegeben hatte. *Sie konnte das hier schaffen.*

Sie fasste sich ein Herz und trat in Luciens Büro.

4

Sophie stellte Lucien den Kaffee hin und nahm auf dem Stuhl vor seinem Schreibtisch Platz.

»Und, Sophie, wie sind Sie mit dem Bericht vorangekommen?«

Sophie reichte ihm einen der beiden Ausdrucke. Er betrachtete die Titelseite, auf die Sophie ein Bild des Liebes- und Leck-Rings sowie die Beschreibung nebst Datum und Titel des Berichts gedruckt hatte.

»Hübsche Präsentation.« Er nickte. »So weit, so gut.«

»Danke.« Sophie lächelte, mied jedoch seinen Blick. Sie war zu dem Schluss gekommen, dass sie diese Besprechung nur überstehen würde, wenn sie sich vorstellte, dass er ihr alter Chef Derek wäre und sie mit ihm so etwas Harmloses wie die Verfugung einer Wand besprach. Wenn sie ihn ansah, war ihr das nicht möglich.

Lucien schlug die erste Seite um und blätterte zur Analyse der Testergebnisse weiter.

»Fassen Sie bitte die Resultate für mich zusammen, Sophie.«

Sophie schluckte. Ablehnen kam auf keinen Fall infrage, und so blieb ihr wenig anderes übrig als anzufangen. Sie räusperte sich.

»Nun, wie Sie sehen, fand die Testgruppe, dass ..., dass das Produkt seinen Zweck erfüllt.«

»Seinen Zweck erfüllt?« Luciens leises Lachen klang anzüglich. »Das geht besser, Ms Black. Von vorn, bitte.«

Sophie tastete nach ihrem Hals, und Luciens Blick folgte ihrer Bewegung.

»Okay. Gut. Zur ersten Frage. Die Testpersonen wurden gebeten, das Produkt nach seinem Aussehen zu beurteilen.«

»Und?«

»Und es gefiel ihnen. Ein paar hätten es besser gefunden, wenn es bunt wäre, aber den meisten gefiel, dass es durchsichtig ist.«

»Warum?«

»Warum was?«

»Warum fanden sie die durchsichtige Version besser als eine bunte?«

»Aus den Kommentaren ging hervor, dass die Testpersonen es gut fanden, dass das Gerät kaum auffällt.«

Lucien nickte. »Und was halten Sie von der Aufmachung?«

»Ich?«

Lucien nickte wieder und sah sie erwartungsvoll an. Sie versuchte sich vorzustellen, dass er sie nur gefragt hätte, welche Fugenmischung sie empfehlen würde. Es funktionierte nicht sehr gut.

»Ich weiß nicht so recht«, stotterte sie und blätterte zurück zum Titelbild, um es sich noch einmal anzusehen. Lucien rollte mit seinem Stuhl zurück zu einem Schrank und öffnete ihn, dann kehrte er mit einem echten Leck- und Liebesring in der Hand zum Schreibtisch zurück. Sophie erbleichte, als er ihn aus der Packung holte. Er streckte ihn ihr über den Schreibtisch entgegen, und Sophie blieb nichts anderes übrig, als ihn zu ergreifen.

»Sehen Sie ihn sich an«, sagte er, und sie senkte hastig den

Blick. »Achten Sie darauf, wie er sich auf Ihrer Haut anfühlt.«

Sophie konnte jetzt erst recht nicht verhindern, dass ihr die Hitze in die Wangen stieg, aber was konnte er schließlich anderes erwarten?

»Achten Sie darauf, wie Ihre Haut hindurchscheint. Wir haben ihn so designt, dass er fast unsichtbar ist.«

Sie hörte den Stolz in seiner Stimme. So heikel ihr das Thema auch vorkam, der Produkttest war eine wichtige Information für Lucien, und er nahm sie ernst.

Sie blickte hinunter auf das Sexspielzeug in ihrer Hand, und die Scham wich Neugierde. Es war wesentlich weicher und elastischer, als sie es sich vorgestellt hatte. Der zungenförmige Stimulator überraschte sie mit seiner sehr realistischen Form. Ihre Gedanken nahmen eine naheliegende Richtung – wie fühlte es sich an, das Gerät beim Sex zu benutzen? Noch mehr verstörte sie, dass nicht Dan im Mittelpunkt ihrer nicht jugendfreien Fantasie stand.

»Kommen wir zur zweiten Frage.« Sie hustete und verjagte die Bilder aus ihrem Kopf. »Wie leicht ist das Produkt zu bedienen?«

Die Leute schwärmten geradezu von der Bedienerfreundlichkeit.

»In diesem Bereich hat das Produkt sehr gut abgeschnitten, Lucien. Die Tester fanden es extrem leicht zu handhaben.«

»Gut. Das hatten wir gehofft.« Er schien damit zufrieden, und sie dankte ihren Glückssternen und machte weiter.

»Die nächste Frage richtete sich speziell an Frauen.« Sophie zwang ihre Wangen, kühl zu bleiben. »Es wurde gefragt, ob das Produkt die Lust der weiblichen Partner beim Sex erhöht habe.«

Sophie konnte nicht aufblicken. Das Gespräch war zu intim. Auch mit Dan hätte sie sich bei diesem Thema unwohl gefühlt, erst recht jetzt mit Lucien.

»Und das Ergebnis?«

Sophie nickte. »Äh, ja. Die Antworten waren auch hier sehr positiv.«

»Bei allen? Keine zusätzlichen Kommentare?«

Oh, es hatte Kommentare gegeben. Viele sogar.

Sophie strich sich mit der Hand über die Stirn und hustete noch einmal. Das hier war unerträglich schwer. Doch ging es nicht genau darum? Das war das Alltagsgeschäft der Branche, in der sie nun arbeitete. Sie musste Lucien beweisen, dass sie den Anforderungen gewachsen war. Es wurde Zeit, dass sie sich zusammenriss und die Assistentin war, die Lucien brauchte, sonst konnte sie ihren Hut nehmen. Der Gedanke, dass sie ihre Stelle verlieren könnte, half ihr, sich zu konzentrieren. Sie straffte die Schultern und blickte auf.

»Jede einzelne Frau fand ihn wunderbar, Lucien.« Sophie ließ nicht zu, dass man ihrer Stimme das leiseste Zittern anhörte. »Sie waren alle der Meinung, dass der Klitoris-Stimulator ihnen geholfen hat, beim Sex zum Orgasmus zu kommen. Eine Frau berichtete von drei Orgasmen innerhalb von einer halben Stunde, und viele erwähnten, dass die Zunge sich überaus echt anfühle.«

Lucien nickte. »Und Sie, Sophie?«

»Ich?«

»Meinen Sie, dass sich die Zunge echt anfühlt?«

»Lucien, ich habe das nicht ...« Sophie hob die Brauen.

»Schalten Sie ihn ein und testen Sie ihn in Ihrer Handfläche.«

»Das ist nicht Ihr Ernst.«

»Aber selbstverständlich. Sie müssen sich mit allen Aspekten unseres Geschäfts auseinandersetzen, und dazu gehört, dass Sie über unsere Produkte genau Bescheid wissen.«

Lieber Gott. Er erwartete ernsthaft, dass sie das Gerät anstellte und testete. Hier vor ihm. Er war ungeheuerlich, Sophie hatte sich noch nie in ihrem Leben so schutzlos gefühlt. *Oder so erregt.*

Sie betätigte den Schalter der Vibrationszunge, und das Gerät in ihrer Hand erwachte zum Leben. Als sie hinabblicke, sah sie, dass die Zunge leicht gewellt war und sich entsprechend bewegte.

Eine zungenähnliche Bewegung. Als Sophies Blick zu Lucien zuckte, sah sie, dass er aufmerksam ihr Gesicht beobachtete und dass seine Augen dunkelblau funkelten. Er hob herausfordernd eine Braue.

»Halten Sie es an ihre Handfläche.« Es war mehr ein Befehl als eine Bitte, und Sophie gehorchte.

Sie hielt die Zungenspitze leicht gegen die Mitte ihrer Hand.

Lucien schüttelte den Kopf. »Nicht so.« Er kam um den Schreibtisch herum und ging vor ihr in die Hocke. »Stellen Sie sich vor, wie man das Gerät beim Sex halten würde.« Er nahm ihre kleine schmale in seine große goldbraune Hand, dann drehte er mit der anderen das Spielzeug und drückte den Zungenstimulator flach in ihren Handteller.

»So«, sagte er und sah zu ihr hoch. »Wie fühlt sich das jetzt an?«

Sophie saß wie angewurzelt da und starrte mit großen Augen zu ihm hinunter.

»Als würde jemand meine Handfläche lecken«, flüsterte sie.

Er betätigte den Schalter, und die Vibration verstärkte sich.

»Und jetzt?«

Sophie veränderte ihre Haltung. Luciens würziger Zimtgeruch stieg ihr in die Nase, und das Gefühl seiner warmen, kräftigen Hände weckte in ihr den Wunsch, sie überall auf ihrem Körper zu spüren. Er blickte nach unten, seine Wimpern lagen auf seinen Wangen und verliehen ihm irgendwie etwas Verletzliches. »Er leckt mich stärker«, sagte sie.

Lucien nickte und biss sich auf die Unterlippe. Er stellte den Schalter auf die höchste Stufe, und die kleine Zunge leckte kräftig an Sophies Handfläche.

»Und jetzt, Sophie? Wie fühlt sich das an?«

Sophie schloss die Augen. Sie konnte nicht mehr atmen.

»Soll ich es wirklich sagen?«, keuchte sie, und ihre Gedanken glitten wieder zu der Vorstellung von Lucien mit nacktem Oberkörper. »Ich bekomme Lust auf Sex. Ich würde gern wissen, wie es sich zwischen meinen Beinen anfühlt.« Sie öffnete die Augen und stellte erschrocken fest, dass sie tatsächlich laut gesprochen hatte.

Lucien blickte sie mit kaum beherrschter Lust an, er atmete ebenso flach wie sie.

»Das ist hervorragend, Sophie.«

Er räusperte sich, schaltete die Vibration aus und ließ Sophie ein paar Sekunden Zeit, sich zu sammeln, während er zu seinem Stuhl zurückging. »Ich glaube, den können wir in die Produktion geben«, sagte er und ließ den Leck- und Liebes-Ring in seine Schublade fallen. »Er scheint perfekt zu sein.«

Sophie blieb bis weit nach fünf in ihrem Büro und wartete darauf, dass Lucien ging, erst dann wollte sie seinen Raum durchqueren. Sie war immer noch fassungslos über das, was vorhin passiert war, doch sie konnte ihm nicht die Schuld dafür geben, denn sie hatte es bereitwillig geschehen lassen. Sie war Lucien Knight vom ersten Augenblick an verfallen gewesen.

Sie sollte kündigen, um ihr Leben rennen und ihre Ehe retten, bevor noch etwas Schlimmeres geschah.

Denn das würde es.

Der Computerbildschirm leuchtete auf, und das Chat-Fenster öffnete sich.

»Ich bin für heute fertig, Ms Black. Ich hoffe, Ihnen hat der erste Tag ebenso gut gefallen wie mir.«

Sophie las seine Worte, und jeder Gedanke an Kündigung war wie weggeblasen. *»Ja, danke. Es war sehr … erhellend.«*

»Ich hoffe, das ist etwas Gutes. Ich habe Ihnen eine kleine Hausaufgabe auf meinem Schreibtisch hinterlassen. Nehmen Sie sie mit, wenn sie gehen.«

Dann rief er »Einen schönen Abend«, und sie hörte, wie gleich darauf die Tür ins Schloss fiel.

Sie stützte den Kopf in die Hände. *Was zum Teufel machte sie hier?* Innerhalb von vierundzwanzig Stunden hatte sich ihr eintöniges Leben in eine Art Pornofilm verwandelt. Sie nahm ihre Tasche und ihre Jacke und ging durch Luciens Büro, wo auf seinem Schreibtisch der Leck- und Liebes-Ring mit einem Zettel für sie lag.

Sophie,
behalten Sie ihn. Er schien Ihnen zu gefallen.
Sie müssen morgen nicht vor zwei Uhr mittags hier sein, aber rechnen Sie damit, dass es spät wird.
L.

Am nächsten Mittag kurz nach eins legte Lucien den Telefonhörer auf und trommelte mit den Fingern auf die Schreibtischplatte. Die Information, die er soeben über Sophie Black erhalten hatte, änderte alles. Oder vielmehr die Information über ihren Mann.

Offenbar rechnete der Mann nicht damit, dass Sophie ihm hinterherspionierte, denn er hatte sich kaum Mühe gegeben, seine Affäre zu vertuschen, die bereits zwei Jahre andauerte. Während Lucien noch dasaß und die Information überdachte, erhielt er eine E-Mail von seinem Sicherheitschef, die das, was er ihm soeben am Telefon berichtet hatte, bestätigte. Lucien hatte im Lauf der Jahre die Erfahrung gemacht, dass seine Branche ziemlich viele Verrückte anzog, deshalb ließ er jeden neuen Angestellten routinemäßig überprüfen. Warum er nicht nur Sophie sondern auch Daniel Black hatte durchleuchten lassen, konnte er sich selbst nicht erklären, aber es stellte sich heraus, dass sein Instinkt richtig gewesen war.

Mit dem schriftlichen Bericht erhielt Lucien eine Reihe Fotos. Er verzog voller Abscheu den Mund, als er den Mann, mit dem Sophie offenbar verheiratet war, mit einer dunkelhaarigen Elfe am Arm durch den Flughafen von Heraklion schlendern sah.

Sie war ganz anders als Sophie. Der Mann hatte unterschiedliche Geschmäcke. Diese Frau war klein und dunkel, mit einem strengen Kurzhaarschnitt. Sophie war groß und hell, und sie besaß Kurven, die sich zweifellos weich und voll in Luciens Händen anfühlen würden. Sie erinnerte ihn an ein junges Pferd: ein Fohlen, das zwischen Nervosität und Mut schwankte und an die Kandare genommen werden musste. Er hatte sie ganz bewusst gestern gedrängt. Er hätte den Bericht auch einfach lesen und seine Schlussfolgerungen selbst ziehen können, aber es war viel amüsanter gewesen zu sehen, wie weit sie gehen würde.

Genau wie bei ihrem Vorstellungsgespräch hatte sie ihn überrascht. Unter ihrem kühlen, professionellen Äußeren, auf das sie ganz offenbar viel Mühe verwandte, spürte Lucien eine sinnliche Frau, die auf ihre Chance wartete. Sie war wie ein reifer Pfirsich, den noch niemand gepflückt hatte, und er würde sehr gern als Erster in das saftige Fleisch beißen.

»Verlierer«, murmelte er vor sich hin, während er die Bilder des Paares durchsah, die erst gestern entstanden waren. *Gestern.* Lachend in einer Bar, die Köpfe zusammengesteckt. Wie sie am Pool lagen und lasen, er den Kopf auf ihrem Bauch. Eine Aufnahme zeigte, wie sie sich nachts auf dem Balkon des Hotels umarmten, und wenn Luciens Augen ihn nicht täuschten, war die Frau nackt.

Kein Zweifel. Sophies Mann betrog sie.

In Luciens Augen war Sophie Black somit ein freier Mensch, auch wenn sie selbst es nicht wusste.

5

Um kurz vor zwei trat Sophie aus dem Aufzug in der obersten Etage. Heute trug sie ein flaschengrünes Kleid, das sich um ihren kurvenreichen Körper schmiegte. In der alten Firma hätte sie nicht gewagt, so etwas zu tragen und hätte es auch nicht gewollt. Als Dereks Assistentin hatte sie genug damit zu tun gehabt, seine Zudringlichkeiten abzuwehren, doch als Luciens Assistentin war die Situation eine völlig andere.

Was würde sie tun, wenn Lucien zudringlich wurde? In Wahrheit machte sie sich langsam eher Sorgen, dass sie ihre Hände nicht bei sich behalten könnte. Den Großteil der letzten Nacht hatte sie sich in ihrem großen leeren Bett hin- und hergewälzt, den Kopf voller Fantasien über Lucien Knight, der sie persönlich in die Anwendung des Leck- und Liebes-Rings einführte. Es war allerdings gut, dass sie sich mit etwas ablenken konnte, denn Dan war ihr schon wieder ausgewichen und hatte lediglich eine Nachricht auf dem Anrufbeantworter hinterlassen. Sie hatte sie vorgefunden, als sie gestern Abend nach Hause gekommen war. *Warum rief er sie zu Hause an, wenn er genau wusste, dass sie bei der Arbeit war?* In ihrem Hinterkopf nagte der Gedanke an ihr, dass er es gerade deshalb tat, doch sie verdrängte ihn rasch wieder. Dan war ein beschäftigter Mann, und seit gestern war sie eine überaus beschäftigte Frau.

Als Sophie am Empfang vorbei war, nickte sie der Dame hinter dem Tresen freundlich zu, und als sie leise an Luciens

Tür klopfte, spürte sie ein freudiges Kribbeln im Bauch, dass sie nun dazugehörte.

»Sie brauchen nicht anzuklopfen.« Lucien sprang sofort zur Tür und hielt sie weit auf. Sophie betrat das prächtige Büro und hatte eher das Gefühl, ein Löwe habe ihr die Tür zu seiner Höhle geöffnet und locke sie herein.

»Guten Tag, Lucien.« Sie sah ihm in die Augen und schenkte ihm ein strahlendes Lächeln. Als sie vorhin sorgfältig ihr Make-up aufgetragen hatte, hatte sie einen Pakt mit sich geschlossen. Sobald sie heute das Knight-Inc.-Gebäude beträte, würde die andere Sophie die Regie übernehmen, und sie würde es vollauf genießen.

»Sophie«, murmelte er, und das zarte Lächeln auf seinen Lippen zeigte ihr, dass ihre Begrüßung ihm gefiel. *Himmel, er war hinreißend.* Er war ganz in Schwarz gekleidet – von seinem gut sitzenden Hemd über die Hose bis hin zu den schwarzen Stiefeln. Obwohl er von Kopf bis Fuß komplett angezogen war, wirkte er erotischer als jeder nackte Mann.

Wie sah Lucien nackt aus? Bei dieser anrüchigen Frage blickte Sophie auf ihre glänzenden Schuhe und hoffte, dass Lucien nicht Gedanken lesen könnte. Obwohl sie das nicht überrascht hätte. Wenn er sie ansah, schien er direkt durch ihre sorgsam errichtete Fassade auf die sexy Verführerin zu blicken, die in ihr schlummerte und darauf wartete, geweckt zu werden. Sie kannte Lucien Knight noch nicht einmal achtundvierzig Stunden, aber er hatte sie bereits stärker verändert, als jeder andere in ihrem Leben.

Wenige Minuten später, als Sophie einen Kaffee auf seinen Schreibtisch stellte, blickte sie auf Luciens Computerbildschirm. Das, was sie dort erkennen konnte, sah wie die

Webseite eines Clubs aus, allerdings nicht die Art von Club, die sie schon einmal besucht hatte. Er war dunkel und opulent, und aus jedem Bild sprach Sex.

»Ist das einer Ihrer Clubs?«

Er nahm den Kaffee und ließ die Schultern kreisen. »Ja. Der Neueste der Gateway Clubs. Er wird heute Abend eröffnet.« Er zögerte und befeuchtete seine Lippen. »Wir gehen gegen fünf Uhr hin.«

»Wir?« Sophie bekam einen trockenen Mund.

Lucien nickte. »Ist das ein Problem für Sie?«

War das ein Problem? Sie schüttelte den Kopf. »Ich glaube nicht. Ich bin nur noch nie in einem ...«

Er verschränkte die Finger hinter dem Kopf und lehnte sich mit einem lasziven Grinsen auf seinem Stuhl zurück. »In einem was, Sophie?«

»In so etwas.« Sophie deutete auf den Bildschirm.

»Keine Sorge. Sie sind dort absolut sicher.«

Sie blickte hinunter auf ihr Kleid. »Bin ich dafür nicht etwas zu schlicht gekleidet?«

Lucien lachte anzüglich. »Ganz im Gegenteil.« Als er ihre schockierte Miene sah, lachte er wieder. »Ich mache nur Spaß. Wir sind zum Arbeiten dort, nicht zum Vergnügen.«

Sophie nickte und flüchtete in ihr Büro.

Sie wollte nicht mit ihm in einen Sexclub gehen.

Sie wollte mit ihm in einen Sexclub gehen.

Sie öffnete das E-Mail-Programm und fing an zu arbeiten. Sie versuchte, langsam eine gewisse Routine zu erlangen, das beruhigte ihre gereizten Nerven. Ihre Vorgängerin hatte den Laden fest im Griff gehabt, was Sophies Arbeit sehr erleichterte und verhinderte, dass sie Lucien ständig um

Hilfe bitten musste. Der Computer piepte und machte sie darauf aufmerksam, dass sie eine neue Nachricht auf dem Bildschirm hatte.

»Bei Ihnen da drinnen ist es so still.«

»Wie viel Lärm erwarten Sie denn von einer Assistentin?«

»Die vorige war sehr laut.«

Was meinte er damit? Sophie brannte darauf zu wissen, warum Claire die Arbeit aufgeben musste. Hatte sie mit Lucien geschlafen? War es schiefgegangen? Er wirkte nicht so, als würde ihn ein gebrochenes Herz besonders kümmern.

Sophie hatte offenbar zu lange mit der Antwort gewartet, denn während sie noch nachdachte, blinkte bereits eine zweite Nachricht auf.

»Sie hat gekündigt, um ihren französischen Freund zu heiraten. Sie hat von einer wilden Romanze oder etwas ähnlich Abgedroschenem gesprochen.«

Oh nein, er konnte tatsächlich Gedanken lesen. Zumindest verstand er, wie ihr Kopf funktionierte. Sophie trat in Luciens Büro und räumte die leere Tasse ab. Es war halb vier.

»Müssen wir bald aufbrechen?«

Lucien nickte. »Kein Grund, nervös zu sein, Sophie. Ich glaube, wenn Sie ein bisschen offen sind, wird es Ihnen gefallen.«

Sophie fand es nett, dass er versuchte, sie zu beruhigen, aber dass sie offen sein sollte, beunruhigte sie eher noch mehr.

»Ich hole meine Tasche.« Wieder in ihrem Büro, sah Sophie nach, ob jemand auf ihrem Handy eine Nachricht hinterlassen hatte. Nichts. Sie stieß einen tiefen Seufzer aus. Das war selbst für Dans Verhältnisse absurd. Sie schaltete den Spiegel ihres Handys ein und trug etwas frisches Lipgloss auf, dann betrachtete sie sich einen Augenblick. *Sah sie irgendwie anders aus? Wirkten ihre Augen lebendiger als sonst?* Diese Arbeit und Lucien Knight trieben ein angenehmes Kribbeln über ihre Haut und ließen das Blut ein wenig schneller durch ihre Adern fließen.

»Kommen Sie, Sophie. Wir müssen gehen.«

Etwa eine Stunde später parkte Lucien seinen Aston Martin umsichtig auf einem reservierten Parkplatz vor dem neuesten Gateway Club und wandte sich an Sophie, die neben ihm auf dem Beifahrersitz saß.

»Das ist er.«

Sie blickte durch die Windschutzscheibe auf die glitzernde Glasfassade eines großen, niedrigen Gebäudes und sah ihn dann beeindruckt aus großen Augen an.

»Hat er schon geöffnet?«

»Noch nicht. Er öffnet um acht.«

Sophies Blick glitt zur Uhr auf dem Armaturenbrett. Er konnte genau sehen, dass sie überlegte, wie viel »sichere Zeit« ihr blieb.

Er sah ihr in die Augen. »Sophie. Das ist etwas Geschäftliches. Wir sind nicht hier, um uns zu vergnügen, also entspannen Sie sich, okay?«

Sie nickte und schluckte schwer. Mit ihrer gespielten Coolness konnte sie ihn keine Sekunde täuschen. Manchmal war sie wie ein Kätzchen – hin und wieder kühn, aber meist ein ängstliches Mäuschen. Ihre mutigen Einlagen gefielen ihm, und er wollte sie in Situationen bringen, die häufiger die Tigerin in ihr zum Vorschein brachten. Die junge

Frau verströmte eine enorme ungenutzte sexuelle Energie. Ihr idiotischer Ehemann sah offenbar nicht, was Lucien sah, sonst würde er sich nicht mit irgendeinem Flittchen mit Koboldgesicht am Mittelmeer herumtreiben.

Der Mann musste etwas unterbelichtet sein, oder er benutzte seinen Kopf erst gar nicht. Ganz offensichtlich gehörte er zu der Sorte von Kerl, die eher mit dem Schwanz dachte.

Lucien stieg aus und öffnete Sophie die Wagentür. »Kommen Sie. Ich führe Sie herum, bevor er öffnet.«

Der Empfangsbereich sah ganz anders aus, als Sophie ihn sich vorgestellt hatte, und als Lucien ihr die Umkleideräume zeigte, fühlte sie sich wie in einem eleganten Spa. Im Inneren öffnete sich der Club zu einem großzügigen offenen Raum, der mit üppigem auberginefarbenem Samt und vergoldeten Kronleuchtern ausgestattet war.

»Das ist der Gesellschaftsbereich.« Lucien deutete auf die unterschiedlichen Sitzecken, eine Bar und die Tanzfläche.

»Hier sieht es aus wie in jedem anderen Club«, wunderte sich Sophie. »Oder wie in einem besonders hübschen normalen Club.«

»Das gefällt mir.« Lucien nickte. »Was haben Sie erwartet? Etwas Schäbiges? Die Leute nutzen diesen Bereich, um Freunde zu finden, zu tanzen und etwas zu trinken.« Er zuckte mit den Schultern.

»Genau wie in einem normalen Club«, wiederholte Sophie und fühlte sich etwas weniger eingeschüchtert.

»So in etwa.« Sophie blickte ihn neugierig an, doch er zuckte nur mit den Schultern und deutete auf die offene Treppe, die neben der Tanzfläche nach oben führte.

Sobald Sophie einen Fuß auf die Treppe gesetzt hatte, bedauerte sie, dass sie voranging. Nun würde Lucien unwillkürlich ihr Hinterteil in Nahaufnahme vor sich sehen, und Karas flaschengrünes Kleid war so eng geschnitten, dass es wenig Platz für Fantasie ließ. Sie zwang sich, die Treppe zügig hinaufzusteigen, und als sie sich, oben angekommen, zu ihm umdrehte, grinste er sie an.

»Was ist?«

Er streckte unschuldig die Hände zur Seite aus und hob die Brauen.

»Nichts.«

Sophie sah ihn aus schmalen Augen an.

»Wohin jetzt?«

Lucien legte die Hand auf ihren unteren Rücken und führte sie einen Flur hinunter. Die Einrichtung von unten setzte sich hier oben fort – dunkel und äußerst stimmungsvoll. Die Türen auf dem Flur waren alle geschlossen, es waren drei auf jeder Seite. Lucien griff nach der ersten und stieß sie auf. Sophie spähte hinein. Dann trat sie zögernd ein und sah sich mit großen Augen um.

»Okay. Das ist nicht mehr wie in einem normalen Club«, murmelte sie, während sie das riesige Bett mit der verspiegelten Decke in der Mitte des Raums betrachtete.

»Nein.« Lucien war so nah, dass sie seinen warmen Atem auf dem Nacken spürte. Seine Hand brannte noch immer auf ihrem Rücken. »Wir haben die besten Möbel ausgewählt, damit die Gäste es so bequem wie möglich haben.« Sophie nickte, und ihr wurde klar, dass sie gerade auf ein riesiges sinnenfreudiges Bett starrte, während Lucien die Qualität der Einrichtung pries.

»Probieren Sie es aus. Sagen Sie mir, ob es bequem ist.«

Sophie schnappte nach Luft und schüttelte den Kopf.

»Keine Panik, es ist noch unbenutzt. Wir machen heute erst auf, Sie erinnern sich?«

Sophie wog ihre Optionen ab. Irgendwie war sie versucht, Nein zu sagen, doch sie musste zugeben, dass sie irgendwie auch Lust verspürte, es auszuprobieren. Sie erinnerte sich an ihren Entschluss, sich heute zu amüsieren, und trat vorsichtig auf das Bett zu.

Was würde die sexy Sophie tun? Sie kniete sich auf den Rand der Matratze und kroch auf allen vieren in die Mitte, dann legte sie sich auf den Rücken und blickte ihr Spiegelbild an. Ihr stockte der Atem. Die Frau, die sie aus dem Spiegel anblickte, hatte nichts mit der Sophie gemein, die sie normalerweise sah. Sie war sexy, nein sinnlich. Sie hatte gerötete Wangen, und ihre blonden gewellten Haare ergossen sich über den auberginefarbenen Samt wie bei einem Pin-up-Girl der Fünfzigerjahre.

»Und?«

Lucien trat ans Fußende und blickte auf sie hinab, dann betätigte er einen Knopf, der das gesamte Bett vibrieren ließ. Sophie schoss auf die Ellenbogen hoch, und er lachte – leise und unanständig. »Unglaublich, was?«

Die Vibrationen bewirkten seltsame Dinge. Sophie legte sich zurück, schloss die Augen und spürte den Empfindungen in ihrem Körper nach. Sie presste ihn in die Matratze, woraufhin Lucien die Intensität erhöhte. Sophie spürte, wie sie mit dem Bett verschmolz und als sie ihr Hinterteil in die Matratze drückte, waren die Gefühle so stark, dass sie ihre Beine hinaufströmten. Sie rang unwillkürlich nach Luft und öffnete die Augen. Lucien beobachtete sie. »Soll ich es noch etwas stärker stellen?«, fragte er gleichgültig, ein Knie auf der Matratze abgestützt.

Sophie richtete ihr Kleid und stieg eilig vom Bett.

»Es ist, äh, sehr bequem«, stieß sie hervor, während sie aus dem Zimmer eilte. *Himmel! Was war nur los mit ihr?*

Als Luciens Hand wieder ihren Rücken berührte, zuckte sie zusammen. Ihre Haut war überempfindlich und pochte. Hätte er sie in diesem Augenblick gegen die Wand gepresst, sie hätte es zugelassen. Und darum gefleht, nicht aufzuhören.

Er öffnete nacheinander die Türen der anderen Zimmer auf dem Flur, doch Sophie streckte nur noch den Kopf um die Ecke und spähte hinein. Was auch gut so war, denn ein Raum enthielt einen Käfig und Fesseln sowie eine beeindruckende Auswahl an Peitschen. An der Wand hingen weitere gefährlich aussehende Dinge, die sie nicht identifizieren konnte. Ein anderer entpuppte sich als nordische Dampfsauna, und ein weiterer mit einem Billardtisch wirkte vergleichsweise harmlos. Harmlos, bis Sophie sich vorstellte, wie Lucien sie daraufwarf und sich tief über sie beugte. Sie fing seinen Blick auf und hatte nicht zum ersten Mal das Gefühl, dass er ihre Gedanken lesen konnte.

Als sie die Tour fortsetzten, lernte Sophie das Konzept der Spielräume für Paare, Swinger und Singles kennen. Was immer man begehrte, hier in diesen schummerigen Räumen fand man es.

Ein weitläufiger Spa-Bereich mit einem großen Whirlpool, der ringsum von funkelnden Sternen und glänzenden

Spiegeln beleuchtet wurde, beherrschte den hinteren Teil der oberen Etage. Es war alles fabelhaft.

»Lust auf ein Bad?«

Sophie sah Lucien an, um sich davon zu überzeugen, ob er scherzte. Nach dem unerwarteten Zwischenspiel im ersten Raum war sie sich nicht ganz sicher.

»Vielleicht später«, bemerkte sie kess und erhielt sofort die Belohnung in Form eines überraschten Gesichtsausdrucks. »Das war nur Spaß.« Sie lächelte süß.

»Wie schade, Prinzessin.«

Bei der beiläufig klingenden liebevollen Bezeichnung blieb Sophie die Luft weg. Aus dem Mund dieses starken Wikingers klang das überwältigend sexy. Sie fühlte, sie war schon viel zu weit gegangen, und in diesem Augenblick traf sie eine Entscheidung. Wenn sie sich Lucien Knight versagte, würde sie sich das ganze Leben fragen, was geschehen wäre, hätte sie sich auf ihn eingelassen. Dan hatte sich schon lange von ihrem Körper und ihrem Herzen entfernt.

Lucien öffnete eine Seitentür und führte sie über eine separate Treppe zu seiner Privatsuite im obersten Stock. Im Eingang standen ein Schreibtisch mit Bürozubehör auf der einen Seite sowie einladende, gut gepolsterte Sofas und ein großer Fernseher auf der anderen. Am Ende des Raums führte eine Doppeltür in ein dekadentes Schlafzimmer. Sophie trat schweigend an die Türschwelle und betrachtete das riesige Bett, den massiven vergoldeten Spiegel an der Wand und die geöffnete Tür, die einen Blick auf das hotelähnliche, mit Schiefer geflieste Badezimmer bot.

Das war es.

Jetzt oder nie.

6

Sophie betrat das Schlafzimmer und setzt sich in einen der Clubsessel am Fenster.

Lucien lehnte mit der Schulter am Türrahmen, legte den Kopf schräg und betrachtete sie.

Sie kreuzte die Beine und blickte ihn an.

»Mein Mann hat eine Affäre, Lucien.«

Er hatte den Anstand, ehrlich schockiert zu wirken und wartete, dass sie fortfuhr.

»Genau in diesem Augenblick ist er Gott weiß wo, mit Gott weiß wem. Bis zum nächsten Wochenende, und ich glaube, es ist mir egal.«

Wie gut es tat, die Dinge beim Namen zu nennen. Sophie war kurz überrascht, wie stark es sie erleichterte. Dan hatte sie lange genug mit seinem Desinteresse niedergemacht. Ohne sie aus den Augen zu lassen, durchquerte Lucien langsam den Raum und setzte sich in den Sessel ihr gegenüber.

»Er ist ein verdammter Idiot.«

Sophie zuckte die Schultern und blickte aus dem Fenster. »Vielleicht. Er hat schon seit sechs Monaten nicht mehr mit mir geschlafen.«

»Ich sage es noch einmal. Er ist ein verdammter Idiot.«

»Ja.«

Sophie sah Lucien an. *Wie gut er aussah.* Wenn sie Dan mit irgendjemandem betrügen würde, dann mit diesem Mann.

»Würde es dir helfen, wenn wir vögelten?«

Sophie lachte und legte beschämt die Hände auf die Wangen.

»Könnten wir vielleicht erst etwas trinken?«

Lucien hob eine Braue, stand auf und ging zu einem eleganten Schrank. Kurz darauf kehrte er zurück und stellte eine Champagnerflasche mit zwei Gläsern auf den Tisch zwischen ihnen, dann setzte er sich wieder in den gegenüberliegenden Sessel.

»Zieh dein Kleid aus«, sagte er leise.

Sophie hielt die Luft an. Wenn sie vorher geglaubt hatte, erregt zu sein, hatte sie sich getäuscht. Jetzt war sie erregt.

Sie stand langsam auf und wandte ihm den Rücken zu. »Ich brauche Hilfe bei dem Reißverschluss.« Das stimmte nicht ganz, sie hätte das Kleid über den Kopf ziehen können, wie sie es heute Morgen getan hatte, aber das schien ihr jetzt nicht angemessen. Sie wartete ein paar Sekunden, und ihr kam der schreckliche Gedanke, dass er vielleicht nicht aufstehen und ihr helfen würde. Doch dann spürte sie, wie Lucien ihre Haare über eine Schulter schob und den Reißverschluss freilegte.

Seine Finger strichen heiß über ihren Nacken, und es erforderte all ihre Kraft, sich nicht zu ihm umzudrehen. Das Geräusch des Reißverschlusses klang anzüglich in dem stillen Zimmer. Sophie war sich nicht ganz sicher, aber sie meinte dabei ganz zart seine Fingerspitzen auf ihrem Rückgrat zu spüren.

»Zieh es aus«, raunte er ihr ins Ohr, glitt zurück in seinen Sessel, streckte die langen Beine von sich und sah ihr zu.

Sophie drehte sich zu ihm um, und die pure Lust in seinen Augen war so ungewohnt für sie, so überwältigend, dass sie den Blick nicht von ihm lösen konnte. Sie schob das Kleid erst über die eine, dann über die andere Schulter und ließ es anschließend an ihrem Körper hinab auf den Boden gleiten.

Luciens Blick löste sich langsam von ihrem, wanderte über ihre Schultern und verharrte auf ihren Brüsten, die von schwarzer Seide umhüllt waren. Sophie wand sich innerlich und unterdrückte den Impuls, sich mit den Händen zu bedecken.

»Bleib so stehen.«

Er beugte sich vor, schenkte Champagner ein und reichte ihr ein Glas. Sie nahm es, trank einen großen Schluck und genoss das Kribbeln der Bläschen auf ihrer Zunge.

Luciens Blick glitt von ihren Brüsten zu ihrem Bauch und tiefer zu dem schwarzen Seidenhöschen.

»Dreh dich um.«

Mist. Sophie wollte ihre Sachen zusammenraffen und davonlaufen. Oder ... vielleicht auch nicht. Sie stellte fest, dass sie Lust hatte, sich umzudrehen und ihn ihre Rückseite betrachten zu lassen.

Also tat sie es.

Endlose Sekunden rührte er sich nicht. Sophie rieb mit dem Finger über den Stil ihres Glases. Was er wohl dachte? Sie wollte unbedingt sein Gesicht sehen. Sie kippte die Hälfte des Champagners hinunter, besorgt, dass ihm ihr Po in dem Seidenhöschen nicht gefiel.

Sie trug normalerweise keine Strümpfe. Es hatte heute Morgen zehn Minuten gedauert, bis sie sie ganz hinten im Schrank gefunden hatte, doch jetzt war sie froh, dass sie sich die Mühe gemacht hatte.

Sie war kurz davor, sich umzudrehen, als sie Luciens Hand auf ihrer Taille spürte. Sophie sog vernehmlich die Luft ein und bog ihren Rücken durch, als seine warme Hand über ihren Rippenbogen glitt.

Mit der anderen Hand nahm er ihr das Champagnerglas ab und stellte es auf den Tisch. Er stand so dicht hinter ihr, dass sie die Hitze seines Körpers spürte. Als er noch dichter hinter sie trat, fühlte sie seinen Oberkörper von den Schultern bis zu den Hüften. Er hob die Hände und bedeckte ihre Brüste. Sophie hörte, wie er leise knurrte, dann drehte er sie in seinen Armen zu sich um.

Himmel, er war wirklich groß. Sie sah in sein Gesicht, und seine Hand strich über ihr Rückgrat und streichelte ihr Hinterteil. Um die andere Hand wickelte er ihre Haare, zog an ihnen und zwang Sophie, das Kinn zu heben. Mit den Fingern kniff er in ihr Hinterteil, direkt am Rand ihres Höschens. Dan war stets sanft gewesen, Lucien war jedoch alles andere als das. Er war grob und stark, und Sophie begehrte ihn mehr, als sie je einen Mann begehrt hatte.

Wie konnte sie sich hier halb nackt in seinen Armen befinden, ohne dass sie ihn auch nur geküsst hatte?

Sie strich mit den Händen über seine Brust und berührte ihn zum ersten Mal. Sie spürte den festen, heißen Körper unter seinem Hemd und seinen gleichmäßigen Herzschlag.

»Öffne es.«

Oh, ja, bitte. Sophie öffnete die Knöpfe und streifte das Hemd über seine Schultern, er riss es sich von den Armen und warf es auf den Boden.

Aus der Nähe und mit nackter Brust sah Lucien atemberaubend aus. Die zarte Seide ihres BHs strich über seine feste Brust, und Sophie drängte sich gegen ihn.

Lucien atmete hörbar aber unaufgeregt und hielt mit einer Hand ihre Hände auf dem Rücken fest, mit der anderen Hand umfing er ihren Nacken und drängte ihren Mund an seinen.

Sie war gefangen, in seiner Gewalt, und sie fand es wundervoll.

»Schöne Sophie«, murmelte er an ihren Lippen, und dann, endlich, senkte er den Kopf und küsste sie.

Sophie schwindelte, kaum spürte sie seine Lippen auf ihren, zunächst sanft, dann fest und so von sexueller Energie erfüllt, dass sie erzitterte. Er biss ihr in die Lippen, dann leckte er sie sanft. Er erforschte mit seiner heißen Zunge ihren Mund, während er ihren Kopf mit fester Hand hielt. Als Lucien sie küsste, hatte Sophie das Gefühl, jeder, der sie je zuvor geküsst hatte, müsste sich bei ihm um eine Lehrstunde bewerben. Sie bekam weiche Knie, doch er hielt sie so sicher, dass auch das egal war.

»Ganz ruhig«, murmelte er in ihr Ohr.

Er ließ die Hand um ihren Hals gleiten und weiter hinunter über ihre mit Seide umhüllten Brüste. Sophie bog sich ihm entgegen, sie sehnte sich nach seinen Berührungen und stöhnte, als sie seine Erektion fest an ihrem Bauch spürte.

Er hob den Kopf und sah ihr in die Augen, dann schob er sein Knie zwischen ihre Beine.

»Du ahnst nicht, auf wie viele Arten ich dich zum Höhepunkt bringen werde.«

Sophie gab nur ein Japsen von sich. Er war verdorben, und sie konnte nicht genug von ihm bekommen. Sie sehnte sich danach, ihn zu berühren, doch als sie ihre Hände befreien wollte, verstärkte er den Griff um ihre Handgelenke.

Lucien schüttelte den Kopf. »Noch nicht, Prinzessin.« Er schob seinen Schenkel zwischen ihre Beine und rieb wundervoll über ihre Scham. Mit der anderen Hand zog er die Träger ihres BHs hinunter und entblößte ihre Brüste.

Sophie rang nach Luft und spürte, wie die Spitzen ihrer Brüste fest wurden, als Lucien den Kopf auf die Seite legte und unverhohlen ihren Körper anstarrte. Er drängte sein steifes Glied fester gegen sie und befeuchtete seine Lippen. Sein heftiges Atmen strafte sein kühles, kontrolliertes Auftreten Lügen. Er war ganz genauso erregt wie sie.

»So rosa.« Lucien beugte sich hinab und saugte abwechselnd an ihren Brüsten, woraufhin sich ein lustvolles Stöhnen aus Sophies Kehle löste. Sie wollte mit den Händen durch seine Haare fahren und ihn festhalten, aber er umfasste weiter ihre Handgelenke. Stattdessen begann er sie auf seinem Schenkel zu bewegen. Die Seide ihres Höschens rieb über ihr Geschlecht. Vor. Zurück. Vor. Zurück. Fester, bis sie ihn ritt wie eine Tänzerin die Stange beim Pole-Dance. Ihr Verlangen nahm ihr jede Scham, zu beenden, was er begonnen hatte.

»So ist es besser«, raunte er und küsste ihren Hals, als sie den Kopf nach hinten fallen ließ. »Lass dich gehen.« Er spielte mit ihren Brüsten und beobachtete, wie sie darauf reagierte. Er streichelte sie, massierte sie und strich so fest über ihre Spitzen, dass Pfeile der Lust durch ihren Körper schossen.

»Lucien …«, hauchte sie. »Lucien …«

Er hob eine Braue und ließ die Finger über ihren sanft gewölbten Bauch gleiten, jede Berührung fühlte sich an wie unzählige winzige Stromschläge.

Ein vages Lächeln huschte über seine Lippen, als sie sich ihm entgegenbog. Er beugte sich vor und küsste ihr Ohr.

»Sag mir, was ich tun soll, Sophie. Was willst du?« Er strich mit den Fingern über den Rand ihres Höschens, woraufhin ihre Bauchmuskeln zuckten. »Ich tue es erst, wenn du mich darum bittest.« Er leckte über die Kuhle an ihrem Hals.

Sie wusste genau, was sie wollte.

»Lucien, bitte ... berühr mich.«

Sein Lachen klang durch und durch schmutzig. »Das reicht nicht, Ms Black.« Er umfasste eine ihrer Brüste und neigte den Kopf vor. »Du hast perfekte Brüste.« Er leckte über ihre Spitze und sah ihr in die Augen. Fasziniert beobachtete Sophie, wie seine Zunge über die rosa Knospe glitt. Ihre Brüste pochten, und sie sehnte sich danach, ihn zwischen ihren Beinen zu spüren. »Ist es das, was du willst, Sophie?«

Er ließ die Finger in ihr Höschen gleiten und legte die Hand auf ihre Scham.

Sophie wand sich vor Lust. »Ja. Oh, bitte. Ja ...«, stöhnte sie und schob sich gegen seine Hand.

Lucien richtete sich auf und presste sie fest an sich, die Hand ließ er in ihrem Höschen, während er sie leidenschaftlich küsste.

»Sag mir genau, was ich tun soll. Sprich es aus.«

Sophie hatte noch nie so viel Lust empfunden. Sie war kurz vor dem Höhepunkt, und Lucien wusste das. Sie spreizte die Beine und rieb sich an seinen Fingern. »Öffne mich«, flüsterte sie, und sofort folgten seine warmen, kräftigen Finger ihrem Wunsch und warteten auf weitere Anweisungen.

»Berühr meine Klitoris«, keuchte sie. Lucien sah sie an, seine Augen leuchteten triumphierend.

»So, Prinzessin?« Er begann, sie zu streicheln, und umkreiste die Klitoris mit seinem Daumen.

Sophie erschauerte, schloss die Augen und genoss das wundervolle Gefühl, das ihren Körper durchströmte. Seine Zunge erforschte ihren Mund, während seine geschickten Finger sie weiter zwischen den Beinen streichelten.

»Himmel, Lucien ...« Sophie bog sich ihm entgegen, sie war so kurz vor dem Höhepunkt, dass sie nur noch an Erlösung denken konnte. Seine Finger glitten an ihrer Scham entlang, sein Daumen rieb über ihre Öffnung. »Komm schon, Sophie, sag es.«

»Streichele mich von innen«, flüsterte sie, ihr Herz schlug wie wild, und ihr Verlangen wuchs ins Unermessliche.

Lucien stieß einen gutturalen Laut aus, bewegte sie auf seinem Schenkel nach vorn und schob zwei Finger tief in sie hinein. Sophie schrie auf, und Luciens Lippen begegneten ihren zu einem überaus sanften Kuss.

Er strich mit dem Daumen über ihre Klitoris, während er sie zugleich von innen liebkoste, und Sophie verlor alle Beherrschung. Ihr Höhepunkt begann an seinen Fingerspitzen und als die Beine unter ihr nachgaben, verstärkte sich Luciens Griff um ihre Handgelenke, um sie aufrecht zu halten. Er hörte nicht auf, sie zu küssen, als ihr Körper erstarrte, und schob seine Finger noch tiefer in sie hinein, als sie sich fest gegen seine Hand drängte.

»Das ist es, Prinzessin«, flüsterte er. »Ich spüre, wie du kommst.« Er strich schneller über ihre Klitoris.

»Ich kann es nicht erwarten, dich zu vögeln«, murmelte er, dann stieß er erneut zu. Und noch einmal. Und wieder, bis Sophie sich ganz verlor. Sie schrie auf und warf in völliger Hingabe den Kopf in den Nacken. Luciens Bewunderung verlieh ihr Kraft, machte sie sexy und hemmungslos. Noch nie hatte sie einen solchen Orgasmus erlebt, und sie wollte trotzdem nicht, dass es aufhörte. Er hatte etwas in ihr geweckt, ein sexuelles Verlangen, das zu lange unter dem Schutt des Alltags begraben gewesen war. Unter dem Schutt ihrer brüchigen Ehe. Sophie empfand keine Schuld. *Noch nicht.* Nicht, solange Luciens Finger sich noch immer langsam in ihr bewegten und er sie zärtlich küsste, während er langsam ihre Hände losließ.

Er hatte ihr gezeigt, wie Sex sein sollte, und es gab kein Zurück mehr.

7

Als der Rausch ihres Höhepunkts langsam nachließ, glitt Sophie zurück in die Realität. Sie konnte nicht fassen, dass sie so schamlos gewesen war. *Oder so untreu.* Sie wand sich aus Luciens Armen, setzte sich auf den Sessel, der hinter ihr stand, zupfte ihre Wäsche zurecht und legte die Hände auf ihre plötzlich heißen Wangen.

Was tat sie hier? Herrgott, sie befand sich in einem Sexclub und hatte sich gerade von ihrem Chef zum Höhepunkt bringen lassen. Oder um genauer zu sein, sie hatte ihn darum angefleht.

Was war ihr nur eingefallen? Ach, herrje, und Dan.

Lucien machte es sich wieder auf seinem Sessel bequem und legte die Füße auf den Couchtisch, noch immer ohne Hemd, noch immer verführerisch wie die Sünde. Er verschränkte die Arme vor der Brust.

»Sophie. Sieh mich an.«

Sie konnte nicht. Sie war beschämt.

»Sieh. Mich. An.«

Sie ließ die Hände sinken und blickte ihm in die Augen. Wie konnte er so völlig entspannt aussehen, als könnte ihm nichts etwas anhaben. Nun, vielleicht war das so. Doch ihr ging es anders.

»Ich bin eine verheiratete Frau, Lucien.«

»Ja. Und dein Mann vögelt eine andere. Ich finde, ihr seid jetzt quitt.«

Sophie schüttelte den Kopf. »Das ist kein Spiel ›Wie du

mir, so ich dir‹, Lucien. Es geht um meine Ehe. Ich liebe Dan seit meinem siebzehnten Lebensjahr.«

Tränen stiegen ihr in die Augen, und sie wischte sie mit dem Handrücken fort. Sie hatte immer gedacht, dass Dan und sie das perfekte Paar seien. Als die ersten Risse sichtbar wurden, hatte sie wie verrückt versucht, sie zu überkleben und ihn vor ihr in Schutz genommen. Es war schmerzhaft, die brüchige Tapete abzureißen und die hässliche Wahrheit darunter zu sehen.

»Gott, Lucien.« Ihre Brust zog sich zusammen. »Was ist, wenn ich mich täusche? Was, wenn er gar keine Affäre hat?«

Lucien starrte mit ausdrucksloser Miene zum Fenster hinaus.

»Du schienst dir ziemlich sicher zu sein.«

Sophie zuckte mit den Schulten und griff nach ihrem Kleid.

»Ach, war ich das? Vielleicht habe ich mir das nur eingeredet, weil es praktisch war. Weil ich eine Rechtfertigung brauchte, dich zu ... vögeln.« Sie zwang sich, das Wort zu benutzen.

»Du hast mich nicht gevögelt«, sagte er. »Noch nicht.«

»Noch nicht?« Sie schüttelte den Kopf und versuchte klar zu werden. »Lucien, ich muss gehen.«

»Nein, das musst du nicht. Sei mutig, Sophie. Bleib hier.«

Sie stand auf, um ihr Kleid anzuziehen, doch er stand ebenfalls auf und fasste sie an den Schultern. Er sah überaus ernst aus.

»Hier geht es nicht um deinen Mann, Sophie. Hier geht es um dich. Du bist eine junge Frau, die in einer verlogenen

Ehe gefangen ist.« Seine Hände umfingen ihr Gesicht, seine Daumen lagen warm auf ihren Wangen.

»Allmächtiger, wie kann er neben dir liegen und dich nicht begehren?«

Sophie schluckte erneut einen Kloß in ihrem Hals hinunter.

Meine Güte. Lucien war schon gefährlich genug, wenn er sein normales Ego zeigte, aber so schonungslos und offen war er lebensgefährlich.

Lucien nahm ihr das Kleid aus den Händen und warf es auf den Sessel hinter sich. »Mach dir nichts vor, nur weil du dich schuldig fühlst, Sophie. Er betrügt dich, und das verdienst du nicht. Du verdienst es, bewundert und gevögelt zu werden, bis du nicht mehr aufstehen kannst.«

Sophie starrte ihn an, ihre Mitte zog sich lustvoll zusammen. So etwas Erregendes hatte noch nie jemand zu ihr gesagt, und noch nie hatte jemand sie auf so erregende Weise angesehen, mit solch unverhohlenem Verlangen.

Ein Mann wie Lucien war ihr noch nie begegnet. Jemand, der so zu seiner Sinnlichkeit stand, der so ganz frei von jeglichen Hemmungen war.

Offenbar spürte er, dass seine Worte ihre Abwehr bröckeln ließen, denn er trat dicht vor sie hin und ergriff ihre Hand.

»Komm mit. Ich will dir etwas zeigen.« Er führte sie durch das Zimmer vor den riesigen goldgerahmten Spiegel, der im Flur stand. »Sieh in den Spiegel, Sophie.«

Sie versuchte, sich von ihm loszumachen, aber er hielt sie fest. »Sieh hin und sag mir, was du siehst.«

Widerwillig blickte sie in den Spiegel und sah dieselbe

Person, die sie immer sah. Sie wirkte allerdings kaum merklich anders. Erwachsener? Wissender?

Schwarze Seidenunterwäsche, halterlose Strümpfe, hohe Absätze. Lange blonde Haare. Vom Küssen geschwollene Lippen und der sinnliche Blick einer befriedigten Frau.

Hinter ihr stand Lucien, der sie um Längen überragte. Mit nacktem Oberkörper. Wunderschön.

Ihr Wikinger, und jetzt ihr Geliebter.

»Lass mich dir erzählen, was ich sehe«, sagte Lucien, die Hände auf ihren Schultern.

»Ich sehe eine Frau mit dem Gesicht eines Engels.« Er strich mit der Rückseite seiner Finger über ihre Wange. »Ein Gesicht, das in Männern den Wunsch weckt, sie zu vögeln, nur um zu sehen, wie sie aussieht, wenn sie kommt.«

Sophie starrte ihn schockiert und zugleich fasziniert im Spiegel an.

»Sie hat die Art von Kurven, die Männer gern berühren möchten.«

Er legte seine große warme Hand auf ihren blassen Bauch, woraufhin sich ihre Haut straffte und ihr der Atem stockte.

»Ich sehe eine Frau, die es verdient, wie eine Prinzessin behandelt zu werden.«

Er musste sie nur berühren, und schon war es, als hätte er den Verführ-mich-jetzt-sofort-Schalter in ihrem Kopf umgelegt.

»Sieh dich an, Sophie.« Er stand so dicht hinter ihr, dass sein warmer Atem sie im Nacken kitzelte. »Du bist wie ein Pfirsich, der darauf wartet, gepflückt zu werden.« Er trat noch näher, sodass ihr Rücken seine Brust berührte.

»Samtweiche Haut.« Er strich mit den Fingerspitzen über ihre Arme.

»Prächtige Kurven.« Er bedeckte ihre Brüste mit seinen Händen und streichelte sie durch ihren BH.

»Reif.« Er ließ eine Hand zwischen ihre Beine gleiten und ließ sie dort liegen. Sophie verfolgte mit großen Augen jede seiner Bewegungen. Sie war so erregt, dass sie kaum atmen konnte.

»Scharf.« Er stöhnte und ließ die Hand in ihr Höschen gleiten. »So verdammt scharf.« Er strich mit den Fingern an ihrer Scham entlang, die noch immer nass von ihrem ersten Orgasmus war.

»Ich will deinen Saft trinken, Sophie.«

Sophie spürte seine Erektion fest an ihrem Rücken, und sie wünschte sich nichts mehr, als dass er weitermachte. Sie beide so im Spiegel zu beobachten war, wie einen lebensgroßen Softporno zu sehen. Sie konnte den Blick nicht von seiner Hand in ihrem Höschen abwenden.

»Sag mir, dass sie nicht schön ist«, raunte er in ihr Ohr.

Das konnte sie nicht. Denn tatsächlich machte er sie schön.

»Bleib da«, schrie Sophie fast, als er die Hände von ihr löste und sich zurückzog. Kurz darauf kehrte er mit ihrem Champagnerglas in der einen und einem großen silbernen Vibrator in der anderen Hand zurück.

Sophie machte große Augen. Das hatte sie nicht erwartet.

»Was möchtest du zuerst?«, fragte er mit diesem lasziven selbstsicheren Lächeln.

»Lucien, nein. Ich will nicht ...«

»Sophie, Sophie, Sophie.« Er reichte ihr den Champagner und schüttelte den Kopf. »Sag nicht, dass du das nicht willst.

Ich habe in meinem Büro gesehen, wie dich das Spielzeug erregt hat.«

»Aber ich habe nie …« Sie musterte den Vibrator besorgt. »Ich habe so etwas noch nie benutzt.« Sie errötete tief und trank einen großen Schluck Champagner. »Das ist nichts für mich.«

Er lachte und stellte sich wieder hinter sie. »Das ist genau der Punkt, Prinzessin. Ich glaube, du weißt nicht, was gut für dich ist.« Er legte den Arm um ihre Taille und hielt den silbernen Vibrator in der Hand. Dann schaltete er ihn ein und das Gerät begann leise zu surren.

Sophie rührte sich nicht. Sie würde ihn auf keinen Fall aufhalten. In diesem Augenblick konnte er alles mit ihr machen.

»Du hast ein braves sicheres Leben geführt.« Er strich mit der Spitze des Vibrators durch den Spalt zwischen ihren Brüsten und löste gleichzeitig mit einer geschickten Bewegung ihren BH. Sie rang nach Luft und wollte ihn festhalten, doch Lucien war schneller und entwand den Stoff ihren Händen.

»Hör auf, dich vor mir zu verstecken.« Er strich ihre Haare über die Schultern nach hinten, um ihre nackten Brüste vollends zur Geltung zu bringen. »Sieh dich an.« Seine Augen verdunkelten sich vor Verlangen, und er strich mit dem Kopf des Vibrators über ihren Bauch. »Ab und an Blümchensex mit einem desinteressierten Mann. Das ist Verschwendung.« Er führte die Spitze des Vibrators an eine ihrer Brüste, und Sophies Augen weiteten sich vor Erregung. Lucien knabberte an ihrem Nacken und umkreiste mit dem Vibrator ihre Knospe. *Himmel.* Sophie spürte die erotischen

Vibrationen von ihren erregten Brüsten bis in die Lenden und bog sich, als Lustwellen ihren Körper durchströmten.

»Ich sehe dich. Sehe dich wirklich«, flüsterte er und suchte im Spiegel ihren Blick. »Ich sehe das Mädchen, das gierig ist und mehr will.«

Er ließ den Vibrator an ihrem Körper hinunter und zwischen ihre Beine gleiten. »Bist du noch immer sicher, dass das nichts für dich ist Sophie?«

Sie schüttelte den Kopf, lehnte sich rücklings gegen ihn, hob einen Arm über ihren Kopf und hielt sich an seinem Nacken fest. Sie wusste nichts mehr, nur, dass dieser Vibrator sich verdammt gut anfühlte, als er über die knappe Seide über ihrer Scham fuhr.

Er wanderte mit den Händen nach unten und schob die Daumen in ihren Slip. Im Spiegel sah Sophie, wie sich ihre Brüste hoben und senkten. Er würde sie nackt ausziehen und mit diesem großen silbernen Vibrator vögeln. Und sie konnte es kaum erwarten.

»Du willst es.« Er streifte ihr Höschen ab, dann richtete er sich auf und blickte ihr in die Augen. Sie kaute auf ihrer Lippe und nickte langsam.

»Sieh wieder hin. Sieh, was ich sehe.«

Sophie sah, dass sie bis auf ihre halterlosen Strümpfe und die hochhackigen Schuhe nackt war. Noch nie in ihrem Leben hatte sie sich so unglaublich sexy gefühlt.

»Knie dich hin.« Sie sah ihm verwirrt in die Augen. »Hier, vor den Spiegel.«

Er legte ihr die Hand auf die Schulter und übte leichten Druck aus, um sie zu ermutigen. Daraufhin ließ sie sich unsicher auf die Knie hinunter. Lucien wirkte gewaltig, wie er so hinter ihr stand, und sie konnte deutlich sein erregtes Glied hinter ihrem Kopf sehen. Er sah aus wie der sinnlichste Cowboy der Welt – muskulös, mit nackter Brust, in der Hand einen Vibrator anstelle eines Revolvers.

Er ließ sich auch hinunter und kniete sich hinter sie, sodass seine Schenkel ihre umschlossen. Den ausgeschalteten Vibrator legte er auf den Boden neben sich. Er nahm sie in die Arme und hielt sie fest. Dieser überraschende Augenblick voller Zärtlichkeit überwältigte Sophie. Luciens Arme fühlten sich warm und kräftig an, seine Lippen berührten sanft ihre Schulter. Sie betrachtete seinen gesenkten Kopf, die Art, wie er die Augen schloss, als er sie küsste, und sie schmolz dahin. Dann öffnete er die Augen, lächelte sie lüstern an, und der Moment war vorüber. Ihr Puls schlug heftig vor lustvoller Erwartung dessen, was als Nächstes käme.

Lucien ließ sie nicht lange warten. Er legte seine Hände auf ihre Knie und spreizte ihre Beine, dann ließ er die Hände einen Moment dort ruhen, um sie davon abzuhalten, die Beine instinktiv gleich wieder zu schließen.

»Schhh. Lass sie so.«

In Sophies Magen stieg Panik auf. *Oder war es Erregung?* Diese beiden Gefühle hatten sich von dem Moment an in ihr vermischt, in dem sie das erste Mal Luciens Büro betreten hatte. Sie wollte die Beine schließen, denn es kam ihr unanständig vor, dass beide ihre glänzende Scham im Spiegel betrachteten, doch irgendwie gefiel es ihr auch.

Als Lucien sich sicher war, dass sie die Beine nicht wieder schließen würde, strich er mit den Händen über die Innenseiten ihrer Schenkel. Seine Finger berührten sanft ihre zarte

Haut, und als er einen Finger zu ihrer Mitte hinabgleiten ließ, stöhnte sie auf. Dann führte er ihn ganz langsam wieder hinauf. Sophie atmete stoßweise, und als er seine Hände auf ihre legte und sie zwischen ihre Beine führte, blieb ihr beinahe die Luft weg. Sie spürte seine großen warmen Hände auf ihren.

»Öffne dich für mich, Sophie.« Sie schloss fest die Augen, woraufhin er sie so fest in den Nacken biss, dass sie beinahe aufgeschrien hätte.

»Nicht die Augen schließen. Sieh hin.« Er drückte ihre Finger sacht nach unten. Er zwang sie, im Spiegel ihr Innerstes zu zeigen. »Siehst du? Siehst du, wie verdammt wundervoll du bist?« Er berührte mit dem Zeigefinger ihre Klitoris und lächelte, als sie stöhnte und vor Lust zusammenzuckte. »So ist es besser. Nicht die Hände bewegen. Sieh zu. Achte auf meine Finger.« Sie tat, was er sagte und überließ sich den intensiven Gefühlen, die er in ihr auslöste. Sie wollte kommen. Sie wollte, dass sie beide zusahen, wie sie kam. *Ja. Ja. Nicht aufhören.* Sie befeuchtete ihre Lippen, es faszinierte sie, dass seine kräftigen Finger sie genau auf die richtige Art berührten. Dann hielt er inne, und sie rang verzweifelt nach Luft, denn sie war knapp vorm Höhepunkt gewesen. Als er den Vibrator einschaltete und ihn über ihren Rücken nach unten gleiten ließ, musste sie wieder um Atem ringen – diesmal vor lustvoller Erregung. Der Vibrator surrte heftig an ihrem Hinterteil, dann riss Sophie die Augen auf, als Lucien die Spitze zwischen ihre Beine führte. Sie sah, wie der silberne Kopf pulsierte und bewegte die Hüften in dem Bemühen, ihn dichter an ihre Klitoris zu bringen.

»Gieriges Mädchen.« Lucien schob ihn nach vorn, um ihr für den Bruchteil einer Sekunde zu geben, wonach sie sich sehnte. Lange genug, damit sie sich vor Lust wand, zu kurz, um zu kommen. Er war ihr himmlischer Folterknecht, strich mit der vibrierenden Spitze über ihre Klitoris, gab ihr jedoch nicht, was sie brauchte.

»Willst du ihn in deiner Muschi fühlen, Sophie?« Er ließ nur die Spitze des Vibrators in sie hineingleiten.

»Ja«, keuchte sie, schockiert, dass seine obszöne Wortwahl sie nur noch mehr erregte. »Ja.« Sie wollte, dass er sie ausfüllte.

»Prinzessin«, murmelte er an ihren Haaren, dann schob er den pulsierenden Vibrator mit einem langen, lustvollen Stoß ganz in sie hinein. Sophie stöhnte auf und konnte nicht den Blick von seinen Händen wenden, die den silbernen Stab in ihr bewegten. Sie zitterte vor Lust, doch Lucien hielt sie knapp vor dem Höhepunkt und forderte sie mit seinem Blick und seinen Händen heraus, weiter zu gehen, als sie es je getan hatte.

»Ja ... ja ...«, stöhnte sie, und er schob den Vibrator bis zum Anschlag in sie hinein, dann drehte er ihn, bis der Klitoris-Stimulator ihren zarten Punkt berührte. Dort hielt er ihn fest.

»Ja«, flüsterte er. »Sieh dich an.« Ihr Körper begann zu zucken. »Sieh, wie du kommst, Sophie.« Er spreizte weit ihre Beine, und als sie versuchte, sich den intensiven Gefühlen zu entziehen, drückte er den Stimulator fest gegen ihre Klitoris. Schließlich entlud sich der Orgasmus mit voller Macht in Sophies Körper. Sie hörte, wie jemand vor Lust schrie und brauchte einen Moment, um zu begreifen, dass sie selbst es war. Ihre animalischen Instinkte hatten die Kontrolle über ihren Körper übernommen, sie konnte nichts dagegen tun. Lucien Knight war wild, und es gefiel ihr.

Sophie sank in Luciens Arme, und er drückte sie zärtlich an seine Brust. Sie musste sich beruhigen, ihr Herz musste aufhören zu hämmern und ihr Körper aufhören zu zittern.

Was machte sie da nur? Nachträglich beschlich sie heftige Scham, und sie schloss die Augen vor dem Bild ihrer selbst, wie sie nackt in den Armen eines anderen Mannes lag. Was ihr eben noch so erotisch erschienen war, kam ihr jetzt falsch vor.

Was für eine Macht übte dieser Mann über sie aus? Er musste sie nur berühren, und schon konnte sie keinen klaren Gedanken mehr fassen, wurde sie lüstern und sehnte sich nach seiner Berührung. Selbst jetzt, trotz all ihrer Scham, fand sie ihn einfach nur schön. Es war nicht seine Schuld, dass ihre Ehe nicht in Ordnung war, und auch wenn er das dachte, war es kein Schlüssel zur Lösung, sich von ihm verführen zu lassen.

Lucien bewegte sich hinter ihr, aber ihre Knochen fühlten sich zu schwer an, um sich vom Boden zu erheben. Darum brauchte sie sich jedoch keine Gedanken machen. Im nächsten Moment schob er seine starken Arme unter sie und hob sie wie ein Kind hoch. Ihre Wange ruhte an seiner warmen Brust, als er sie an sich drückte. Er trug sie zum Bett und legte sie sanft darauf, dann deckte er ihren zitternden Körper zu und strich ihr die nassen Haare aus dem Gesicht.

Wenn er nicht so atemberaubend zärtlich gewesen wäre, hätte Sophie vielleicht die Kraft gehabt, ihm zu widerstehen, aber seine Zärtlichkeit brach ihren Widerstand. So vergaß sie ihre Scham und ihre Wut und blieb ruhig und mit dem leichten Ziehen der befriedigten Geliebten zurück. Er strich ihr über die Haare und beruhigte sie mit leise gemurmelten Worten. Sie bemühte sich, sie zu verstehen, doch sie entglitten ihr auf den Flügeln des Schlafs. Bis auf eines.

Prinzessin.

8

Lucien saß im Sessel neben dem Bett und sah Sophie beim Schlafen zu. Sie schlummerte bereits seit einigen Stunden tief und fest, inzwischen war der Club zum Leben erwacht. Vor einer Stunde war er nach unten gegangen und hatte zufrieden festgestellt, dass die Menschen mit großen, erwartungsvollen Augen durch die Türen strömten. Es gefiel ihm, dass sie keine Hemmungen hatten und den Mut besaßen, an dem Ort, den er erschaffen hatte, gesellschaftliche Grenzen zu überschreiten und zu sein, wer auch immer sie sein wollten.

Der Gateway Club war genau das, was der Name über der Tür versprach. Ein Tor zur sexuellen Freiheit für jeden, der mutig genug war, ihn zu betreten.

Lucien blickte Sophie gedankenvoll an. Sie hatte ihn vom ersten Moment an fasziniert, als sie auf Absätzen, auf denen sie sich kaum aufrecht halten konnte, in sein Büro gestöckelt war. Und als sie sich zu ihm umgedreht und zu den Worten gezwungen hatte, für die sie sich sichtlich schämte, hatte sie ihn verblüfft. Ihr Mut war stärker als ihre Scham, und das beeindruckte ihn. Das Mädchen war zu achtzig Prozent ein Kätzchen und zu zwanzig Prozent eine Löwin, und er sah es als seine Mission an, sie zum Brüllen zu bringen. Ihre sexuelle Energie strahlte wie ein Leuchtturm, und dass sie es so heftig leugnete, weckte nur noch stärker den Wunsch in ihm, es ihr zu beweisen.

Abgesehen davon war da noch die kleine Angelegenheit mit

ihrem Mann. Wenn es etwas gab, das Lucien eine Gänsehaut verursachte, dann Männer, die Frauen schlecht behandelten. Sein Detektiv hatte ein paar Nachforschungen angestellt und Beweise dafür gefunden, dass Dans andere Frau schon seit geraumer Zeit ein fester Bestandteil von Sophies Ehe war.

Wie konnte der Mann das tun? Wie konnte er der Frau ins Gesicht lügen, die er behauptete zu lieben?

Lucien wurde schwer ums Herz, in ihm erwachten lang verschüttete Erinnerungen an den Kummer seiner Mutter. Sie hatte ihren Vater zu sehr geliebt und war daran gestorben – allein, mit einer Schachtel Tabletten und einem zerknitterten Foto ihres Mannes. Sie hatte mit den Betrügereien von Luciens Vater gelebt und sich die meiste Zeit eingeredet, sie sei glücklich. Bis zu dem Tag, an dem sie es nicht länger ignorieren konnte, als sie ihn bei der Arbeit besuchte und ihn rittlings auf seiner Sekretärin vorfand.

Sie hatte die Wahrheit in all ihrer Hässlichkeit gesehen und war daran zerbrochen.

Lucien war damals zu jung gewesen, um seine Mutter zu retten, aber er würde ganz sicher dafür sorgen, dass Sophie nicht in diesen zerstörerischen Kreislauf geriet. Sie stand kurz davor, ihren Mann mit der Wahrheit zu konfrontieren, und auf diesen Kampf wollte Lucien sie gut vorbereiten.

Dan saß in seinem kleinen Hotelzimmer auf Kreta ebenfalls in einem Sessel neben einem Bett, und auch er sah einer Frau beim Schlafen zu. *Was tat er hier?* Es war das erste Mal, dass er mehr als vierundzwanzig Stunden am Stück in Marias Gesellschaft verbracht hatte. Rund um die Uhr mit einer anderen Frau als mit Sophie zusammen zu sein erwies sich als

Nagelprobe. Die geheimen Treffen mit Maria zum Essen und zu nachmittäglichem Sex hatten sich in den letzten achtzehn Monaten zu einer angenehmen Einrichtung in seinem Leben entwickelt. Als sie sich auf einer Geschäftsfeier begegnet waren, hatte Maria vom ersten Augenblick an kein Hehl daraus gemacht, dass er ihr gefiel. Sie war kokett. Sexy. Er hatte Spaß mit ihr, und sie interessierte sich nicht dafür, ob er den Müll hinausbrachte oder seine Wäsche auf dem Schlafzimmerboden liegen ließ. Ihre Andersartigkeit war aufregend, und sie begehrte ihn. In seinem Kopf gelang es ihm mühelos, sie von seinem Ehegelübde zu trennen.

Wenn überhaupt, so redete er sich ein, war das Vögeln mit Maria von Vorteil für seine Ehe. Maria tat Dinge, die sich Sophie niemals trauen würde. Er war ein befriedigter Mann, und abgesehen vom Schlafzimmer war seine Beziehung mit Sophie in jeder Hinsicht ideal.

In Gedanken hatte er sein Leben perfekt unterteilt.

Sophie, seine Frau und beste Freundin.

Maria, zweimal die Woche seine Geliebte.

Es war die ideale Aufteilung gewesen. Bis jetzt.

Bis zu dieser Woche.

Maria hatte schon seit Monaten davon geredet, dass sie mit ihm wegfahren wollte, doch er hatte es stets umgehen können. Sie kannte seine Lage. Er war ein verheirateter Mann. Doch dann hatten sich die Umstände gegen ihn verschworen, und diesmal konnte er sich nicht herausreden. Maria hatte zwar nicht direkt gesagt, dass sie Sophie von ihrer Affäre erzählen werde, aber sie hatte es angedeutet, und die Drohung genügte, dass er seinen Koffer packte und Sophie die größte Lüge seines Lebens auftischte.

Sie hatten sich am Flughafen getroffen, und Dan hatte vom ersten Augenblick an gewusst, dass es ein Fehler war. Er wollte nicht mit Maria im Duty-Free-Shop stöbern. Es gehörte zu Sophies und seinem Urlaubsritual, Sophie dort ein neues Parfüm zu kaufen. Rund um die Uhr mit Maria zusammen zu sein hatte die Unterschiede zwischen den beiden Frauen, über die er zuvor nie nachgedacht hatte, deutlich zum Vorschein treten lassen. Klar, Maria mochte vielleicht noch nicht über den Müll oder schmutzige Wäsche klagen, doch das vorübergehende Zusammenleben hatte mehr Gegensätze als Gemeinsamkeiten zwischen ihnen zum Vorschein gebracht. Es hätte vermutlich keine Rolle spielen dürfen, dass Maria auf der falschen Seite des Bettes schlief oder dass sie morgens lieber Tee als Kaffee trank. Es hätte ihn eigentlich nicht stören dürfen, dass sie mehr auf Sightseeing aus war und nicht gern in der Sonne briet, oder dass sie keine Ahnung hatte, wie man spätabends auf dem Balkon Poker spielte.

Doch Tatsache war, dass ihn all diese Dinge störten, weil sie deutlich machten, dass sie eben nicht Sophie war. Sie war nicht die Frau, die er liebte, die Frau, die ihn in- und auswendig kannte.

Wusste Sophie von Maria? Wie sollte sie nicht von ihr wissen?

Gott, er wollte es jedenfalls nicht hoffen.

Er ließ den Kopf in die Hände sinken und fühlte sich gefangen. Er wollte nach Hause.

9

Sophie öffnete die Augen. Der Raum war in warmes Licht getaucht, und sie fühlte sich unglaublich wohl. Mit dem Erwachen kehrte Stück für Stück die Erinnerung an die letzten Stunden zurück, und ein Blick unter die Decke bestätigte ihre Befürchtung. Sie war nackt. Sie hatte es nicht geträumt. Sie hatte tatsächlich zugelassen, dass Lucien diese Dinge mit ihr tat.

Wo war er wohl? Sie setzte sich im Bett auf und zog die Decke um ihren nackten Körper. Lucien musste sie gehört haben, denn eine Sekunde später erschien er in der Tür.

»Dass du so gut geschlafen hast, betrachte ich als Kompliment.« Er lehnte mit verschränkten Armen im Türrahmen. Sophie runzelte die Stirn, es irritierte sie, dass er sich umgezogen hatte. Sie kannte ihn nur in Geschäftskleidung, doch in der weichen, abgetragenen Jeans und dem verwaschenen schwarzen T-Shirt, das sich um seinen wohlgeformten Körper schmiegte, erschien er ihr auf ganz neue Weise attraktiv.

»Wie spät ist es?«, fragte sie, verwirrt von der Dunkelheit und von Luciens Nähe.

»Fast Mitternacht.«

Sophie blinzelte ihn an. Sie hatte mehr als drei Stunden geschlafen. *Oh Gott.* Sie befand sich in einem Sexclub. Der Himmel wusste, was sich gerade unter ihr abspielte.

»Lucien. Das ist nicht richtig. Ich dürfte eigentlich gar nicht hier sein.« Ihre Stimme klang heiserer, als sie es erwartet hatte.

Er schüttelte den Kopf und verschwand für einige Sekunden, dann kehrte er mit einem Tablett zurück. Er stellte es auf dem Bett ab und setzte sich daneben.

»Iss. Du musst hungrig sein.«

Sophie blickte auf das Essen. Köstliche Sandwichs. Eine Schale mit Früchten. Schokoladentrüffel.

Dann sah sie wieder Lucien an. Wie konnte er von ihr erwarten, dass sie nackt im Bett saß und aß. Sie war seine Assistentin. Er ihr Chef.

»Begrüßt du alle neuen Mitarbeiter so, Lucien? Ein Ausflug in einen Sexclub, ein bisschen Fummeln und ein Sandwich? Das ist nicht sehr stilvoll.«

Sie hatte ihn beleidigen wollen, doch er lachte über ihre spitzen Worte.

»Das war kein Fummeln, Sophie. Das war das Vorspiel.«

Sie hatte gerade in Erwägung gezogen, ein Sandwich zu essen, doch bei seinen Worten verging ihr der Appetit. »Das Vorspiel?«

Er nickte und nahm sich eine Kirsche aus der Schale.

»Das Vorspiel.« Er biss mit den Zähnen in das dunkle, glänzende Fleisch der Kirsche und löste es vom Stein.

Unterhaltungen mit Lucien nahmen stets überraschende Wendungen. Er war unkontrollierbar wie Quecksilber. Sophie beobachtete ihn schweigend und wartete ab.

»Ich mache dir einen Vorschlag.« Er griff nach einer weiteren Kirsche.

Sophie schüttelte den Kopf. Wohin war ihr Realitätssinn entschwunden? Auf einmal verstand sie, wie Alice sich gefühlt hatte, als sie in den Kaninchenbau gefallen war. Hatte sie jemand von ihrem realen Leben getrennt und in eine

Fantasiewelt versetzt? Sie befand sich nackt in einem Sexclub und sah einem Wikinger zu, der an einer Kirsche knabberte. Das war kein durchschnittlicher Dienstagabend für sie. Sie konnte nichts sagen. Ihr fiel einfach nichts Passendes ein.

»Bleib diese Woche bei mir.«

Hoppla! Darauf wusste sie die Antwort.

»Was? Nein!« Er mochte überaus attraktiv sein, aber er war eindeutig verrückt.

»Nenn mir einen vernünftigen Grund, warum nicht«, forderte er sie auf, legte sich neben sie auf das Bett und ließ eine weitere Kirsche über seinem Mund baumeln.

»Weil ... weil ich nicht will.«

»Natürlich willst du, du hast nur Angst, es zuzugeben.« Lucien lachte und biss in die Kirsche. »Nenn mir einen besseren Grund.«

Sophie schüttelte den Kopf. »Du bist der eingebildetste Kerl, dem ich je begegnet bin.«

»Bla bla bla.« Er bedeutete ihr fortzufahren, und sie blickte ihn durchdringend an. Verzweifelt. Sie saß in der Falle. Ihre Kleider lagen auf der anderen Seite des Zimmers, und die Decke klemmte unter seinem Körper. Wenn sie ihm keine Stripshow bieten wollte, konnte sie dieser Unterhaltung nicht entkommen, und das wusste er genau.

Er sah sie mit Unschuldsmiene aus seinen großen blauen Augen an. »Hast du eine Katze? Ist es das? Stirbt Mr Tibbles, wenn du nicht nach Hause kommst und ihn fütterst?«

Sie kniff die Augen zusammen und wandte den Blick ab. »Ich habe keine Katze.«

»Einen Hund? Zwei kreischende Kinder?«

Sophie seufzte und ließ sich zurück auf das Kopfkissen fallen, wobei sie die Decke unter den Armen festklemmte. »Es gibt nur Dan und mich.«

»Der nicht da ist.« Seine Gelassenheit und seine Sturheit ließen Sophies Ärger verrauchen und machten sie wehrlos.

»Richtig. Fangen wir noch einmal von vorn an. Bleib bis Sonntag bei mir.«

Sophie stützte sich auf einen Ellenbogen hoch und drehte sich zu ihm um.

»Wozu?«

Sein Blick suchte ihren. »Weil du es dir schuldig bist. Weil du jung und schön bist und Sex aus so viel mehr besteht, als du bislang kennengelernt hast. Du verdienst es, das alles zu erfahren, es zu erleben, und ich möchte derjenige sein, der es dir zeigt.«

»Ist dir schon einmal der Gedanke gekommen, dass ich das vielleicht gar nicht kennenlernen will?«

Er schüttelte den Kopf und lachte leise und verführerisch. »Mir ist schon einmal der Gedanke gekommen, dass du das nicht kennenlernen willst. Doch als ich dich berührt habe, bist du erwacht.« Er nahm sich einen Pfirsich vom Tablett. »Bist du nicht neugierig, Sophie? Ehrlich, willst du es wirklich nicht kennenlernen?«

Der Anstand verlangte, dass Sophie ablehnte, aber Luciens Direktheit verlangte, dass sie offen war. Irgendwie schaffte sie es nicht zu lügen, konnte aber auch nicht die Wahrheit eingestehen.

Lucien drehte den Pfirsich in den Händen, er wusste genau, dass es viel mehr als eine unschuldige Frucht war.

Er ließ die Fingerspitze über die Wölbung gleiten, es hätte

ebenso gut ihr Hinterteil sein können. Er tat es noch einmal und beeinflusste subtil ihre Gedanken. Wenn er je sein Leben als König des Sex-Imperiums aufgeben sollte, würde er einen erstklassigen Hypnotiseur abgeben.

»Bleib, weil ich es will, Sophie.« Er hob den Pfirsich an die Nase und atmete tief seinen Duft ein.

»Bleib, weil ich dich besser befriedigen kann, als es je einem anderen Mann gelungen ist.« Er nahm den Pfirsich in den Mund, schloss die Augen und versenkte seine Zähne tief in dem Fruchtfleisch.

Sophies Brüste unter der Decke spannten. Sie konnte es nicht leugnen. Er hatte gewonnen. Sie wollte seine Lippen auf ihrem Körper fühlen, aber sie konnte es nicht sagen.

Er stützte sich auf einen Ellbogen und imitierte ihre Haltung, dann hielt er den Pfirsich an ihre Lippen, damit sie ihn probierte. »Beiß zu.«

Sie schloss die Augen und gehorchte.

»Er schmeckt wie du.« Seine Worte streichelten sie, während sie von dem süßen Fruchtfleisch kostete. »Süß.« Als sie schluckte, berührten seine Finger ihren Mund. »Und verführerisch.« Sophie konnte sich nicht zurückhalten. Sie öffnete die Lippen, saugte an seinem Finger und ließ die Zunge mit den süßen Pfirsichsäften um ihn kreisen. Als sie die Augen öffnete, zog er den Finger langsam aus ihrem Mund und schob ihn in seinen.

»Ich mag deinen Geschmack«, sagte er. »Sag, dass du bleibst.«

Sophie nickte vage mit dem Kopf. »Ich bleibe«, flüsterte sie, dann räusperte sie sich. »Ich bleibe«, wiederholte sie, diesmal lauter. »Ich will bei dir bleiben, Lucien.«

Luciens Lächeln war voll sinnlicher Versprechen. Mit einer geschmeidigen Bewegung beugte er sich über sie und rollte Sophie auf sich. Er war vollständig angezogen, und die Bettdecke lag zwischen ihnen, dennoch spürte Sophie deutlich seine Erregung an ihrem Bauch.

Seine Hände strichen über ihren nackten Rücken, sie rang um Atem. Sie war nackt bis auf ihre halterlosen Strümpfe, und Lucien verschwendete keine Zeit, sich an ihr zu bedienen.

Er umfasste ihr Hinterteil. »Wie ein Pfirsich«, stellte er mit einem Seitenblick auf den Obstteller fest, dann legte er die Hand um ihren Nacken und zog sie zu einem Kuss zu sich herunter. In ihren Lenden explodierten Feuerwerkskörper, als seine Zunge über ihre glitt und er sich fest gegen ihren Unterleib drängte. Sie konnte nicht anders, sie öffnete die Beine, und seine Finger glitten zwischen ihre Pobacken. Seine andere Hand hielt ihren Kopf.

Er ließ seine Finger über ihren Körper streichen und liebkoste sie überall, ließ sie in sie hineingleiten und zog sie wieder heraus, um eine Acht um ihre Klitoris zu beschreiben.

»Ich werde dich hier lecken.«

Sophie stöhnte vor Erregung. *Himmel, sie wollte seine Zunge dort spüren.*

»Und hier.« Er schob noch einmal seine Finger in sie, dann zog er sie wieder heraus, um ihr Hinterteil zu streicheln.

»Und hier.« Sein Finger strich über die kleine feste Öffnung und ließ sie schockiert zusammenzucken.

»Nein, Lucien!«

Er biss in ihre Unterlippe. »Nein?«

Er löste die Hand nicht von ihrem Hinterteil, doch die Berührung war so federleicht, dass sie nicht mehr versuchte, sich ihm zu entziehen. »Es wird dich vielleicht überraschen.«

Sie schüttelte den Kopf. Es war ein Tabu, das sie nie zu brechen gereizt hatte. Und das würde auch so bleiben, doch es fühlte sich unstreitbar sexy an, wenn Lucien sie dort berührte.

»Ich setze es mit auf meine Liste«, raunte er an ihren Lippen.

Sophie hob den Kopf ein wenig, und durch die Bewegung schob sie ihr Rückgrat ein Stück tiefer, wodurch sie wiederum etwas weiter auf seine Hand rutschte. Sie bekam große Augen. Er sagte nichts, sondern sah sie stattdessen mit wissendem Blick an. Er hatte sie durchschaut. Er wusste, dass sie das ungewohnte Gefühl, dass er sich dieser Stelle ihres Körpers widmete, bereits genoss.

»Welche Liste?«

»Die Liste der Dinge, die ich in dieser Woche mit dir tun werde, Prinzessin.«

Sophie kam sich mehr als unanständig vor. Sie lag auf einem Mann, der mit ihrem Hintern spielte und ihr eine Woche voll echter, zügelloser Lust versprach. Sie war von einem starken, dunklen Verlangen erfüllt und bereit, diesem Wikinger, diesem Sexgott in seine aufregende, fremde Welt zu folgen.

Er ließ seine Hand noch einen Moment auf ihrem Hinterteil ruhen, dann setzte er sich auf und rollte sie von sich herunter.

»Zieh dich an, Sophie. Wir gehen nach unten.«

10

Sophie stand zögernd in der offenen Tür zu Luciens Suite, trug wieder ihr grünes Kleid und die hochhackigen Schuhe, war allerdings ihres Höschens beraubt. Dieses befand sich in Luciens Tasche und blieb dort, wie sehr sie ihn auch anflehte, es ihr wiederzugeben. Als er hörte, dass sie noch nie ohne Unterwäsche aus der Wohnung gegangen war, lachte er nur und ignorierte ihren Protest.

Er stand am Fuß der kleinen Treppe und lockte sie.

»Komm, Sophie. Ich drehe eine Runde, und du kommst mit.«

»Aber …« Sie blickte verzweifelt auf seine Tasche. Sie wollte unbedingt das sichere Gefühl ihres Slips haben.

»Hör auf, mir auf den Schritt zu starren und komm her.« Er streckte ihr die Hand entgegen, und das nahm seinen Worten die Schärfe. Sie trat unsicher zu ihm und fühlte sich verrucht und schutzlos, auch wenn sie für das unwissende Auge absolut sittsam wirkte.

»So ist es besser, Sophie. Also, ich unterziehe den Laden jetzt einer umfassenden Prüfung, und du machst deine Arbeit als meine Assistentin und begleitest mich.«

Es tröstete Sophie nur mäßig, dass er dem Vorhaben einen geschäftlichen Anstrich gab.

»Brauche ich nicht ein Klemmbrett oder so etwas?«, fragte sie. Sie würde sich wesentlich wohler fühlen, wenn sie offizieller aussähe und sich vom Klientel des Clubs abhob. Wenn sie etwas hatte, das sie als Mitarbeiterin kennzeichnete und deutlich machte, dass sie sich nicht auf der Suche nach Ekstase befand.

Lucien lachte.

»Sei nicht albern. Wir wollen uns nur unauffällig umsehen und den Leuten nicht den«, er drehte sich zu ihr um und befeuchtete seine Lippen, »Spaß verderben.« Er ließ die Hand über ihren Rücken gleiten und beugte sich vor zu ihrem Ohr.

»Ich glaube nicht, dass ich dir diese Woche noch einmal erlaube, einen Slip zu tragen.«

Der Mann machte sie fertig. Für ihn war das alles ein großes Spiel, und er beherrschte es perfekt. Sophie richtete sich auf und straffte die Schultern. Die Vorstellung, den Club zu besuchen, wenn sich Leute in den Zimmern aufhielten, auf den Betten ... sie erschauerte innerlich. Einerseits wäre sie gern nach Hause gelaufen, auch ohne ihren Slip, doch der Impuls, zu erfahren, was sich dahinter verbarg, war stärker. Sie erinnerte sich daran, dass sie, abgesehen von allem anderen, in ihrer Funktion als Luciens Assistentin hier sein sollte. Wenn sie es so betrachtete, könnte sie die nächsten Stunden vielleicht überstehen.

»Gehen Sie vor, Mr Knight.«

Er neigte zustimmend den Kopf und legte ihr die Hand auf den Rücken.

»Bleib dicht bei mir. Niemand wird dich anfassen, ehe du nicht jemanden zuerst berührst.«

Zuvor war sie besorgt gewesen, jetzt hatte sie Angst. *Was, wenn sie gegen jemanden stieß oder versehentlich jemanden berührte?* Würde man sie ans Bett fesseln und ihr dreißig Schläge geben? Und würde Lucien einschreiten, oder würde er das als Teil ihrer sexuellen Befreiung betrachten?

»Sophie?« Lucien blieb stehen und blickte zu ihr hinab. »Himmel noch mal, entspann dich, ja? Hier entlang.« Er ging auf einen Notausgang zu, und als sie ihm nicht automatisch folgte, warf er ihr einen auffordernden Blick zu.

»Wir nehmen diesen Weg und kommen durch den Haupteingang herein«, erklärte er und reichte ihr wieder die Hand. »Ich möchte den Club mit den Augen unserer zahlenden Kunden sehen.«

Sophie warf einen letzten verlangenden Blick über die Schulter zurück zu der nun verschlossenen Tür, die zwischen ihr und ihrer Zufluchtsstätte lag, dann folgte sie Lucien durch den Notausgang.

Als sie um die Schlange der Anstehenden herumgingen, drängte sich Sophie an Lucien. Jetzt, nachdem es dunkel geworden war, wirkte der Club anders. Die Rauchglasfassade machte jetzt ohne die Sonne einen bedrohlichen Eindruck, und das gedämpfte Licht am Empfang verstärkte die angespannte Stimmung, die von den wartenden Kunden ausging. Sophie warf im Vorbeigehen verstohlene Blicke auf sie, wandte den Blick dann jedoch hastig ab. Nach dem, was sie gesehen hatte, wirkten die meisten ziemlich normal. Vielleicht hatte sie in ihrer Vorstellung etwas übertrieben. Es handelte sich um einen Club. Sie war schon häufig in Clubs gewesen, die Menschen in der Schlange sahen nicht anders aus als andere Clubbesucher.

Lucien nickte dem Sicherheitspersonal zu und legte wieder die Hand auf Sophies Rücken, um sie am Empfang vorbei und durch die Doppeltür zu führen.

Als sie in den vollen, dämmrigen Club traten, beugte er sich zu ihr hinunter und hielt seinen Mund dicht an ihr Ohr.

»Wir sind nicht mehr in Kansas, Dorothy.« Über diese überraschenden Worte musste sie kichern. Sophie entspannte sich etwas. Sie sah sich im Raum um, der nun voller Menschen war. Auf den ersten Blick wirkte er keineswegs ungewöhnlich. Die Musik wummerte, hinter der Bar glitzerten unzählige Flaschen, und die Tanzfläche war voll mit swingenden Tänzern. Bei näherer Betrachtung waren die Besucher allerdings anders gekleidet als die draußen in der Schlange. Offensichtlich dienten die Umkleideräume hauptsächlich dazu, sich zu achtzig Prozent seiner Kleidung zu entledigen. Frauen glitzerten in winzigen, durchsichtigen Kleidern oder Miedern, manche trugen fast nichts.

»Ein Getränk?«, fragte Lucien mit erhobener Stimme, um die Musik zu übertönen. Sophie runzelte die Stirn.

»Das wirkt nicht sehr professionell.«

»Betrachte es als Teil deiner Tarnung.«

Er führte sie zur Bar, und Sophie ließ den Blick wandern, während Lucien Getränke beim Barkeeper bestellte, der ihm umgehend seine Aufmerksamkeit zukommen ließ. Am Ende der Theke thronte ein Kerl auf einem Barhocker, und Sophie brauchte einen Moment, um zu bemerken, dass sein Glied im Mund einer brünetten Frau zwischen seinen Knien steckte. Verdammt. Sie wandte hastig den Blick ab und sah, dass Lucien sie amüsiert beobachtete. Das gedämpfte Licht tauchte sein Gesicht in Schatten und verlieh ihm eine leicht bedrohliche Ausstrahlung. *Würde er sich wirklich um sie kümmern? Konnte sie ihm vertrauen?* Was, wenn er plötzlich seine Kleider auszöge und von ihr erwartete, dass sie nackt in den Whirlpool sprang? Es war seltsam. Sie kannte ihn erst seit sehr kurzer Zeit, doch sie war sich aus unerklärlichen Gründen sicher, dass sie ihm vertrauen konnte.

Er reichte ihr ein Glas.

»Was ist das?«

»Wodka.«

»Purer Wodka?«

Er zuckte mit den Schultern. »Du kannst Eis haben, wenn du willst.«

Sie nippte vorsichtig und hustete sofort, der Alkohol brannte ihr in der Kehle. Lucien verdrehte die Augen und reichte ihr Glas dem Barmann, der mit undurchsichtiger Miene eine silberne Kelle Eis hineingab.

Lucien lehnte sich an den Tresen und sah sich im Raum um.

»Setz dich einen Augenblick. Ich muss mir das eine Weile ansehen.«

Sophie sah sich den hohen Designerhocker aus Metall neben ihm an und wünschte, sie hätte ein Desinfektionsmittel dabei.

»Setz dich. Er ist absolut sauber.« Lucien ahnte wiederum ihre Gedanken, und diesmal war es an ihr, die Augen zu verdrehen, als sie sich auf den Hocker setzte. *Warum machten sie diese Dinger immer so verdammt unbequem?*

Lucien hielt den Stuhl mit einer Hand fest. »Ich wünschte, ich hätte gerade vor dir gestanden. Ich glaube, du hast dem Kerl dort drüben einen intimen Blick gewährt.«

Sophie blickte sich panisch um. Doch niemand beachtete sie, außer Lucien, der ungehemmt lachte. Er klopfte auf seine Tasche, in der sich ihr Slip befand.

»Sehr witzig«, murmelte sie säuerlich und schlug die Beine

übereinander, um ganz sicher zu sein, dass ihr niemand unter den Rock sehen konnte.

Eine Frau mit langen schwarzen Locken und einem hautengen roten Spitzenkleid näherte sich dem Tresen und stellte sich so dicht neben Lucien, dass es unmöglich war, sie zu ignorieren. Sie drängte ihren kurvenreichen Körper an seinen, und Sophie spürte ein ängstliches Kribbeln auf ihrer Haut. Hatte sie ihn falsch verstanden? Würde er auf die offensichtliche Einladung dieser Frau eingehen? Sophie beobachtete, wie er der Schwarzhaarigen auf distanzierte Weise zunickte und ihr dann den Rücken zuwandte, um sich bewusst langsam zu Sophie umzudrehen. Als er gleich darauf seinen Mund auf Sophies presste, stockte ihr der Atem. Er schmeckte nach Wodka und nach Lust, und sie öffnete ihre Lippen, damit seine Zunge die ihre fand. Seine Lippen fühlten sich fest an, entschieden umfassten seine Hände ihre Hüften.

»Gehört das auch zur Tarnung?«, keuchte sie, als er sie losließ und ihre Lippen vom Wodka und den Küssen kribbelten.

»Nein.« Seine Daumen massierten ihre Hüftknochen. »Ich habe dich geküsst, weil du, obwohl du völlig overdressed bist, noch immer die erotischste Frau hier im Raum bist.«

Er hatte eine Art, etwas völlig Unerwartetes zu sagen und Zärtlichkeit mit Obszönem zu verbinden, dass sie sprachlos machte.

Auch hier, in dieser aufgeladenen, hitzigen Atmosphäre strahlte Lucien. Lustvoll. Gefährlich. *Wundervoll.*

»Sehen wir uns ein bisschen um.« Er half ihr von dem Hocker herunter und führte sie zur Tanzfläche. Sophie bemühte sich, die Menschen, an denen sie vorbeikam, nicht so genau anzusehen, doch ihr Blick wanderte unwillkürlich umher, und ihr Körper reagierte auf das, was sie sah.

Eine Frau in einem winzigen schwarzen Tanga hing kopfüber an einer Stange, ein Kerl hatte seine Hand zwischen ihren gespreizten Beinen. Auf den Sofas fummelten Paare ungehemmt miteinander. Lucien verschränkte seine Finger mit Sophies, und als sie an zwei Leuten vorbeikamen, die an der Wand lehnten und vögelten, wobei die Hosen des Mannes um seine Knöchel hingen und die Frau ihre Beine um seine Hüften geschlungen hatte, verstärkte Sophie den Griff um seine Hand. Lucien legte den Arm um Sophies Taille. Beruhigend. Verlangend.

»Hier entlang.«

Er trat durch eine Art Torbogen auf der Rückseite des Raums in einen Bereich, den er ihr vorhin, auf ihrem harmlosen Rundgang, noch nicht gezeigt hatte.

»Magst du Filme?«, flüsterte er und zog sie in einen verdunkelten Raum.

Es dauerte einen Moment, bis sich Sophies Augen an die Dunkelheit gewöhnt hatten und sie erkannte, dass sie sich in einem Kino befand. In einem solchen Kino war sie allerdings noch nie gewesen. Etwas sagte ihr, dass man hier kein Popcorn kaufen konnte. Die Sitze waren paarweise angeordnet und mit Leopardenfell bezogen, auf der Leinwand lief ein Hardcore-Porno. Sophie betrachtete gebannt das Geschehen. Sie hatte nie etwas für Pornos übrig gehabt, deshalb fand sie es schockierend, die schmutzigen Bilder auf einmal in dieser Größe zu sehen. Es schienen nicht allzu viele Menschen im Raum zu sein, und die, die da waren, machten kein Hehl daraus, dass sie Sex miteinander hatten.

Lucien schob sie in einen versteckten Liebessessel ganz hinten im Raum.

»Lucien, wir können nicht ...«

»Es steht privat dran. Es wird niemand hereinsehen, der nicht eingeladen wurde.«

Kaum saß sie, als er auch schon seinen Mund auf ihren presste und das Feuer in ihrem Bauch loderte. Sie war von mit Sex beschäftigten Paaren umgeben und lag in den Armen eines Mannes, der sie mit einer Leidenschaft begehrte, die an Obsession grenzte. Er ließ seine Zunge durch ihren Mund gleiten, während er mit den Fingern durch den Stoff ihres Kleides ihre Brüste streichelte.

Lust durchströmte sie. Heftiges Verlangen trieb sie dazu, rittlings auf seinen Schoß zu steigen. Seine Erektion brannte zwischen ihnen. Lucien schob grob ihren Rock nach oben und seine Hand zwischen ihre Beine. Sie schrie auf, und er legte die andere Hand auf ihren Mund.

»Keinen Mucks.«

Er schob die Finger in sie hinein, und sie verzog angestrengt das Gesicht, um keinen Laut von sich zu geben.

»Wenn du Lärm machst, denken die Leute, es wäre okay, wenn sie kämen und zusehen«, flüsterte er und löste die Hand von ihrem Mund. Sie nickte mit großen Augen, hatte Angst, dass er aufhören könnte, doch eigentlich war ihr klar, dass er das nicht tun würde. Instinktiv griff sie nach unten und massierte seine starke Erektion, dann öffnete sie den obersten Knopf seiner Jeans. Es war das dritte Mal, dass er sie an intimer Stelle berührte, und sie wollte, dass es noch viel häufiger geschah. Sie wollte seine ganze Länge in ihrer Hand spüren, in ihrem Mund, in ihrem Körper. Er stöhnte und bewegte sich unter ihr.

»Nicht hier, Prinzessin.« Sophie knurrte verzweifelt, als er ihr Handgelenk festhielt. »Wenn ich dich das erste Mal vögele, will ich dich schreien hören.«

Er schob ihre Hand hinunter zwischen ihre Beine und knabberte an ihrem Ohr.

»Besorg es dir.« Seine Finger pulsierten noch immer tief in ihr. Sophie spürte ihre Klitoris unter ihren Fingern und konnte dem Drang nicht widerstehen, zu tun, was er sagte. Er leckte die Finger seiner anderen Hand und griff um ihren Schenkel herum, um ihren Damm zu streicheln. Sie erstarrte, denn sie wusste, was er vorhatte.

»Sei brav.« Lucien lachte an ihrem Mund. »Ich vögele dich mit meinen Fingern. Du befingerst deine Klitoris. Jetzt werde ich deinen Hintern berühren, und du wirst es wundervoll finden.«

Er strich mit seinen nassen Fingern ihr Hinterteil hinauf und ließ sie um ihren Anus kreisen, während er zugleich mit den Fingern der anderen Hand fester in sie eindrang. Sophie stöhnte. Es war auf obszöne Weise erotisch, und als sie wieder drohte laut zu werden, biss er ihr in die Lippe.

»Du bist so verdammt sexy, Sophie«, murmelte er. Er wusste, wie kurz sie vor dem Höhepunkt stand, und erregte sie noch stärker mit leisen schmutzigen Worten und festeren Stößen seiner Finger. Sophie grub ihre Nägel in seine Schultern und biss die Zähne zusammen, als sich langsam ihr Orgasmus ankündigte. Lucien spürte es und schob seine Finger schneller in sie, raunte ihr Worte zu, die sie beschämten und trieb sie an ihre Grenzen.

Es war purer Sex. Sophie erstarrte, Lucien schob seine Zunge in ihren Mund, und zur gleichen Zeit ließ er sanft einen Finger von hinten in sie hineingleiten. Sophie wand sich heftig, jede ihrer Körperöffnungen war von ihm erfüllt, und sie zitterte vor Anstrengung, nicht vor dunkler, himmlischer Ekstase zu schreien, als sie in seinen Händen kam. Es fand kein Ende. Welle um Welle drängte sie sich gegen ihn und hielt dem Sturm stand.

»Bist du jetzt froh, dass du keinen Slip trägst?«, flüsterte er, als sie sich langsam beruhigte. Sophie lehnte ihre Stirn gegen seine. *Ja, ja.* Lucien löste seine Finger von ihr und zog ihr das Kleid zärtlich und entschieden über die Schenkel. Ein Lächeln umspielte seinen Mund.

»Schäm dich, dass du kein Klemmbrett mitgenommen hast. Sonst hätten wir von meiner Liste streichen können ›Sophie in einem Sexclub zum Orgasmus bringen‹.« Lucien hob eine Braue. »Klassenbeste, Ms Black. Sie machen große Fortschritte.«

Sophie stand auf und strich ihr Kleid glatt, sie fühlte sich etwas wackelig auf den hohen Absätzen. Auf der riesigen Leinwand vor ihr hatte ein Kerl eine nackte Frau auf die Motorhaube seines Autos geworfen und die Kamera zoomte auf sein Glied, das sich tief zwischen ihre Beine grub. Zwischen Sophies Beinen pulsierte noch der Nachklang des Orgasmus, und sie blickte Lucien an, der hinter ihr stand. Sie wollte seine Rute in sich fühlen, wollte, dass er sie ausfüllte, genau wie die Frau auf der Leinwand.

»Können wir wieder nach oben gehen?«, flüsterte sie heiser und ließ ihre Hand über seinen Schritt gleiten.

Ein dunkles Lachen löste sich aus seiner Kehle.

»Langsam, Prinzessin.« Er legte eine Hand auf ihr Hinterteil und verließ mit ihr das Kino.

Als sie wieder in den Club zurückgekehrt waren, folgte Sophie Lucien zur Treppe an der Seite der Tanzfläche. Sie spürte die Blicke anderer Frauen auf ihm, als sie an ihnen vorbeikamen, und ein wohliger Schauer lief ihr über den Rücken.

Hände weg, Mädels. Der gehört mir. Diese Woche jedenfalls.

Nach dem, was im Kino passiert war, fühlte Sophie sich auf seltsame Weise mit diesen Leuten verbunden, und sie begann zu verstehen, warum sie hier waren.

Es war irgendwie befreiend, ein Gefühl, dazuzugehören.

Hoppla! Was war das? Sie gehörte nicht zu diesen Leuten. *Oder doch?* Hatte Lucien recht? Schlummerte eine Sexgöttin unter ihrem unschuldigen Äußeren?

Eines wusste Sophie bereits jetzt. Sie konnte nicht in ihr kaum vorhandenes, kleinkariertes Sexleben mit Dan zurückkehren.

Sie schob jeden Gedanken an ihn zur Seite. Es schmerzte zu sehr. Er war woanders, wahrscheinlich vögelte er genau in diesem Moment eine andere Frau, und sie würde kein schlechtes Gewissen haben, weil sie nur diese eine Woche dasselbe tat.

11

Lucien führte Sophie durch den Club. Durch Räume voll fremder Menschen, die miteinander vögelten. An dem Whirlpool vorbei, einem Gewirr aus nackten Gliedern. Drei Männer umringten eine nackte Blondine. Einer von hinten, einer lag vorn zwischen ihren gespreizten Schenkeln, der dritte stand über ihr und hatte sein Glied in ihrem Mund. Als Sophie an ihr vorbeikam, fing sie ihren Blick auf – eine unmissverständliche Einladung, sich zu ihnen zu gesellen, woraufhin Sophie sich eilig abwandte. Sie hatte sich zwar von Lucien anfassen lassen, aber sie hatte keine Lust, jemand anderen an sich heranzulassen.

Oben öffnete Lucien eine Tür nach der anderen, und ein Kaleidoskop aus nicht jugendfreien Bildern brannte sich in Sophies Netzhaut. Die Musik drang von unten hoch, ein leises sinnliches Pulsieren, das die Handlungen unterstrich. Wenn die Atmosphäre unten lüstern gewirkt hatte, war sie hier oben obszön. Paare. Dreier. Orgien. Lucien öffnete die Tür zu dem Raum mit dem Bett, das Sophie vorhin getestet hatte, jetzt war es nicht mehr leer. Drei nackte Frauen bildeten ein lesbisches Dreieck.

Eine Rothaarige stand am Ende des Bettes und beobachtete das Geschehen, wobei sie ein Bein angewinkelt und den spitzen Absatzschuh auf die Matratze gestellt hatte, damit die Frau, die auf dem Boden zwischen ihren Beinen kniete, besser an sie herankam. Als Sophie wie angewurzelt stehen blieb, massierte Lucien Sophies Hinterteil. Sie konnte deutlich sehen, wie die Zunge der Frau ihre Magie zwischen den Beinen der anderen Frau entfaltete und ihre Klitoris umkreiste. Anders als die meisten Frauen im Club war diese nicht ganz rasiert. Ein Dreieck weicher roter Locken bedeckte ihre Scham und ließ die Befriedigung intimer erscheinen, als sähe man wilden Tieren zu.

»Ist das nicht verdammt schön?«, flüsterte Lucien und führte ihre Hand nach hinten zu seiner heftigen Erektion. Sophies Kehle war wie zugeschnürt. Sie wollte nicht von Lesben erregt werden. Sie wollte das Gefühl von Luciens Penis in ihrer Hand nicht genießen, während sie irgendeiner Frau dabei zusah, wie sie im Gesicht einer anderen Frau kam. Sie wollte gehen, doch Lucien stand hinter ihr und versperrte ihr den Weg. Die Frau begann sich zu winden. Sie strebte direkt hier vor Sophies Augen ihrem Höhepunkt entgegen. Sophie trat zurück, was jedoch dazu führte, dass sie Luciens festen Schaft nur noch deutlicher in ihrer Hand spürte.

»Nicht weglaufen. Sieh zu, wie sie kommt. Siehst du, wie erregt sie ist?« Lucien bewegte sein Glied in ihrer Hand und drückte es gegen ihr Hinterteil.

»Sieh nur, wie rosa sie ist. Herr im Himmel ...«, flüsterte Lucien. »Und du bist sogar noch schöner, Sophie.«

Die Frau stöhnte jetzt richtig und öffnete mit den Fingern ihre Scham noch weiter. Sophie konnte nicht den Blick von ihrer glänzenden Muschel nehmen, die Lippen weit geöffnet für den gierigen Mund der anderen.

»So nass«, keuchte Lucien. »Bist du auch nass, Sophie?«

Sophie verstärkte den Griff um sein Glied. *Ja.*

»Stell dir vor, wie es sich anfühlt, wenn ich deine Klitoris lecke.«

Sophie verspannte sich, war jedoch zu stark von ihren Gefühlen erregt, um Scham zu empfinden. Die Frau tauchte ihre Zunge in ihre Geliebte.

»Stell dir vor, wie es sich anfühlt«, er drängte sich heiß und fest gegen ihre Hand, »wenn ich dich vögele, Sophie.«

Die Hüften der Frau schoben sich gegen das Gesicht ihrer Geliebten, und Lucien knabberte an Sophies Ohr.

»Komm, die Vorstellung ist zu Ende.«

»Einer lesbischen Sexshow zusehen können wir dann wohl auch von meiner Liste streichen«, bemerkte Lucien trocken, als er sie durch den Flur führte. Sophie konnte ihn nicht ansehen. Ihr schwirrte der Kopf. Es waren zu viele sexuelle Eindrücke gewesen. Zu viele Positionen. Zu viele Gefühle, die sie nicht erwartet hatte und mit denen sie nicht umzugehen wusste. Sie schämte sich ihrer Reaktion dort drinnen in jenem Raum. Dass sie es erotisch gefunden hatte.

Lucien trieb sie zu weit. Sie wusste nicht mehr, wer sie war, wie sie sich verhalten sollte, wie sie nach dem, was er mit ihr angestellt hatte, wieder in den Alltag zurückkehren sollte.

»Bitte, Lucien, können wir jetzt zurückgehen?«

Sie wandte sich ihm zu, und einen Augenblick musterte er schweigend ihr Gesicht.

»Das ist fürs Erste genug, was?« Er legte eine Hand auf ihre Wange.

»Ja, mehr als genug«, antwortete Sophie, auf einmal spürte sie einen Kloß in ihrem Hals. Das alles war falsch, falsch, falsch.

»Ich will nach Hause.« Sobald sie seine Suite erreicht hatten, holte Sophie ihre Tasche aus Luciens Schlafzimmer. Sie war mehr erschöpft als müde, fühlte sich eher übersättigt als erleuchtet, und sie wollte allein sein. In Luciens Gegenwart konnte sie nicht vernünftig denken; eine Berührung, und ihre Selbstbeherrschung schmolz dahin wie ein Eiswürfel unter einer Lötlampe. Sie wollte nicht mehr schmelzen. Könnte sie doch bloß kühl und beherrscht in seiner Gegenwart bleiben, dann wäre das alles nicht passiert.

Lucien sah sie nachdenklich an.

»Du kannst gern hier schlafen.«

Sophie schüttelte den Kopf und wandte den Blick ab.

»Ich muss nach Hause, Lucien.« Sie wusste, dass ihre Stimme schwach klang, wahrscheinlich, weil sie sie an dem Kloß in ihrem Hals vorbeidrängen musste.

Lucien sah aus, als wollte er etwas sagen, schien sich dann aber eines Besseren zu besinnen. Er nahm seine Schlüssel vom Schreibtisch und warf sie in die Luft.

»Okay.« Er fing die Schlüssel auf und deutete mit dem Kopf zur Tür. »Ich fahre dich.«

Sophie stieß die Luft aus, sie war erleichtert, dass er sie nicht aufhielt. »Danke«, murmelte sie und folgte ihm, als er die Tür abschloss und wieder zum Notausgang ging. Sie klackerte die metallene Feuertreppe hinunter und sog die kühle Nachtluft tief in ihre Lungen. Sophie war überaus dankbar, dass Lucien sie nicht durch den Club zum Ausgang gebracht hatte. Das hätte sie heute Nacht nicht mehr ertragen.

Er drückte auf den Schlüssel, um den Wagen zu öffnen, und sie ließ sich in den Schutz des ledernen Sessels sinken. Das Glas und Metall um sie herum waren eine willkommene Trennung von der Orgie, die jenseits von ihnen stattfand.

Doch dann setzte sich Lucien zu ihr in den Wagen, der Meister der Orgien, und auf einmal fühlte sie sich nicht mehr sicher – weder im Wagen noch sonst wo. Denn wenn Lucien sich in ihrer Nähe befand, war sie vor sich selbst nicht mehr sicher.

Sie fuhren schweigend durch die Nacht. Sophies Körper schmerzte, aber ihr Herz schmerzte noch mehr. In ihrem Kopf herrschte ein heilloses Durcheinander. Sie liebte Dan. Sie wollte Lucien. Sex mit Dan war ... sie schloss fest die Augen. *Sex mit Dan war langweilig*. Das hatte sie nicht gewusst, bis Lucien ihr die Scheuklappen von den Augen genommen hatte. Unglaublich, sie hatte noch nicht einmal Sex mit Lucien gehabt, zumindest nicht richtig, und doch hatte er sie in den letzten zwei Tagen mehr erregt, als Dan in den letzten Jahren.

Während Lucien auf die Straße blickte und den Sportwagen mit leichter Hand lenkte, fiel ihr Blick auf sein Profil. Die Lichter der Straßenschilder und Geschäftsfronten warfen bunte Schatten auf sein Gesicht. Neongrün, Pink, gefährliches Rot. Fremd, doch irgendwie vertraut. Ein schöner Fremder. Er hatte eine abgewetzte Lederjacke über sein T-Shirt gezogen, in der er wie ein dekadentes Modell aus einem teuren Magazin aussah. Er zeigte seine Schönheit ohne sich ihrer zu schämen, ebenso wie er sich nicht für sein Geschäft schämte. Er fühlte sich ganz und gar wohl in seiner Haut und schien ein Leben ohne Kompromisse jenseits von Konventionen zu führen. Sophie konnte nicht umhin, ihn zu beneiden.

Ohne sie nach ihrer Adresse gefragt zu haben, hielt er vor Sophies Haustür. Es überraschte sie nicht, dass er sie kannte. Er hatte sie nur einmal angesehen und schien um ihre innersten Geheimnisse zu wissen, von denen sie einige noch nicht einmal selbst gekannt hatte.

»Home, sweet home«, murmelte er und stellte den Motor ab. »Bittest du mich auf einen Kaffee hinein?«

Die Vorstellung, Lucien das Haus, Dans Haus betreten zu sehen, erschreckte Sophie. Dass er in Dans Sessel sitzen, aus Dans Becher trinken könnte – kam ihr irgendwie falsch vor. Wenn sie ihn über die Schwelle bäte, verwischten alle Grenzen, dann könnte sie ihn nicht mehr in ihrem Kopf in eine Ecke drängen, dann würde er ein Teil ihrer Ehe.

»Du könntest mich auch einfach zum Sex hereinbitten. Sex ist mir lieber als Kaffee.«

»Lucien ...« Sie seufzte und knetete die Finger in ihrem Schoß. »Lucien, ich kann nicht mehr für dich arbeiten. Das ist alles ein einziges Chaos.« Sie schüttelte den Kopf und blickte mit zusammengepressten Lippen aus dem Fenster. »Ich begreife einfach nicht, wie ich das alles tun konnte.«

Er wandte sich zu ihr, doch sie mied seinen Blick.

»Du irrst dich«, sagte er. »Es wäre ein Fehler, wenn du dich wieder in deine Höhle zurückziehen und dich vor der verstecken würdest, die du wirklich bist.«

Ärger kroch in ihr hoch.

»Ach, komm, Lucien. Was weißt du denn schon über mich?« Dieser Mann kannte sie nicht, jedenfalls nicht wirklich. Ihre Beziehung hatte auf unkonventionelle Weise begonnen; er kannte sie auf intime Weise und doch kaum.

Andererseits war da der Sex. Oh dieser Sex.

»Ich weiß genug. Ich weiß, dass du dich in den letzten Tagen so lebendig gefühlt hast wie schon lange nicht mehr. Als du zu mir kamst, warst du auf Sparflamme geschaltet. Jetzt …«, er zuckte mit den Schultern, »jetzt leuchtest du.«

Als ihr Tränen in die Augen stiegen, schloss Sophie sie rasch. Sie weinte nicht leicht, aber Lucien schien all ihre Gefühle zu verstärken. Er hatte sie zehnmal stärker kommen lassen, als sie es je zuvor erlebt hatte. Sie stöhnte und rieb sich heftig die Augen.

Sie konnte es nicht leugnen. Er hatte recht. Vielleicht war sie durch ihre Ehe gedriftet und hatte nicht bemerkt, wie unzufrieden sie war, aber das entschuldigte nicht ihr jetziges Verhalten. Bei der Vorstellung, dass sie in diesem Club gewesen war, dass sie diesen Frauen beim Sex zugesehen hatte, während sie Luciens erregtes Glied in ihrer Hand hielt, krümmte sie sich zusammen.

»Geh ins Haus, Sophie, schlaf ein bisschen.« Er startete den Motor. »Wir fangen morgen nach dem Mittagessen an. Komm nicht zu spät.«

Sophie kannte ihn gut genug, um zu wissen, dass es wenig Zweck hatte, mit ihm zu streiten. Um Lucien und seinen Sportwagen loszuwerden, musste sie sich in ihre eigenen vier Wände zurückziehen.

Er glaubte eindeutig nicht, dass sie ihm widerstehen konnte.

Da täuschte er sich. Sie würde nicht mehr bei Knight Inc. arbeiten, weder morgen noch an irgendeinem anderen Tag.

Lucien sah zu, wie Sophie etwas zerzaust den Gartenweg hinaufging und dabei wunderschön aussah. Bei dem Kampf, der sich jetzt in ihrem Kopf abspielte, konnte er ihr nicht helfen. Er verstand, dass sie heute Nacht allein sein musste, um sich über ihre Gefühle klar zu werden.

Er trat auf das Gaspedal und fuhr los, ohne sich noch einmal umzudrehen. Sie würde morgen um zwei Uhr wieder im Büro sein. Das wusste sie nur noch nicht.

12

Als sie im Haus war, schloss Sophie die Tür ab und lehnte sich mit dem Rücken dagegen, sie war sich nicht sicher, ob ihre Beine sie noch länger trugen. Seit sie gestern Mittag das Haus verlassen hatte, hatte sie sich so sehr verändert.

Ihr Blick blieb an dem rot blinkenden Anrufbeantworter hängen, und sie holte tief Luft.

Das musste Dan gewesen sein. Sie setzte sich vor dem Flurtisch auf den Boden, drückte den Startknopf und stützte den Kopf in die Hände.

»He, Soph ...« Allein der Klang seiner Stimme schnürte Sophie die Brust zusammen. »Ich bin es ... Wo bist du, Süße? Ich wollte heute Abend unbedingt deine Stimme hören. Es war ein verdammt langer Tag ... Ich vermisse dich ... Hier ist alles Mist ... Der übliche Kram. Bob verhält sich wie immer idiotisch, stellt überzogene Forderungen und verpatzt die Verhandlungen ... Na ja.« Er seufzte vernehmlich, und Sophie schloss fest die Augen. »Ich wünschte, du wärst hier. Oder ich bei dir. Wie auch immer ... Ich liebe dich, Süße. Bis bald, ja?«

Die Nachricht war zu Ende, und Sophie rang nach Luft, während ihr die Tränen über das Gesicht strömten. Sie drückte die Rückspultaste, Dans häufige Pausen sagten ihr mehr als seine Worte. Er klang einsam.

Wo war sie gewesen, als er ihre Stimmen hören wollte? Sie überprüfte die Aufnahmezeit. *Acht Uhr abends.* Wieder liefen heiße Tränen über ihre Wangen. Sie konnte den Gedanken nicht ertragen, dass Dan irgendwo allein gewesen war und gehofft hatte, sie würde abnehmen, während sie sich im Gateway Club von Lucien mit einem silbernen Vibrator hatte vögeln lassen. Sie hätte sich vor Scham am liebsten die Augen ausgekratzt. Sophie ging die Treppe hinauf, streifte ihre Kleider ab und ließ sie als Knäuel auf dem obersten Treppenabsatz liegen. Alle bis auf ihren Slip, der sich noch immer in Luciens Hosentasche befand.

Sie schluckte schwer, als sie unter die dampfende Dusche trat, sie ekelte sich vor sich selbst. Mehr als zehn Minuten stand sie stocksteif da, hielt das Gesicht in den Wasserstrahl und hoffte, er würde zusammen mit dem Schweißfilm auch die Schande von ihrer Haut abwaschen.

Sie war niederträchtig. Sie drückte die halbe Flasche Duschgel in ihre Hand und schrubbte sich, wobei sie die Zähne zusammenbiss, als ihre Hände über ihre Brüste strichen. Sogar wenn sie sich selbst berührte, tauchten unangenehmerweise Erinnerungen an Luciens Hände auf, die ihren Körper gestreichelt hatten.

»Nein, nein, nein.« Wie ein animalischer Laut klang der verzweifelte Schrei aus Sophies Kehle, während sie mit den Fäusten gegen die gekachelte Wand schlug. Sie wollte sich nicht von ihrer Erinnerung einreden lassen, dass es ein gutes Gefühl gewesen sei. Es hätte schrecklich sein müssen, weil es nicht Dan gewesen war.

Während sie sich fest abschrubbte, spülte das Wasser der Dusche die Tränen von ihren Wangen. Sie war niederträchtig und schmutzig, und sie hatte ihr Ehegelübde verspottet. *Und wofür? Ein bisschen Fummeln mit einem Fremden in einem Sexclub? Was war sie denn nur für eine Frau!* Wie hatte

Lucien es so mühelos geschafft, sie auf ihre sexuelle Energie zu reduzieren, eine Frau in ihr hervorzubringen, von der sie nicht einmal etwas geahnt hatte? Eine Frau mit abartigen und perversen Gelüsten, eine Frau ohne sexuelle Hemmungen oder Respekt vor der Unantastbarkeit der Ehe.

Doch wäre nicht jede Frau bei der Wikingerkraft des Lucien Knight und seines Kreuzzugs für die sexuelle Befreiung unerfüllter Ehefrauen in die Knie gegangen?

Hätten die geschickten Finger eines so attraktiven, charismatischen Mannes nicht jede Beziehung gefährdet?

Entdeckte jede Frau ihre dunkle, triebhafte Seite, wenn sie mit Lucien zusammen war? Oder war sie ein emotionales Leichtgewicht?

Sophie brach unter der Last ihrer Schuldgefühle zusammen, ließ sich die Wand hinuntergleiten und den Duschstrahl auf ihren gesenkten Kopf prasseln. Es war hoffnungslos. Nicht mit noch so viel Wasser konnte sie den Selbsthass von ihrer Haut waschen.

In diesem Moment spielte es noch nicht einmal eine Rolle, dass Dan vielleicht eine andere vögelte, denn die schreckliche Wahrheit war, dass das eine mit dem anderen nichts zu tun hatte. In dem Augenblick, als sie den Umschlag geküsst und ihre Bewerbung abgeschickt hatte, hatte Sophie ihre Affäre mit Lucien Knight besiegelt.

Der Sex mit Lucien und ihre daraus resultierenden Schuldgefühle hatten Sophie derart erschöpft, dass sie im selben Moment einschlief, als ihr Kopf das Kissen berührte. Sie hatte angenommen, sie würde sich von einer Seite auf die andere wälzen, und war überrascht, als sie blinzelnd erwachte und das graue Morgenlicht die dürren Finger durch die hastig zugezogenen Vorhänge streckte.

Der Wecker neben ihrem Bett teilte ihr mit, dass es kurz nach neun war. Sie hätte aufstehen können, aber ihre Knochen und ihr Herz fühlten sich schwer an. Sie wollte die Augen schließen und im Bett bleiben, bis sie sich wieder wie sie selbst fühlte.

Wie lange würde das dauern? Ein paar Tage? Wochen? Ein Leben lang? Sophie drehte sich auf die Seite, zog die Decke über ihre Schulter und rollte sich fest zusammen. Vielleicht konnte sie nicht ewig im Bett bleiben, aber sie konnte gut den Vormittag hier verbringen, und wenn ihr danach war, auch noch den Nachmittag. Sie hatte nicht vor, sich noch einmal in die Nähe von Knight Inc. zu begeben.

Hatte Derek ihre alte Stelle bereits neu besetzt? Bei der Vorstellung, reumütig zu ihm zurückzukehren, verkroch sich Sophie noch tiefer unter ihre Decke, doch zumindest wäre das der erste Schritt, ihr Leben vor dem Abgrund zu retten. Sie schloss die Augen und zwang sich, tief durchzuatmen. Ein. Aus. Ein. Der Schlaf kroch langsam zurück in ihre Glieder, und dankbar entspannte sich Sophie. Ein. Aus. Ein. Aus.

Da klingelte das Telefon.

Sophie saß auf der untersten Stufe und betätigte zum dritten Mal die Rückspultaste des Anrufbeantworters. Und wieder unterbrach die panische Stimme von Dans Sekretärin die Stille.

»Hallo Dan, hier ist Elise. Tut mir leid, dass ich Sie in Ihrem Urlaub störe, aber Bob hat eine seiner Krisen.« Elises dramatisches Seufzen sprach Bände. »Haben Sie eine Idee, wo sich der Matteson-Bericht befindet? Bitte sagen Sie Ja. Ich finde ihn nirgends, und er braucht ihn für ein Treffen, das in zehn Minuten stattfindet. Sie wissen, wie er ist. Rufen Sie mich an, wenn Sie können. Ich habe es auf Ihrem Mobiltelefon versucht, aber es ist ausgeschaltet, deshalb hatte ich gehofft, dass ich Sie vielleicht zu Hause erreiche. Bitte entschuldigen Sie nochmals die Störung.«

Es klickte in der Leitung, Elise hatte aufgelegt, und Sophie ließ sich gegen die Wand sinken. *Dan war nicht im Urlaub. Warum sollte er im Urlaub sein?* Er war geschäftlich in Mailand. *Mit Bob.* Aber das wüsste Elise doch, oder etwa nicht? Daran konnte kein Zweifel bestehen. Es gab keine Möglichkeit, dass Sophie etwas missverstanden hatte.

Sie runzelte die Stirn und spulte das Band zurück zu Dans Nachricht. Sie ließ den Kopf in die Hände sinken, als seine Stimme durch den leeren Flur hallte. Dan. Ihr Dan. *Der Dan einer anderen.* Er redete von Bob, als sei er mit ihm unterwegs, doch jetzt wusste sie es besser. Es war nicht zu leugnen, die Schlussfolgerung war eindeutig. Dan war mit seiner Geliebten im Urlaub. Der Gedanke schnürte Sophie die Luft ab.

Vielleicht hatte sie ihre moralische Unschuld verloren, als sie sich von Lucien berühren ließ, aber das, was Dan abzog, war etwas ganz anderes. Wenn sie im Urlaub waren, wenn er bei seiner Arbeitsstelle gelogen hatte, war es eine richtige Beziehung. *Und – liebte er sie, wer auch immer sie war?*

Bei der Vorstellung, dass Dan diese kostbaren Worte zu jemand anderem sagte, rannen Sophie die Tränen über die Wangen.

Er war ihr Anker gewesen, aber sie hatte zu lange den Kopf in den Sand gesteckt und seine Untreue nicht sehen wollen, und so war sie zu weit von ihm fortgedriftet, um ihn noch zu erreichen.

Stattdessen hatte sie beim Driften die Hand eines großen, attraktiven Wikingers ergriffen, durch dessen Adern Lust floss.

Eine schwere Traurigkeit legte sich auf ihre Schultern. Ihre Ehe war entzwei. Bilder von Dan und irgendwelchen gesichtslosen Frauen schossen ihr durch den Kopf. Eine Brünette in einem Restaurant. Eine Blonde am Strand. Eine Rothaarige im Bett.

Wer war sie? Wer war die Frau, von der Dan glaubte, dass sie wertvoller als ihr Eheversprechen war? Ihre Traurigkeit wich heftiger Aufgebrachtheit. Sie kochte innerlich, als breite sich in ihrem Bauch eine widerliche Infektion aus.

Wie konnte er es wagen? Verdammt, wie konnte Dan all diese Wochen und Monate, nach dem, was Sophie wusste, sogar jahrelang ihre Liebe mit Füßen treten. Ihr Zorn ließ ihre eigene Schuld verblassen. Es war seine Schuld.

Es. War. Seine. Schuld.

Sophies Blick fuhr zur Uhr. Mittag.

Mit einer bislang ungekannten Entschiedenheit schaltete sie ihr Mobiltelefon aus und ging nach oben, um sich umzuziehen. Sie wollte nicht zu spät zur Arbeit kommen.

13

Als Sophie kurz vor zwei durch die Tür kam, musste Lucien ihr nur einmal ins Gesicht sehen, schon wusste er, dass etwas passiert war.

Erstens hatte sie ganz offensichtlich geweint. Und zweitens war da ein neuer Glanz in ihren Augen, sie wirkte stark und entschlossen. Doch das deutlichste Zeichen war ihre vollgepackte Reisetasche, die sie unter dem Arm trug.

»Oh, hallo, Ms Black.« Er hob eine Braue. »Ich mag Sie wirklich, aber ich bin mir nicht sicher, ob ich schon bereit bin, mit Ihnen zusammenzuziehen.«

Sie lachte nicht, ließ nur die Tasche hinter der Tür fallen.

»Du hast mich gebeten, bis Sonntag bei dir zu bleiben. Ich gehöre dir.«

Er nickte, tippte mit dem Stift auf den Schreibtisch und musterte ihr herausfordernd gehobenes Kinn und den kerzengeraden Rücken. Sie war wütend auf jemanden, und die Tatsache, dass sie hier war, bedeutete, dass sie nicht wütend auf ihn war.

»Bist du sicher, dass Mr Tibbles ohne dich überleben kann?« Er hob fragend eine Braue.

Sie seufzte schwer.

»Mir ist ausgesprochen klar geworden, dass es niemanden interessiert, wo ich diese Woche bin, Lucien.«

Autsch. Ihr mieser Ehemann schien zunehmend nachlässig im Verwischen seiner Spuren geworden zu sein. Arme Prinzessin.

»Setz dich, Sophie.«

Sie wirkte kurz irritiert, dann setzte sie sich ihm gegenüber. Heute erinnerte sie ihn an ein ängstliches Fohlen, das mit scheuem Blick umhersprang. Ganz anders als die Frau, die er gestern Nacht im Club verführt hatte.

»Willst du darüber reden?«

Sie seufzte wieder und ließ die Schultern sinken.

»Es gibt nicht viel zu sagen. Gestern vermutete ich nur, dass mein Mann eine Affäre hat. Heute weiß ich es.«

Lucien nickte. »Wissen bedeutet Macht, Sophie.«

»Ja?« Ihr ängstlicher Blick begegnete dem seinen. »Es fühlt sich nicht mächtig an. Es fühlt sich schrecklich an.«

»Aber du bist hier.«

»Ich bin nicht stolz darauf, Lucien. Ich bin nicht stolz darauf, dass ich ihm ebenfalls wehtun will.«

Das war nicht richtig. Sie musste es für sich tun, nicht für ihren Mann. Lucien sprach einfühlsam mit ihr.

»Tu es nicht, um ihm wehzutun, Sophie. Mach es für dich. Mach es, weil du etwas Besseres verdienst. Mach es, weil du schön bist.« Er beugte sich mitfühlend zu ihr vor. »Mach es, weil du es wirklich willst, und dann gehst du Sonntag zurück zu ihm und nimmst das Heft in die Hand.«

Während er sprach, hatte sie ihn die ganze Zeit nicht aus den Augen gelassen, und er beobachtete die Gefühle, die sich in ihrem Gesicht widerspiegelten.

Unglauben. Schmerz. Entschlossenheit. *Sie war einfach hinreißend.* Er würde sie auf zehn verschiedene Arten vögeln, bis sie nicht mehr stehen konnte, und dann würde er sie nach Hause schicken, damit sie mit diesem Kerl den Fußboden wischte. Sophie erledigte die üblichen Arbeiten an ihrem Schreibtisch und suchte Trost in der Routine. Sie schaltete den Computer ein und ging systematisch E-Mails und die Post durch. Sie war sich so sicher gewesen, dass es das Beste war, zur Arbeit zu gehen, doch jetzt war sie sich genauso sicher, dass sie einen Riesenfehler beging.

Lucien Knight verhexte sie. Trotz des Gefühlschaos, das sie durchlebt hatte, seit er sie gestern Nacht zu Hause abgesetzt hatte, musste sie ihn heute nur ansehen und sogleich durchströmte Lust ihren Körper.

Herr im Himmel, er gab ihr ein gutes Gefühl. Er hatte eine Art sie anzusehen, die sie alles andere vergessen ließ – ob sie sich nun allein in seinem Büro befanden oder inmitten des vollen Gateway Clubs.

Der Computer verkündete eine neue Nachricht in ihrer Chatbox.

»Haben Sie ein Schweigegelübde abgelegt, Ms Black?«

Sophie schüttelte den Kopf und hob den Blick zur Decke.

»Ich bin beschäftigt.«

» Und ich bin durstig.«

Sie seufzte so laut, dass Lucien es hörte, dann begab sie sich hinüber zur Kaffeemaschine. Lucien lehnte sich auf seinem Sessel zurück, und Sophie bemühte sich, gefasst zu bleiben, während sie seinen Blick deutlich auf ihrem Hinterteil spürte, und als sie die Tasse auf Luciens Schreibtisch abstellte, klirrte sie leicht auf der Untertasse.

»Kann ich heute etwas Spezielles für Sie erledigen, Mr Knight?«

Der lüsterne Glanz in seinen saphirgrünen Augen sagte Sophie, dass er über diverse Antworten nachdachte. Sie holte tief Luft und blickte demonstrativ aus dem Fenster, doch sie hörte sein tiefes Lachen.

»Tatsächlich, da gibt es etwas, Ms Black.«

Sophie sah sich vorsichtig zu ihm um und wartete auf eine Erklärung. Sie wurde nicht klug aus ihm. Er hätte sie ebenso gut um eine unzüchtige Massage bitten können wie um die Umsätze der letzten Monate.

»Ein neuer Lieferant hat ein Demovideo seiner neuesten Produkte geschickt. Könnten Sie sich das bitte ansehen?«

Sophie nickte und lächelte angespannt. Das konnte sie tun. Sie konnte ein Produktvideo ansehen und ihm davon berichten. »Natürlich.« Sie neigte zustimmend den Kopf und zog sich in ihr sicheres Büro zurück.

»Und, Sophie? Ich möchte, dass Sie sich die Produktbeschreibungen ganz genau anhören und drei Favoriten auswählen.«

Sophie runzelte die Stirn. »Lucien, ehrlich, verlassen Sie sich nicht auf meine Meinung, wenn es um die Auswahl Ihrer Produkte geht. Ich habe keine Ahnung von diesem Zeug.«

»Das weiß ich. Darum handelt es sich auch nicht.« Er schüttelte den Kopf, noch immer hatte er diesen lüsternen Glanz in den Augen. »Sie wählen das abendliche Unterhaltungsprogramm.«

Sophie formte ein stummes O, machte auf dem Absatz kehrt und eilte zurück an ihren Schreibtisch, bevor er die Schamesröte auf ihren Wangen sah.

Eine Stunde später schluckte Sophie einmal kräftig und öffnete die Datei, die Lucien an sie weitergeleitet hatte. Sie war sich nicht sicher, was sie erwartete, aber wie schlimm konnte es schon sein? Schließlich handelte es sich um eine Firmenpräsentation. Sie drehte den Ton leise, in der Hoffnung, dass Lucien, der direkt vor ihrer Bürotür saß, nicht merkte, dass sie den Film ansah. Es irritierte sie, wenn er wusste, dass sie hier saß und sich ein Video über Sexspielzeug ansah. Als würde sie an ihrem Schreibtisch einen Pornofilm sehen, während sie eigentlich Tabellenkalkulationen durchführen sollte. Außer dass sie genau dafür bezahlt wurde. Sie musste ihre Komplexe überwinden, und zwar schnell, sonst konnte sie ebenso gut aufgeben und nach Hause gehen. Sie stellte den Regler wieder auf normale Lautstärke und startete das Video.

Der Bildschirm wurde schwarz, dann erschien die sinnliche Silhouette eines Paares beim Sex. Sophie warf einen scharfen Blick zur Tür, dann sah sie wieder auf den Bildschirm. *Sie konnte das.* Es war wirklich ziemlich harmloses Zeug. Zumindest in den ersten Minuten. Sophie entspannte sich etwas, als sie dem Geschäftsführer des Unternehmens zuhörte, der über die Reduktion des CO_2-Ausstoßes seiner Firma sowie über die natürliche Qualität seiner Produkte sprach. Sophie hatte scheußliches Plastik in Neonfarben erwartet und war angenehm überrascht, dass die Firma investiert hatte, um das Spielzeug ansprechender zu gestalten – sowohl fürs Auge als auch für den Körper.

Der Bildschirm wurde wieder schwarz, dann erschienen die Worte: *Chris und Jeannie.*

Sophie sah aufmerksam hin, als ein anderer, schärferer Typ auf dem Bildschirm auftauchte, der einen türkisfarbenen ovalen Gegenstand in der Hand hielt. Was war das? Es lag glatt und unschuldig in seiner Hand.

Eine Frau setzte sich auf den Platz neben ihm und strich lächelnd mit dem Finger über das türkisfarbene Blütenblatt, dann beugte sie sich vor und küsste den Mann auf den Mund. Nach ein paar Sekunden löste sie sich von ihm und erhob sich kurz von der Bank, um ihren Rock bis zur Taille nach oben zu schieben. Sie trug keinen Slip und war komplett rasiert.

Der Kerl setzte sich breitbeinig hinter sie und küsste sie zärtlich auf den Nacken, dann blickte er lächelnd in die Kamera.

»Ich benutze das Blütenblatt gern mit meiner Frau. Es sieht ganz harmlos aus, nicht?«

Jeannie lachte und spreizte die Beine etwas mehr. »Es sieht vielleicht so aus, aber es fühlt sich alles andere als harmlos an, wenn Chris es bei mir benutzt.«

Chris legte die Arme um seine Frau, in der einen Hand hielt er das Blütenblatt, die andere legte er auf die Innenseite ihres Schenkels.

Jeannie lehnte den Kopf zurück gegen die Schulter ihres Mannes und schloss die Augen. Chris blickte wiederum in die Kamera.

»Um es einzuschalten, drücken Sie nur leicht in die Mitte des Blattes.«

Ein leises Surren ertönte aus den Lautsprechern von Sophies Computer, und Jeannie lächelte und stöhnte leise. Er drehte seine Hand zum Bildschirm, um zu zeigen, dass das Blatt in seiner Handfläche leicht vibrierte. Jeannie hob einen Arm nach oben, legte ihn um den Nacken ihres Mannes und bot ihren Körper ganz dar.

Chris drehte den Kopf, um ihren Arm zu küssen, dann

führte er die Spitze des Blütenblatts zwischen ihre Beine. Jeannie stöhnte vor Lust, als Chris das Blütenblatt über ihre Scham gleiten ließ, während die andere Hand ihre Brüste massierte. Jeannie bog sich seinen Händen entgegen, und er reagierte, indem er das Blatt zwischen ihre Schamlippen drückte und es mit seiner Hand bedeckte.

Sophie sah fasziniert zu. Chris bewegte das Blatt mit zwei Fingern, das breitere Stück vibrierte an Jeannies Klitoris, während die untere Spitze mit jedem Stoß von Chris' Mittelfinger in sie eindrang. Er küsste langsam und sinnlich Jeannies Ohr, dann blickte er erneut in die Kamera. »Sehen Sie, wie perfekt das Blatt auf Jeannie passt? Die Vibrationen sind intensiver hier«, er deutete mit dem Zeigefinger auf die breitere Seite des Blatts und hielt es fest an Jeannies Klitoris, woraufhin sie stöhnte und um Luft rang. »Und hier.« Er stieß mit dem Mittelfinger gegen die untere Spitze, und die Kamera folgte ihm, um eine Großaufnahme des Blattes zu zeigen, das in Jeannies Vagina glitt. Chris' Finger drückte das Blatt geschickt gegen seine Frau, ihr Stöhnen wurde lauter, und ihr Körper wand sich.

»Sie ist fast so weit«, murmelte Chris, und die Kamera zeigte Jeannie, die die Augen geschlossen hielt und an ihrer Lippe nagte. Chris umfasste das Blatt und drückte es fest zwischen Jeannies Beine. Sie schrie auf, als ihr Körper unter der Heftigkeit ihres Orgasmus zuckte. Chris hielt seine Frau fest, bis sie schließlich die Augen öffnete und laszív in die Kamera lächelte.

»Das Blatt funktioniert bei mir immer«, schnurrte sie. »Ich benutze es gern, wenn ich allein bin, aber noch besser ist es mit Chris zusammen.«

Die Kamera veränderte die Einstellung und zeigte das Paar, das sich zufrieden umarmte, noch immer hielt Chris das Blatt flach gegen Jeannies Scham.

»Öffne deine Schublade.«

Luciens Nachricht tauchte in der Chatbox in der Ecke ihres Bildschirms auf, und Sophie schreckte schuldbewusst zusammen. Sie blickte auf die geschlossene Schublade und zog sie auf. Hellblau und hübsch lag das Blatt in einem Tuch.

»Ein Geschenk für dich.«

Sophie schluckte und nahm das Blatt in die Hand. Es fühlte sich sogar noch besser an, als sie es sich vorgestellt hatte.

»Gefällt es dir?«

Sophie bekam kaum Luft.

»Ja.«

»Ich stelle mir vor, dass du es jetzt an dir benutzt.«

Himmel hilf. Sophie schluckte, denn sie hatte sich gerade dasselbe vorgestellt.

»Ja.«

»Böse Sophie. Du bist bei der Arbeit.«

Sophie nickte mehr zu sich selbst als zu ihm hin.

»Ich glaube, wenn ich jetzt zu dir käme und meine Hand unter deinen Rock schöbe, wärst du nass und bereit für mich.«

Sophie erstarrte, ihre Finger schwebten über der Tastatur. Ihr fiel kein einziges Wort ein, das sie erwidern konnte. Sie hörte sein tiefes, anzügliches Lachen und unterdrückte den Impuls, zu ihm zu gehen und sich rittlings auf seinen Schoß zu setzen.

Ohne ihre Antwort abzuwarten, setzte Lucien den Austausch fort.

»Merk dir das für später und sieh dir den Rest des Videos an.«

Sie wollte den Kopf auf den Schreibtisch legen und vor Verzweiflung weinen.

»Ja, Mr Knight.«

»Und, Sophie? Denk daran. Drei Dinge. Mach eine Liste. Ich lasse dich härter kommen als Jeannie und häufiger, als du überhaupt zählen kannst.«

14

Kurz nach fünf hörte Sophie, dass Luciens Bürotür geöffnet wurde. Er war den Großteil des Nachmittags unten in einer Besprechung gewesen und hatte ihr Zeit gelassen, mit ihrem Gewissen zu ringen sowie das Video anzusehen und die Liste mit den drei Gegenständen zu erstellen.

Die meiste Zeit hatte sie sich durch die Präsentation gequält, war hin und wieder schockiert und gelegentlich entsetzt gewesen, vor allem jedoch erregt, und sie sehnte sich nach Lucien.

Als er im Türrahmen erschien, lächelte sie angespannt.

»War die Besprechung erfolgreich?«

Er zuckte mit den Schultern. »Ich habe bekommen, was ich wollte. Insofern, ja.«

Sophie holte tief Luft. Dieser Mann schien immer zu bekommen, was er wollte, geschäftlich wie zum Vergnügen.

»Hast du die Liste erstellt?«

Sophie blickte automatisch auf das Papier auf ihrem Schreibtisch. Sie hatte die geforderte Liste tatsächlich geschrieben, sich dabei jedoch äußerst unwohl gefühlt. Allein beim Schreiben der Worte war sie errötet. Luciens Blick folgte ihrem, er trat zu ihr und nahm den Zettel von ihrem Schreibtisch. Schweigend las er ihre Notizen, und es kam ihr wie drei Stunden vor.

»Interessante Auswahl, Ms Black. Etwas zahm vielleicht, aber daran können wir noch arbeiten.«

Er öffnete den obersten Knopf seines Hemdes und weitete mit einem Finger den Kragen. Für einen schockierenden – nein, erregenden – Moment dachte Sophie, er würde hier und sofort damit beginnen, doch er wandte sich ab und ging zur Tür.

»Mach Schluss, Sophie. Wir gehen.«

Während Lucien fuhr, betrachtete Sophie sein Profil. Er beherrschte den Wagen ebenso wie alles andere in seinem Leben, das Fahrzeug gab sich ihm hin wie eine verzückte Geliebte. Sophie hatte keine Ahnung, wohin sie fuhren, stellte aber erleichtert fest, dass sie sich nicht in Richtung Club bewegten.

Sie hätte ihn natürlich fragen können, aber es war eigentlich nicht wichtig, denn sie hatte beschlossen, sich bis Sonntag in Luciens Hände zu begeben. Es machte sie in gewisser Weise frei, es entband sie von jeglicher Verantwortung und Entscheidung.

Sie befanden sich jetzt in der freien Natur, was Sophie überraschte. Lucien war ein Stadtmensch, er gehörte in das dunkle, pulsierende Herz der Stadt aus Glas und Metall. Hier, zwischen weiten Feldern und üppigen Hecken, wirkte er deplatziert.

Er bog scharf in einen unbefestigten Weg ein, ein schwarzes Eisentor schwang geräuschlos vor ihnen auf und gewährte ihnen Einlass.

Es war ein starker Gegensatz zu gestern Abend, als er sie zu Hause in ihrer städtischen Umgebung abgesetzt hatte. Lucien steuerte die geschwungene Auffahrt hinauf, und als sie um die erste Kurve bogen, erblickte Sophie das, was sein Zuhause sein musste. In der ländlichen Umgebung hatte sie ein Landhaus erwartet, und so wirkte die atemberaubende Fassade von Luciens modernem Landsitz wie eine Offenbarung. Es war ein Architektentraum aus Glas mit vielen Winkeln und glich eher einer Skulptur als einem Haus.

»Unglaublich.«

Während er darauf wartete, dass das Garagentor geräuschlos nach oben glitt, wandte er sich zu ihr.

»Das hast du nicht erwartet, stimmt's?«

»Nun ..., eigentlich ist es genau das, was ich erwartet habe, nur an einem unerwarteten Ort.«

Er fuhr den Wagen in die Garage und stieg aus.

»Hier draußen hört dich niemand schreien, Ms Black.«

Sophie stieg auf der Beifahrerseite aus und musterte ihn über das Wagendach des Aston Martin hinweg. Sie hatte keine Angst. Aus irgendeinem Grund wusste sie, dass sie ihm vertrauen konnte. Sie wäre niemals mit hierhergekommen, wenn sie sich nicht ganz sicher gewesen wäre, dass ihr nichts geschähe. Er würde sie beschützen und ihr nichts antun.

Aber er hatte recht. Es war äußerst wahrscheinlich, dass er sie zum Schreien bringen würde.

15

Sophie folgte Lucien ins Haus und fand sich in einem großen, tief liegenden Wohnzimmer wieder, das durch den Winkel der Fenster wirkte, als sei es in den Berg gebaut. Die Einrichtung war in warmen Holztönen gehalten, die gut zu den überdimensional großen nerzfarbenen Samtsofas passten. Die eleganten Möbel und großen Teppiche wirkten zurückhaltend und elegant, die stilvolle Beleuchtung und die deckenhohen Fenster unterstrichen die schicke urbane Atmosphäre. Alles passte wunderbar zu dem Mann, der neben ihr stand.

»Fühl dich ganz wie zu Hause. Ich bin gleich wieder da.«

Er strich mit einer Hand über den Reißverschluss auf ihrem Rücken und trieb einen erwartungsvollen Schauder über ihre Haut. Sie hatte ihre heutige Kleidung mit Sorgfalt gewählt, denn sie hatte gewusst, dass sie mit ihm gehen und bei ihm bleiben würde.

Karas königsblaues Kleid schmiegte sich eng um ihren Oberkörper, die dreiviertellangen Ärmel bildeten einen sittsamen Kontrast zu dem tiefen Ausschnitt, der ausgestellte Rock endete kurz über den Knien. Dazu trug sie hohe Schuhe, nackte Beine und ihre französische Lieblingsunterwäsche aus blauer Spitze. Sie fühlte sich sinnlich an, und Sophie hatte sie ganz bewusst gewählt, um Lucien ihre Entschlossenheit zu beweisen und zugleich sich selbst daran zu erinnern – wenn das überhaupt nötig war –, dass sie keinen Rückzieher machte.

Vorübergehend sich selbst überlassen, blickte sie sich im Raum nach Spuren des wahren Lucien um, entdeckte allerdings nichts. Keine Fotos, keinen Nippes, keine verräterischen kleinen Geschenke. Es hätte das Haus von irgendjemand sein können, nur dass aus Steinen und Mörtel Luciens Name sprach.

Lucien kam schlendernd zurück in den Raum und hatte den dunklen Geschäftsanzug gegen eine abgetragene Jeans getauscht. Abgesehen davon war er nackt. Sophie schloss die Augen und holte tief Luft. Er war wirklich attraktiv – seine breiten Schultern schimmerten goldbraun, und er besaß wunderbar modellierte Muskeln. Er war barfuß, und Sophie musste nicht erst nachsehen, um zu wissen, dass er keine Unterwäsche trug.

Lucien legte behutsam drei Gegenstände auf den Couchtisch und blickte nach jedem Stück auf, um ihre Reaktion zu prüfen. Sobald der erste Gegenstand erschienen war, beschleunigte sich Sophies Puls, denn sie wusste genau, was als Nächstes kam.

Eine schwarze Seidenbinde.

Ein Glasdildo, der mehr einem glänzenden Kunstobjekt als einem Sexspielzeug glich.

Und ein schwerer silberner eichelförmiger Analplug mit einem beweglichen Griff.

»Ich glaube, das ist Ihre Liste, Ms Black.«

Sophie blickte auf die Gegenstände. *Hatte sie wirklich einen Analplug ausgesucht?* Jeannie schien ihn wunderbar zu finden. Sophie hatte an Lucien gedacht und war stark erregt gewesen, hatte jedoch nicht ernsthaft darüber nachgedacht, wie er ihn tatsächlich in sie einführte.

Lucien durchquerte den Raum und trat hinter sie. Sekunden später spürte Sophie, wie er mit einer einzigen Bewegung ihren Reißverschluss nach unten zog.

»Entspann dich, Sophie.«

Er ließ ihr Kleid auf den Boden gleiten, sodass sie in Unterwäsche und hochhackigen Schuhen vor ihm stand. Wie sollte sie sich in dieser Situation entspannen können? Er hatte sie ganz bewusst den ganzen Nachmittag über erregt, weil er zweifellos wusste, dass sie Wachs in seinen Händen sein würde, sobald sie hier wären. Er drehte sie in den Armen zu sich um, und ihr Bauch berührte seine warme, seidige Haut.

Er strich ihr durch die Haare und bog ihren Kopf nach hinten, um sie zu küssen. Seine Lippen berührten sie zunächst zärtlich, wurden jedoch rasch drängender und ließen sie schwindelig zurück, als er sich von ihr löste. Er sah ihr mit brennendem Blick in die Augen, und seine Hände wanderten nach oben, um ihr den BH von den Brüsten zu ziehen. Dann kniff er in ihre Spitzen, die daraufhin zu festen Knospen wurden.

»Siehst du? Ist das nicht besser?«

Eigentlich war Sophie sich nicht sicher, ob sie nun entspannter war, aber sie wollte nicht, dass er aufhörte. Sie griff mit beiden Händen nach unten, um Luciens Schritt zu massieren, blickte hinunter auf ihr Dekolleté, ihre erregten rosa Knospen, und flehte um seine Aufmerksamkeit. Lucien schloss kurz die Augen, als sie seine Erektion umkreiste, dann öffnete er sie wieder und fing ihren Blick auf. Er drängte sein Glied, das sich unter seiner Jeans wölbte, in ihre Hände.

»Ich werde dich vögeln, bis du nicht mehr stehen kannst«, raunte er.

Während Sophie den obersten Knopf seiner Jeans öffnete, sammelte sich Lust zwischen ihren Beinen. Lucien schüttelte den Kopf und trat zurück. »Noch nicht.«

Er nahm die Augenbinde vom Tisch.

»Ich schätze, das war das Erste, das du ausgesucht hast.«

Sophie nickte und schluckte schwer.

»Weil du es für die sicherste Wahl hieltest.« Es war mehr eine Feststellung als eine Frage.

Sie zuckte mit der Schulter, sie konnte ihm nicht widersprechen, er hatte recht. Im Vergleich zu den meisten Gegenständen, die sie an diesem Nachmittag gesehen hatte, schien ihr das eine relative harmlose Wahl.

»Du hast das nicht richtig durchdacht, Prinzessin«, murmelte er, als er wieder vor sie trat. »Augenbinden bedeuten volle Kontrolle. Beziehungsweise den absoluten Verlust von Kontrolle.« Er legte ihr die schwarze Seidenbinde über die Augen und knotete sie leicht auf ihrem Hinterkopf zusammen. Sophie schloss hinter dem Stoff die Augen, in der Dunkelheit verlor sie die Orientierung. Sie hörte, dass Lucien sich bewegte, doch sie konnte ihn nicht orten.

»Lucien, bitte, ich glaube nicht, dass ich schon bereit bin …«, murmelte sie, Angst durchströmte ihren Körper. Sie wollte nach oben greifen und ihren BH richten. Doch dann ließ sie von dem Vorhaben ab, denn sein heißer Mund umschloss eine ihrer Spitzen und saugte daran, während seine Finger die andere feste umkreisten. Erschrocken, dass sie nicht bemerkt hatte, wie nah er ihr gewesen war, schrie sie auf, und plötzlich überschwemmte eine Welle der Lust ihren Körper.

Sie streckte die Hände nach ihm aus, doch er ergriff ihre Arme und legte sie ihr an die Hüfte. »Solange du die Binde trägst, berührst du mich nur, wenn ich es dir sage.«

Was? Dan war nie ein dominanter Liebhaber gewesen, und Luciens Autorität erregte sie wesentlich stärker, als Sophie zugeben mochte.

»So funktioniert das mit der Augenbinde, Sophie«, flüsterte er nun hinter ihr und schob unerwartet die Hand vorn in ihr Höschen.

»Verdammt, Lucien!«, keuchte Sophie, überaus erregt von diesem erotischen Spiel.

»Das ist nicht sehr höflich, Ms Black.« Seine Finger drangen weiter vor, bis seine Hand ihre Scham umfasste. »Die zweite Regel, wenn man eine Augenbinde trägt, lautet«, flüsterte er, während er ihre Lippen spreizte und zwei Finger in sie hineinschob, »du musst stets höflich sein.«

Sophie nickte. »Ja, Mr Knight.« Himmel, seine Finger fühlten sich fantastisch an. Unwillkürlich drängte sie sich gegen sie und rang erschrocken nach Luft, als die andere Hand sie ziemlich fest auf das Hinterteil schlug

»Habe ich dir erlaubt, es zu genießen?«

Sophie stockte der Atem. Als er sie geschlagen hatte, waren seine Finger noch tiefer in sie eingedrungen, und alles, was sie denken konnte, war: *Mach das noch einmal, mach das noch einmal, mach das noch einmal.*

»Nein, Mr Knight.«

»Das ist besser.« Er strich mit der Hand über ihr Hinterteil, um das Brennen zu lindern, dann zog er die andere Hand aus ihrem Höschen. »Ich nehme dir die Binde fürs Erste wieder ab. Wenn ich sie dir später wieder anlege, will ich, dass du dich an die Regeln erinnerst. Hast du verstanden, Sophie?«

Sie nickte.

Und wieder schlug er sie auf das Hinterteil. »Laut, wenn ich bitten darf, Ms Black.«

Sophie überlegte einen Moment, während er sie massierte. *Sollte sie gehorchen*? Wenn sie es nicht laut sagte, würde das eindeutig Folgen haben. Offenbar war Zögern eine weitere Sünde, denn Lucien schnalzte ungeduldig mit der Zunge. Sophie bereitete sich auf den nächsten Schlag vor.

»Du musst noch viel lernen, Prinzessin.« Seine Stimme klang seidig an ihrem Ohr, während seine Hand zum dritten Mal brennend auf ihrem Gesäß landete. Blitze aus Schmerz und Lust schossen Sophies Beine hinauf. Sie fand es eigentlich falsch, dass sie wollte, dass er es noch einmal tat, aber jede Faser ihres Körpers sehnte sich danach.

Beinahe hätte sie ungehalten geknurrt, als seine Finger den Knoten der Binde lösten. Sophie blinzelte, als ihre Augen sich wieder an das Licht gewöhnen mussten, und ihr Körper sehnte sich nach seiner Berührung.

Als sie sich umdrehte, stand Lucien mit verschränkten Armen vor ihr und blickte sie mit triumphierender Miene an.

»Es sieht so aus, als seien Augenbinden nicht ganz so harmlos, wie du dachtest, Sophie.«

»Ich glaube, auf dem Video gab es überhaupt nichts Harmloses, Lucien.«

»Vielleicht nicht. Zieh deinen BH aus.«

»Lucien ...« Beschämt blickte Sophie auf ihre halb entblößten Brüste hinunter und hätte den Stoff gern wieder nach oben gezogen anstatt ihn ganz abzulegen. Er streckte die Hand aus und zog sie an sich, seine Haut auf ihrer fühlte sich erschreckend warm an, seine deutliche Erektion stieß hart gegen ihren Bauch.

Er blickte zu ihr hinunter. »Spürst du, was du mit mir anstellst?«

Er strich langsam mit dem Finger von einer festen Knospe zur anderen, dann griff er um sie herum und löste ihren BH. Er fiel auf den Boden, und Sophie blieb fast nackt und verletzlich in seinen Amen zurück. Er neigte den Kopf, um ihren Mund zu küssen, seine warmen Lippen berührten sie zärtlich. Langsam. Sinnlich.

Er zog sie an sich, und ihre Brüste berührten seine feste Brust. Sophie klammerte sich an ihn, sein zärtlicher Kuss überwältigte sie. »Prinzessin«, flüsterte er an ihren Lippen und schob die Hände zwischen ihre Körper, um ihre vollen Brüste zu umfassen.

»Lucien ...«, keuchte sie und verstummte, weil sich seine Hände so gut anfühlten. Als er ihr Hinterteil umfing und sie hochhob, schlang sie die Beine um seine Taille. Sie genoss seinen festen Griff. Als ihre Scham sich um seine Erektion schmiegte, stöhnten beide auf. Dann bewegte er sie leicht, um sich ganz zwischen ihre Beine zu schieben. Während er den Raum durchquerte, um sie auf die üppigen Kissen des Sofas zu betten, hörte er nicht auf, sie zu küssen. Er legte sich auf sie, und Sophie seufzte vor ungezügelter Lust, als sie sein Gewicht auf sich spürte.

Vom ersten Augenblick an hatte Lucien auf sie gefährlich und sinnlich gewirkt, doch in diesem Moment, als er mit seinem warmen Oberkörper auf ihr lag, gab er ihr das Letzte, was sie von ihm erwartet hatte – er bot ihr einen sicheren Hafen. Und sie merkte, dass sie das am meisten brauchte. Sie fühlte sich sicher in seinen Armen.

Sie hatte nicht geahnt, wie unglaublich zärtlich er küssen konnte oder wie sanft sich seine Hände anfühlten, als sie ihr Höschen ihre Beinen hinunterschoben. Es war keine Rede von Augenbinden, kein Blick glitt zu den Spielzeugen auf dem Tisch. Sophie spürte, dass Lucien das hier vermutlich nicht geplant hatte, und sie schätzte ihn noch mehr, weil er verstand, was sie brauchte. Als er mit der Hand nach unten griff, um seine Jeans aufzuknöpfen, hielt sie die Luft an. Trotz allem, was zwischen ihnen vorgefallen war, hatte sie ihn noch nie ganz nackt gesehen. Es war die letzte Schranke. Er holte ein Kondom aus seiner Tasche, dann streifte er mit den Füßen seine Jeans ab.

Für wenige Sekunden legte sich Lucien mit seinem ganzen Köper auf sie und hielt sie in den Armen. Er gab ihr Zeit, sich an das Gefühl seiner Erektion auf ihrem Bauch zu gewöhnen. Sophie schmolz dahin. *Sie wollte ihn. Und wie sie ihn wollte.* Es bestand kein Zweifel. Lucien hatte all ihre Zweifel hinweggeküsst. Er riss die Packung des Kondoms mit den Zähnen auf und schob es über sein Glied, dann glitt er zwischen ihre Beine und stützte sich mit den Unterarmen rechts und links von ihrem Kopf ab.

»Öffne die Augen«, murmelte er, während er sein Knie zwischen ihre Knie schob. Sophie hob die Lider und blickte in Luciens klare blaue Augen, während er langsam die Hüften senkte und mit seiner festen Rute über ihre Klitoris strich. »Fühlt sich das gut an?« Ein laszives Lächeln umspielte seine Lippen. Sophie biss sich auf die Lippen, um einen Lustschrei zu unterdrücken. Dieser Mann wusste, was Selbstvertrauen war. *Himmel, ja. Du weißt, dass es sich gut anfühlt.*

Lucien strich mit seinen Daumen zärtlich die vorwitzigen Tränen von ihren Wangen, und seine federleichten Küsse strichen über ihre Lippen, während er sich über ihr in die richtige Position brachte.

Sophie klammerte sich an ihn und grub die Fingernägel in seine Schultern. Er war stark, und er war wundervoll, und während sein schöner, fester Schaft entschlossen in sie eindrang, wurde er ihr Wikingergeliebter. Und Sophie schrie seinen Namen, mit jedem Stoß steigerte er ihre Lust und drang tiefer in sie ein ... weiter, weiter, weiter.

Sie war willenlos, unter seiner Herrschaft wurde sie ein Teich aus Lust und Verlangen.

Mit einer Hand umfasste er ihre Wange, die andere schlängelte sich zwischen ihre schwitzenden Körper, und Sophie schnappte nach Luft, als er seinen Daumen gegen ihre Klitoris presste. Stoß. Streicheln. Reiben. Stoß. Streicheln. Reiben. Er fand in einen Dreierrhythmus, und mit jeder Wiederholung drohte Sophie mehr, die Kontrolle zu verlieren.

Er sah ihr noch immer in die Augen, und sie erkannte an seinem angespannten Kiefer, dass er seine eigene Lust ihretwegen zurückhielt. Noch immer strich er mit dem Daumen über ihre Klitoris, und seine Zunge kreiste in ihrem Mund.

»Du. Bist. Verdammt. Wundervoll«, stieß er hervor und unterstrich jedes Wort mit einem tieferen Stoß. Sie umfing seinen Nacken, und ihre Hüften begannen, unkontrolliert zu zucken. Lucien verstand und wechselte den Rhythmus von langsam und tief auf schnell und hart. Tiefer wühlte er seine Zunge in ihren Mund, während seine Rute in ihr war. *Schneller, härter, ja, ja, ja!* Sophies Orgasmus schoss durch ihren Körper, sie erschauderte und wand sich unter ihm. Lucien warf den Kopf in den Nacken, schob seine Hüften vor und zurück und trieb sie noch weiter. Sie bewegten sich in einem berauschenden Einklang.

Animalisch.

Wild.

Sinnlich.

Lucien lehnte seine Stirn gegen Sophies, der Nachklang seines Orgasmus vibrierte noch in seinen Lenden. Er hatte es nicht auf so softe Art machen wollen, aber ein Blick in Sophies verletzliches Gesicht hatte genügt, und sein Beschützerinstinkt hatte sich gemeldet. Er wollte sie vor allem beruhigen, trösten, sie durch Zärtlichkeit und nicht durch einen Schock dazu bringen, sich zu unterwerfen.

Er küsste ihre Nasenspitze. Schockieren stand als Nächstes auf seiner Liste.

16

Sophie wickelte den Gürtel des kurzen weißen Frotteebademantels um ihre Taille und knotete ihn zu. Sie war froh, dass Lucien so umsichtig gewesen war, ihr einen zu besorgen. Er war wieder in seine Jeans geschlüpft. Das Spielzeug lag noch immer mitten auf dem Couchtisch, und Sophie gab sich große Mühe, den Blick in eine andere Richtung zu lenken, während sie hinter Lucien her in die offene Küche tappte.

Einbauschränke aus strahlend weißem Glanzlack sowie makellosem Stahl reihten sich an den Wänden aneinander. Dies war eindeutig keine Küche, in der viel gearbeitet wurde. Zumindest wurde hier nicht viel gekocht.

Es war kurz nach neun, die Abenddämmerung hatte den Himmel in ein tiefes Petrolblau getaucht und die Bäume um das Haus herum in schwarze Schatten verwandelt. Es war fast dunkel. Sophie spürte allerdings, dass es wohl noch lange dauern würde, bis sie zum Schlafen kam, und der Gedanke erregte sie.

Als sie die Küche betrat, stand Lucien mit dem Rücken zu ihr vor einem riesigen Kühlschrank aus Stahl, dessen Licht auf ihn fiel. Ein wunderschönes, monochromes Tatoo, das sich über seine breiten Schultern zog, nahm ihren Blick gefangen.

Ein äußerst fein gezeichneter einsamer Wolf, um den sich Ranken wanden, erstreckte sich von einem Schulterblatt zum anderen und betonte jede Senke und jeden Muskel auf seinem Rücken. Es beeindruckte Sophie, und sie verspürte den Impuls, zu ihm zu gehen und mit den Händen darüberzustreichen. Als sie näher kam, drehte er sich jedoch um, und es verließ sie der Mut.

»Hungrig?«

Sophie spürte in sich hinein und stellte fest, dass sie tatsächlich einen Mordshunger hatte.

»Ja, sehr. Sagst du mir jetzt, dass du ein erstklassiger Koch bist?«

»Nein. Ich biete dir Sushi auf meinem Bauchnabel an.«

Sophie bekam große Augen. *Machte er Witze*? Sie konnte ihn noch immer nicht richtig einschätzen. Als er eine riesige Quiche, eine Tüte Salat und eine Flasche Champagner aus dem Kühlschrank holte und die Tür schloss, seufzte sie erleichtert auf.

»Wir haben Glück. Fran ist heute hier gewesen.«

Fran? Wer war Fran?

Ohne eine weitere Erklärung füllte Lucien zwei Teller mit Essen. Er schuldete ihr allerdings auch keine. Er war ihr Chef, und eine Woche lang ihr Liebhaber – mehr nicht.

Das Essen schmeckte köstlich, und der Champagner löste sowohl Sophies Nerven als auch ihre Zunge. War Fran seine Freundin? Seine Geliebte? Seine Mutter? Sie brannte darauf, es zu erfahren. *War sie etwa seine Frau?*

Nein, er war nicht verheiratet. Ganz genau wusste sie es zwar nicht, aber sehr wahrscheinlich war er Single. *Anders als sie*. Gedanken an Dan, der irgendwo mit seiner Geliebten im Urlaub war, beschäftigten sie, und Sophie schob achtlos das Essen auf dem Teller hin und her.

»Hör auf«, sagte Lucien sanft.

Ihr Blick fuhr zu ihm hoch.

»Hör auf, dich schuldig zu fühlen, Sophie.«

Mann, er war echt gut. Vielleicht wirkte er auf sie undurchschaubar, aber sie schien jedenfalls für ihn ein offenes Buch zu sein.

»Das ist nicht so leicht.« Sie nahm ihr Champagnerglas, trank einen großen Schluck und versuchte die Melancholie hinunterzuspülen.

Lucien schenkte ihr nach.

»Dein Mann scheint damit keine Probleme zu haben.«

Die Melancholie verwandelte sich in Zorn. Lucien hatte recht. Dan hatte keinen Moment gezögert, als er seinen klammheimlichen Urlaub geplant hatte. *Und was, wenn er nicht zurückkäme? Hatte er sie verlassen und besaß nur nicht die Courage, es ihr zu sagen?*

Sie schloss die Augen. Was für ein Durcheinander. Warum war sie hier? Was wollte sie sich damit eigentlich beweisen? Dass sie alles, was Dan tat, besser konnte als er? Denn eines war sicher: Was auch immer Dan tun würde, sie würde bis Sonntag wesentlich schlimmere Dinge tun.

»Und, Sophie? Ich bin neugierig«, sagte Lucien im Plauderton und unterbrach ihren Gedankengang. »Warum der Glasdildo?«

Lucien nahm einen frischen Kübel mit Eis und eine Flasche Wodka aus dem Kühlschrank und führte Sophie nach oben in sein Schlafzimmer. Auf dem Weg dorthin steckte er im Wohnzimmer die Augenbinde und die metallene Eichel ein und steckte den Glasdildo in den Eiskübel.

Nur, um Maria zu ärgern, bestellte Dan in einer griechischen Bar noch einen weiteren Brandy. Sie wollte nicht, dass er zu viel trank, damit er im Bett nicht versagte. Ganz anders als Sophie, die Glas um Glas mithielt und es liebte, angeheitert mit ihm eine nächtliche Partie Strippoker zu spielen. Oder zumindest war das so, als sie noch glücklich miteinander gewesen waren. *Wann hatte das aufgehört?*

Er sah auf, als sich Maria durch die Bar zu ihm zurückschlängelte. Sie war brünett, nicht blond. Ihr Körper war fitnessgestählt und nicht wohlgerundet.

Als sie seinem Blick begegnete, lächelte sie, doch als er ihr mit seinem frisch gefüllten Brandyglas zuprostete, zog sie die Brauen zusammen. *Egal.*

Sophie verweilte im Eingang zu Luciens großem Schlafzimmer. Hier gab es ebenfalls deckenhohe Fenster, doch die Sicht verschwand jetzt hinter dem samtenen Vorhang der schwarzen Nacht. In der Mitte des Zimmers befand sich ein großes Bett mit Metallrahmen, das mit schneeweißen Laken, prallen Kissen und Überwürfen aus Samt und Fell bedeckt war. Wie in einer Höhle. Bei der Vorstellung, hier mit Lucien die Nacht zu verbringen, richteten sich Sophies Nackenhaare auf.

Der Rest des Zimmers wirkte fast klinisch sauber und aufgeräumt, die glatten Holzwände und -böden wurden lediglich mit einem großen Teppich aus Schaffell kontrastiert. Luciens Höhle. Einen Augenblick fühlte sich Sophie wie ein Lamm, das zur Schlachtbank geführt wurde. Als sie Lucien die Treppe heraufkommen hörte, durchquerte sie den Raum und setzte sich auf die Bettkante. Irritiert stellte sie fest, dass über dem Bett an der Decke Spiegel angebracht waren. Es wirkte irgendwie altmodisch, eine seltsame Art für einen Liebesgott, sein Revier zu markieren.

»Erfrischung«, sagte er und stellte den Eiskübel ab. »Und Unterhaltung.« Er ließ die Augenbinde auf den Nachttisch fallen und legte die silberne Eichel daneben. Dann zündete er eine Kerze an und drehte sich zu ihr um. Sein Blick fiel auf den Frotteebademantel, den sie noch immer fest um ihren Körper gewickelt hatte.

»Du bist zu dick angezogen.«

Unter dem Bademantel war sie nackt, Sophies Puls beschleunigte sich.

Einige Sekunden lang betrachtete er sie stillschweigend, und als sie keine Anstalten machte, sich auszuziehen, griff er nach unten und öffnete stattdessen den obersten Knopf seiner Jeans. Sophie blinzelte heftig und folgte mit den Augen seinen Fingern, während er den zweiten Knopf öffnete. Als er sich am dritten Knopf zu schaffen machte, räusperte sie sich. Sein goldbrauner Bauchnabel glänzte im Kerzenschein. Als er den letzten Knopf geöffnet hatte, schob er die Jeans hinunter und trat aus ihr heraus, dann richtete er sich auf, ganz und gar nackt und äußerst lässig.

»Siehst du? Keine Kleidung. Ganz leicht.« Er breitete die Arme aus, und Sophie schluckte bei seinem verführerischen Anblick.

Er war eindeutig der schönste Mann, den sie je gesehen hatte, ob im wahren Leben oder in Zeitschriften oder Filmen. Er bestand nur aus festen, wohlgeformten schimmernden Muskeln. Sophies Blick glitt unter seinem Nabel weiter nach unten.

Nicht zu fassen. Sein Glied. Sie holte tief Luft, als sie auf die starke, lange Rute blickte, die sich gegen seinen Bauch nach oben bog. Obwohl sie bereits erfahren hatte, wie er sich in ihr anfühlte, sah sie ihn in diesem Moment zum ersten Mal ganz nackt. Sein Anblick raubte ihr den Atem.

Als sie schließlich den Blick losriss und wieder in sein Gesicht sah, spielte schon wieder ein arrogantes Lächeln um seine Lippen. Er wusste um seine Wirkung auf sie. Und wandte sich ab.

Wie es sie in den Fingern juckte, diese breiten, tätowierten Schultern zu berühren, die Hände über sein festes Rückgrat zu seinem perfekt geformten Hintern wandern zu lassen. Sophie blies sich den Pony aus der Stirn. Wenn Lucien in der Renaissance gelebt hätte, hätten die Bildhauer jeden Preis dafür gezahlt, ihn in Stein meißeln zu dürfen.

Er drehte sich wieder zu ihr um und sah sie auffordernd an.

»Du bist dran.«

Sophie biss sich auf die Unterlippe und war hin- und hergerissen. Sollte sie gehorchen? Schließlich siegte die Lust. Sie stand langsam auf, und Lucien trat hinter sie, um ihren Platz auf der Bettkante einzunehmen. Er stützte sich mit den Händen auf dem Fellüberwurf hinter sich ab, sein Glied ragte groß und selbstbewusst vor ihm auf.

Sophie befeuchtete ihre trockenen Lippen und griff nach dem Gürtel des Bademantels.

»Dreh dich um.«

Sie hatte nicht mit einer Anweisung gerechnet, akzeptierte seine Aufforderung jedoch mit einem lustvollen Kribbeln in den Lenden. Nachdem sie ihm den Rücken zugekehrt hatte, löste sie den Gürtel.

»Mach langsam.«

Sie revidierte ihren Plan, den Mantel einfach fallen zu lassen, und entblößte stattdessen zunächst nur eine Schulter.

»Braves Mädchen.«

Ermutigt entblößte sie die andere Schulter, hielt den Mantel jedoch fest, der langsam ihren Rücken hinunterglitt und verführerisch nur noch ihr Hinterteil bedeckte. Sie wandte den Kopf um und warf Lucien über ihre Schulter hinweg einen kecken Blick zu. Dabei bemerkte sie, dass er genüsslich mit einer Hand seinen harten Penis streichelte.

Ihr blieb der Mund offen stehen, rasch wandte sie den Kopf ab und ließ den Mantel auf den Boden fallen. Dass er hinter ihr entspannt masturbierte, ließ ihr die Knie weich werden, ihr Magen fühlte sich wie eine Schlangengrube an. Sie zwang sich, tapfer zu sein, und drehte sich wieder zu ihm um.

Ohne die Hand von seiner Erektion zu nehmen, nickte er langsam und ließ den Blick von ihren Augen zu ihren Brüsten gleiten. Sophie spürte, wie sich ihre Brustspitzen unter seinem Blick in feste Perlen verwandelten, und als er tiefer glitt, konnte sie kaum noch atmen. Die Hände hingen ihr unbeholfen zu beiden Seiten herunter, und sie wusste, dass ihre Wangen vor Unbehagen und Lust zugleich gerötet waren.

Lucien starrte auf ihren Schritt und streichelte sich noch einen Moment, dann befeuchtete er seine Lippen und stand auf.

Sophie war fasziniert von seiner Größe, die noch beeindruckender wirkte, weil sie sich in ihrer Nacktheit schutzlos fühlte.

»Siehst du?« Er deutete auf ihre beiden Körper.

»Mann.« Er berührte mit den Fingern seine Brust und hob die Brauen.

»Frau.« Er strich mit den Fingerspitzen über ihr Dekolleté.

»Sex ist natürlich.« Er fuhr mit dem Finger zwischen ihren Brüsten hindurch zu ihrem Nabel hinunter, und ihre Bauchmuskeln zuckten. »Und verdammt schön.«

Er sah sie aus seinen klaren blauen Augen an. »Jetzt vergiss alles andere«, sagte er, »Und. Komm. Auf. Dieses. Bett.« Er betonte seine Worte mit bedeutungsvollen Pausen und verwandelte seine Einladung in eine lustvolle Forderung, der Sophie nicht widerstehen konnte.

17

Als Sophie sich auf das Bett legte, spürte sie die verlockend weiche Matratze und den warmen Fellüberwurf unter ihrem nackten Rücken. *Was für ein wundervolles Bett.* Selbst in ihrem äußerst erregten Zustand bemerkte Sophie die kokonähnliche Wärme, die im Gegensatz zu dem gefährlichen Mann stand, der sich neben ihr auf dem Bett ausstreckte und eine Augenbinde in der Hand hielt.

Sein Körper war so dicht neben ihr, dass sie ihn von den Schultern bis zu den Knien spürte, seine Erektion drückte sich deutlich an ihre Hüfte. Würde er sich bewegen, könnte er in einer Sekunde in sie eindringen. Die Vorstellung bewirkte ein Pulsieren zwischen ihren Beinen.

Lucien ließ die seidene Augenbinde über ihre Haut gleiten. Über ihre Brüste, über ihren Bauch, von Hüftknochen zu Hüftknochen. Sophie seufzte und entspannte sich unter dem leisen Flüstern der Seide auf ihrer Haut.

»Erinnerst du dich, was wir über diese Augenbinde gesagt haben, Sophie?«

Lucien strich mit der schwarzen Seide leicht zwischen ihren Beinen entlang, und sie spreizte die Schenkel ein wenig. Das Gefühl, dass seine Hand über ihr schwebte, sie jedoch kaum berührte, raubte ihr fast den Atem.

Sophie schloss einen Augenblick die Augen, dann nickte sie und hob den Kopf. Lucien reagierte sofort, legte die Binde über ihre Augen und knotete sie sorgfältig fest.

Als Sophie die Augen öffnete und nur Dunkelheit sah,

drohte die Panik sie einen Augenblick zu überwältigen. »Lucien?« Sie sprach laut seinen Namen aus, und er legte beschwichtigend einen Finger auf ihre Lippen.

»Schh.« Er strich mit seinen Lippen über ihre. »Du wirst dich an die Dunkelheit gewöhnen.«

Sophie erschauerte, holte tief Luft und stellte fest, dass er recht hatte.

»Brauche ich ein Sicherheitswort?«, keuchte sie ängstlich und vernahm so etwas wie ein Lachen von Lucien.

»Nein, wirklich nicht. Wenn du aufhören willst, sagst du einfach ›stopp‹. Aber nur, damit das klar ist – du wirst es nicht sagen.«

Er war zu selbstsicher. Sein Finger blieb auf ihren Lippen, und als er zärtlich darüberstrich, öffnete sie den Mund und knabberte an ihm. Er fasste mit zwei Fingern ihr Kinn und hielt es fest.

»Beiß mich nicht«, murmelte er warnend, und seine Hand begann ihren Hals zu umkreisen. Sophie hielt einen Augenblick den Atem an und ließ die Luft entweichen, als sie spürte, wie er sich über ihren Körper zum Nachttisch hinüberlehnte. *Himmel, er war warm und schwer.* Sie hörte, dass er eine Schublade aufzog. *Holte er schon ein Kondom heraus?* Dann war er wieder bei ihr und legte ihr unerwartet etwas in die Hand.

Sophie runzelte die Stirn hinter der Binde, als ihre Finger vorsichtig zwei schmale, glatte Lederschlingen ertasteten. Sie waren durch eine kurze Metallkette miteinander verbunden. *Handschellen.*

»Lucien ... ich weiß nicht«, flüsterte sie, aber selbst in ihren Ohren klang der Protest hohl. Die Handschellen erinnerten sie daran, wie er im Club ihre Arme auf dem Rücken festgehalten hatte, und sie konnte nicht leugnen, dass sie das Gefühl erregt hatte. Ihre Finger glitten über das warme Leder und ertasteten an jedem Armband einen kühlen Metallstift, mit dem man vermutlich die Größe einstellte.

»Leg deine Arme über den Kopf«, befahl Lucien leise.

Sophie erschauerte innerlich, bot ihm jedoch willig ihre Hände dar.

Der erste Lederriemen schloss sich um ihr Handgelenk, und Lucien stellte ihn vorsichtig so ein, dass sie die Hand nicht mehr daraus befreien konnte. Angst erfüllte Sophie, als sie hörte, wie die Metallkette gegen Metall stieß und Luciens Finger sich um ihr anderes Handgelenk schlossen. Sie bewegte vorsichtig die Hand und spürte die Fesseln.

»Vertrau mir«, murmelte er und strich mit dem Mund über ihren, bevor er die zweite Handschelle befestigte.

»So.« Er war fertig. »Jetzt teste sie. Prüfe, ob deine Hände auch nicht herausrutschen können.«

Seine Worte drangen aus der Dunkelheit an ihr Ohr, es war ein erregender Befehl. Sophie bewegte ihre Handgelenke. Sie konnte sich nicht nur nicht von den Handschellen befreien, Lucien hatte die Kette auch noch um das Metallgitter des Bettes herumgeführt, sodass ihre Arme über ihrem Kopf gefangen waren. Sie keuchte und bog ihren Rücken durch, sie empfand Erregung und Angst zugleich.

Luciens dunkles Lachen drang an ihr Ohr. »Ich nehme das als ein Ja, okay? Versuche dich zu entspannen.«

Sophie wünschte, sie könnte es. Sie wusste, dass ihre Brüste schamlos nach oben aufragten, aber die Fesseln erregten sie so stark, dass sich ihr Rückgrat automatisch nach oben bog.

Sie wünschte sich so sehr, Lucien sehen zu können. Dass sie sich nicht bewegen konnte und zugleich nichts sah, machte sie wehrlos, und ihr Körper pochte vor erotischer Erwartung. Lucien war im besten Sinne unberechenbar. Nachdem er sie zweier Sinne beraubt hatte, empfand sie ihn geradezu als lebensbedrohlich.

Endlose Sekunden vergingen, ohne dass er sie berührte, und Sophie wurde von diversen Gefühlen umgetrieben – Lust, Angst, Furcht und dann wiederum von köstlicher Lust. Ihr Körper schrie geradezu nach seiner Berührung, und mit jedem Moment, den er sie warten ließ, spannten sich ihre Nerven noch mehr.

Dann erhielt sie ihre Belohnung. Sein warmer, nasser Mund schloss sich um ihre harte Brustspitze, während er um die andere einen Eiswürfel kreisen ließ. Sie keuchte laut auf und bog sich noch weiter durch, sie wollte mehr. Er saugte fester an ihrer Knospe, bis sie spürte, dass sie in seinem Mund wuchs, während er die andere weiter mit dem Eiswürfel reizte. Sein Mund fühlte sich heiß an. Seine Finger waren eisig. Sophie wand sich, aber die Lederhandschellen hielten ihre Handgelenke fest. Wie ein aufrührerischer Gefangener rieb Sophie die Metallkette gegen das Gitter des Bettes. Das Klackern und das Gefühl, gefangen zu sein, steigerten ihre Lust. Sie fühlte sich ganz Luciens Gnade ausgeliefert, und die Unterwürfige in ihr genoss es. Sie wollte, dass dieser Mann tat, was immer ihm gefiel, dass er sie überall berührte, dass er ihren Körper auf jede erdenkliche Weise in Besitz nahm.

Ein Eiswürfel glitt in ihren Bauchnabel, woraufhin sie scharf die Luft einsog.

»Halt still«, sagte er. Es war das erste Mal, dass er etwas sagte, seit er ihr die Handschellen angelegt hatte. »Lass ihn schmelzen.«

Seine Hände lagen auf ihren Brüsten wärmten und massierten sie, während seine Zunge in ihren Mund glitt.

Der Eiswürfel schmolz auf ihrer erhitzten Haut, und winzige Rinnsale eiskalten Wassers rannen um ihre Taille. Sie versuchte den Körper zu bewegen und die Tropfen aufzuhalten, aber Lucien legte ein Knie auf ihre Beine und hielt sie fest.

»Halt still.«

Sophie wollte wissen, was geschah, wenn sie ihm nicht gehorchte.

Sie stieß hart die Luft aus und zwang ihre Bauchmuskeln nach oben, um den schmelzenden Eiswürfel von ihrem Bauch zu werfen.

»Sophie«, warnte er leise und erotisch.

Ein obszönes Verlangen erwachte in ihr. Er hatte sie zweimal gewarnt.

Sie hatte keine Ahnung, wie man dieses Spiel spielte. Sollte sie gehorchen oder sollte sie aufbegehren? Wie lauteten die Regeln? Dan hatte sie nie ans Bett gefesselt und ihr befohlen, sich nicht zu bewegen, während er Eis in ihrem Nabel schmelzen ließ: Dies war unbekanntes Gelände für sie. Der Impuls, aufzubegehren, siegte. Sie presste die Lippen zusammen und zuckte mit den Hüften. Der Eiswürfel rutschte von ihrem Körper, und sie wartete mit angehaltenem Atem.

Lucien seufzte laut und vernehmlich.

»Sophie. Willst du wirklich, dass ich dich bestrafe?«

Sie biss sich auf die Lippen, sie wusste es nicht.

»Ich hatte es eigentlich nicht vor, aber wenn du dich so benimmst, juckt es mir in den Fingern, den Stock aus der Schublade neben dir zu holen.«

Stock? Okay, vielleicht hätte sie ihm doch lieber gehorchen sollen.

»Keinen Stock«, flüsterte sie und blieb wie erstarrt liegen, während sein Mund von ihrem Hals zu ihrem Schambein und wieder nach oben glitt, seine Hand lag schwer auf ihrem Schenkel.

»Besser«, murmelte er und leckte abwechselnd ihre Brüste. Sie stöhnte vor Lust.

»Halt lieber still.« Er umfasste ihre Brüste mit den Händen und schob sie mit einem kehligen Laut der Anerkennung zusammen.

Es fiel ihr schwer stillzuhalten, aber seine Ankerkennung zu spüren und zu hören war der Mühe wert. Er hatte eine Art, sie zu beherrschen und ihr zugleich das Gefühl zu geben, unbesiegbar zu sein, und das war eine berauschende Mischung.

Als er sich von ihr entfernte, wuchs ihre Angst erneut. Sie zuckte heftig, als er nach ihren Knöcheln fasste und sie auseinanderzog, dann kniete er sich zwischen ihre Waden.

»Wenn du nur sehen könntest, was ich jetzt sehe«, murmelte er.

Sophie schloss die Augen hinter der Binde. Er musste einen Röntgenblick besitzen, sie spürte, wie sich ihm ihre Scham darbot. Ganz sicher waren ihre Brüste schwer und ihr Fleisch rosa. Ein Bild der Lesben aus dem Club kam ihr in den Sinn, und Sophie war froh, dass die Augenbinde ihren verlegenen Blick vor Lucien verbarg.

Mit langsamen, langen Strichen bewegten sich seine Hände ihre Beine hinauf und endeten aufreizend nah an ihrer Scham. Er hielt inne und griff über ihren Körper hinweg zum Nachttisch.

»Ich werde jetzt warmes Wachs auf dich träufeln.«

Schockiert riss Sophie heftig an den Fesseln. Sie hatte gesehen, wie Madonna etwas Ähnliches in einem verrückten Film gemacht hatte, und es hatte schmerzhaft ausgesehen. Lucien legte beruhigend eine Hand auf ihren Bauch, dabei rann das restliche Wasser des geschmolzenen Eiswürfels aus ihrem Nabel.

»Habe ich nicht gesagt, du sollst mir vertrauen?«

Bevor sie protestieren konnte, verteilte Lucien bereits ein Band aus warmen Tropfen zwischen ihren Hüften.

Sie stieß die Luft aus. Das Wachs war heiß, aber es verbrannte sie nicht, und Luciens Hände lagen auf ihrem Schambein wie ein großer warmer Schmetterling, der sich sanft gegen ihre Haut drückte.

»Wenn es schmilzt, wird es zu Öl«, erklärte er, während seine Hände über ihre Haut strichen und seine Daumen gelegentlich die schmale Spur Schamhaare berührte, die ihre Kosmetikerin zurückgelassen hatte. Seine warmen öligen Finger glitten über die Innenseiten ihrer Schenkel. Lucien massierte das Öl überall ein, nur nicht dort, wo Sophie es sich wünschte. Sie spreizte weit die Beine und hob die Hüften zu seinen Händen empor.

Sah er ihre Klitoris? Er musste sie sehen. Sie war so offen, wie sie nur sein konnte, und pulsierte vor Lust, seine Hände in sich zu fühlen.

Stattdessen leckte er sie.

Als sie seinen Kopf zwischen ihren Beinen spürte, stieß sie seinen Namen aus, woraufhin er die Hände um ihre Hüften legte und sie festhielt.

Sophie warf den Kopf von einer Seite zur anderen und schloss fest die Augen hinter der Seidenbinde. Die Kette der Handschellen kratzte über das metallene Bettgestell, während sie sich wand und auf Erlösung hoffte.

Herrgott. Der Mann wusste, was er tat. Seine Zunge war überall. Langsam und leicht strich sie über ihre Klitoris. Mit langen festen Strichen drang sie in sie ein. Sie war heiß und nass und begierig. Er war stark und gebend und so atemberaubend sexy, dass Sophie von ihren gefesselten Händen bis zu den Zehen zu zittern begann. Sie kam. *Gleich kam sie.*

Doch in diesem Moment hörte Lucien auf.

»Nein!«, schrie sie und bog ihren Körper in die Richtung, in der er eben noch gewesen war, sie sehnte ihn sich verzweifelt zurück. Dann zuckte sie heftig zusammen, als er mit etwas Hartem, Kühlem über ihre Brüste strich. Sie spürte, wie die Knospen augenblicklich hart wurden.

Was war das? Es war zu fest für Eis. Sie war heiß, und was immer es war, es war kälter als kalt. Ihre Gedanken rasten vor Lust, während er mit dem Gegenstand über ihren Mund strich.

Er war kalt. Und hart. Und aus Glas.

Jetzt verstand sie, Sophie öffnete die Lippen und ließ den gewölbten Glasdildo in ihren Mund gleiten.

Sie hörte Lucien stöhnen und konnte sich nur vorstellen, wie obszön sie aussehen musste, wie sie sich ans Bett gefesselt von ihm mit einem großen Schwanz aus Glas in den Mund vögeln ließ.

Er war so, so kalt.

Lucien ließ die andere Hand zwischen ihre Beine gleiten und schob seine Finger in sie, dann nahm er den Dildo aus ihrem Mund und hielt ihn stattdessen an ihre Klitoris.

Eiskalt, mundwarm und fest – alles zugleich. So fest. Sophie stöhnte und genoss die völlig neuen Empfindungen, denen Lucien ihren Körper aussetzte. Kaltes, schweres Glas an fiebriger Haut.

Er beugte sich vor und ließ die Zunge in ihren Mund gleiten, dann griff er hinter ihren Kopf und löste die Augenbinde.

»Öffne die Augen, Prinzessin.«

Sophie blinzelte, während sich ihre Augen an das Licht gewöhnten, und sah ihr Bild in den Deckenspiegeln. Nackt. Mit gespreizten Beinen. Angekettet. Zwischen ihren Knien ein Wikinger.

Der Glasdildo wirkte in seinen Händen noch erotischer als im Film. Klares Kristall, um das sich ein erhabenes Band aus glitzerndem Polarlicht wand. Die wundervolle gewellte Oberfläche rieb sich jedes Mal an ihr, wenn er ihn drehte. Lucien schob ihn langsam in sie hinein, und das spiralförmig geschliffene Glas warf unzählige winzige Regenbogen auf die Wände des mit Kerzen erleuchteten Zimmers. Sophie spürte, wie jede einzelne Erhöhung des noch immer kühlen Dildos unnachgiebig und fest in sie eindrang.

Ihre Augen verschlangen das erotische Bild. Lucien kniete nackt vor ihr, und der wunderschöne Wolf, der auf seinen Rücken tätowiert war, spannte sich über seine muskulösen Schultern, während er sich zwischen ihre Beine beugte. Das weiche Fell in ihrem Rücken. Kristallfarbene Regenbogen auf den Wänden. Lederhandschellen an den Handgelenken.

Sophie revidierte ihr Urteil über Deckenspiegel. Sie waren zwar altmodisch, aber sie zählten nicht ohne Grund zu den Klassikern.

Als Lucien den Kopf senkte, um an ihrer Klitoris zu saugen, kündigten sich die ersten Anzeichen ihres Orgasmus in Form eines elektrisierenden Kribbelns in ihrem Körper an.

Lucien, Lucien, Lucien.

Lucien betrachtete Sophies schöne Kurven und fing kurz ihren Blick auf, bevor er wieder ihre Klitoris mit der Zunge streichelte. Er hatte im Laufe der Jahre unzählige Frauen gehabt, aber die nackte und gefesselte Sophie Black auf seinem Bett gehörte zu den erotischsten Begegnungen seines Lebens. Sein Glied schmerzte beim Anblick ihrer weit geöffneten Blüte.

Sie war so bereit, er spürte ihre geschwollene, bebende Klitoris.

Es wurde Zeit.

Er schob den Glasdildo so weit es ging in sie hinein und schrieb mit der Zunge Buchstaben auf ihre Klitoris.

P – sie bebte.

R – sie wand sich.

I – sie stöhnte.

N – sie keuchte seinen Namen.

Z – »Lucien.«

E – sie bog sich ihm entgegen.

S – sie schrie

S – und kam

I – und kam

N – und kam.

18

Die Leuchtziffern des Weckers auf Luciens Nachttisch zeigten vier Uhr morgens. Sophie blinzelte, während ihre Augen sich an das Dämmerlicht gewöhnten, und spürte deutlich das Gewicht von Luciens Arm auf ihrem Körper.

Sie drehte den Kopf auf dem Kissen zur Seite, um ihn anzublicken, und es juckte sie in den Fingern, über seine markante Wange zu streichen.

Der Schlaf hatte sein typisch überhebliches Grinsen und sein Selbstvertrauen ausgelöscht, er ließ ihn nackt und verletzlich wie ein Kind zurück. Die geschwungenen Wimpern auf seiner Wange wirkten bezaubernd, und der erotische Schwung seiner Oberlippe unschuldig. Während sie ihn so betrachtete, konnte Sophie sich den sorglosen wilden Jungen vorstellen, der er gewesen sein musste. *Wer war er?* Wie war er vom Kind zum Mann geworden, vom unschuldigen Jungen zum selbsternannten Führer einer Bewegung der sexuellen Befreiung?

Sein Haus enthielt keinerlei Hinweise auf seine Vergangenheit, und auch das Internet hatte sich als wenig hilfreich erwiesen, wenn es darum ging, den Jungen hinter dem Mann zu entdecken.

Er seufzte im Schlaf, und Sophie schmiegte sich fest in seine Arme. Er zog sie ganz dicht an sich, und sie atmete seinen Geruch ein. Wer auch immer er war, jetzt war sie einfach nur froh, ihm begegnet zu sein.

Sie schlief wieder ein.

Lucien schaltete sein Mobiltelefon aus. Alle Vorkehrungen waren getroffen, eine Sache von Minuten. Das gehörte zu den Dingen, die er am meisten an seinem Reichtum schätzte – er wirkte wie ein Zauberstab und machte alles möglich.

Er wünschte, dass sein Privatjet in drei Stunden abflugbereit wäre? Kein Problem. Er wollte, dass das Blockhaus zur Mittagszeit fertig wäre? Schon erledigt.

Geld bedeutete Macht. Kein Zweifel. Doch jetzt wollte er es allein dazu benutzen, Sophie klarzumachen, dass sie alle Asse in der Hand hielt und nicht ihr Mann.

Seiner Meinung nach ging es in einer Ehe nur um Macht. In der Ehe seiner Eltern hatte sein Vater stets die Trümpfe in der Hand gehabt und seine Mutter die Luschen.

Als Sophie letzten Montagabend in sein Büro gekommen war und er bei der Erwähnung ihrer Ehe diesen gejagten Blick in ihren Augen gesehen hatte, waren in ihm tief vergrabene Erinnerungen erwacht, Jahrzehnte zurückliegende Bilder eines ähnlich gehetzten Blicks in den Augen seiner Mutter.

Doch letzte Nacht war dieser Ausdruck aus Sophies Gesicht verschwunden, vor allem in den Sekunden, bevor sie gekommen war. *Am Ende des Wochenendes würde der Blick für immer verbannt sein.*

Als er sich vorstellte, wie Daniel Black am Sonntag nach Hause zurückkehrte, umspielte ein Grinsen Luciens Mundwinkel. Der Mann würde einen verdammten Schock erleiden.

Sophie hetzte durch ihre spießige Doppelhaushälfte und warf Kleidung und Ausweis in die Reisetasche, die offen auf dem Bett lag. Ihr eigenes Haus kam ihr nach Luciens Villa wie ein Puppenhaus vor, und nachdem es nur einen Tag leer gestanden hatte, herrschte hier eine verlorene Stimmung, der sie rasch entfliehen wollte. Lucien hatte ihr genau zehn Minuten Zeit gegeben, dann würde er den Motor ausschalten und hereinkommen, um sie zu holen. Was sie nicht wollte. Er gehörte nicht hierher, hier in ihr Haus.

Sie hatte keine Ahnung, wohin sie fahren würden oder was sie einpacken sollte, doch sie warf instinktiv ihre hübscheste Unterwäsche und ihr Lieblingskleid sowie hochhackige Schuhe in die Tasche. Lucien hatte ihr geraten, auch einen Mantel mitzunehmen, also schloss sie den Reißverschluss der Tasche und legte ihren kirschroten Wollmantel darüber. Sie war fertig.

Vor lauter Eile, ins Auto zu kommen, bevor Lucien ausstieg, übersah sie das blinkende Licht am Anrufbeantworter im Flur.

Sophie war immer nur in der Economyclass geflogen, deshalb war es eine Art Kulturschock für sie, als sie ungefähr eine Stunde später einen Privatjet bestieg. Keine Schlangen am Duty-free-Shop oder beim Check-in, nur ein uniformierter Fahrer, der Luciens Aston Martin parkte, als sie direkt aus dem Wagen über die Treppe in das tiefschwarze Flugzeug mit dem Knight Inc. Logo stiegen. Der Kapitän begrüßte Lucien herzlich. Wo auch immer sie hinfliegen würden, Lucien schien diese Reise häufiger zu unternehmen.

Von innen entsprach das Flugzeug dem neuesten Stand an Flugluxus.

Was hatte sie anderes erwartet? Bequeme Ledersessel, schimmernde Holzverkleidung und teure Ausstattungsdetails umgaben sie. Es überraschte Sophie nicht weiter, dass sie die einzigen Passagiere waren.

Sobald sich die Türen schlossen, zog Lucien seine schwarze Lederjacke aus.

»Ist das dein Flugzeug?«, fragte Sophie.

Lucien zuckte mit den Schultern. »Ich fliege sehr viel.«

Sie blickte sich um.

»Gibt es Kabinenpersonal?«

»Möchtest du das?«

Sophie zog die Brauen zusammen. *Wollte sie?* Genügte es ihr, mit Lucien allein durchs Universum zu fliegen?

»Ich glaube nicht«, erklärte sie schließlich.

Lucien nickte und deutete mit dem Arm auf die Sessel.

»Wir werden ungefähr fünf Stunden unterwegs sein. Mach es dir bequem.«

Fünf Stunden? Das war weit länger, als Sophie erwartet hatte, und ein besorgtes Kribbeln meldete sich. Sie flog mit einem Mann, den sie erst wenige Tage kannte, Gott weiß wohin. *Was, wenn sie nicht rechtzeitig wieder nach Hause käme?*

Ihr Gewissen lastete schwer auf ihr. Sie dachte wie eine betrügerische Geliebte. Fühlte sich Dan jedes Mal so, wenn er sich mit dieser Frau traf, der er seine Aufmerksamkeit lieber widmete als ihr? Bemühte er sich, seine Spuren zu verwischen? Sie dachte darüber nach, und sosehr sie auch versuchte, rückblickend Schuldgefühle und Reue in Dans Verhalten hineinzudeuten, es gelang ihr nicht. *Was sagte ihr das?* Entweder war es ihrem Mann egal, ob Sophie seiner Untreue auf die Spur kam, oder er dachte wirklich, dass sie zu dumm sei, ihm auf die Schliche zu kommen. Beides empfand sie nicht gerade als tröstlich.

»Keine Sorge, Aschenputtel, du wirst Sonntag bei Sonnenaufgang zurück sein.«

Sophie nickte und ließ sich in den nächstbesten Sessel sinken. Wieder einmal war sie Lucien dankbar für seine Aufmerksamkeit.

Sie musste wie ein Mann denken und ihr Leben aufteilen. Sie konnte das. Sie konnte ihre Eheprobleme in einer versiegelten Akte mit dem Titel »Sonntag« wegschließen. Sie sah bildlich vor sich, wie sie die Akte schloss, das Siegel daraufsetzte und sie dann in einem Winkel ihres Kopfes verstaute. Dan hatte diese Probleme zweifellos nicht, aber war er nicht auch deutlich geübter in dieser Art des Betrugs?

»Wohin fliegen wir?«, fragte sie ebenso, um auf andere Gedanken zu kommen wie aus echter Neugier.

»Wir fliegen nach Norden.« Lucien ließ sich in dem Sessel neben ihr nieder.

Das half ihr nicht wesentlich weiter. Geografie war nicht Sophies Stärke.

»Norden?«

»Hör auf, Fragen zu stellen und vertrau mir.«

Sophie lehnte sich zurück und schloss die Augen. Es war so einfach, mit diesem Mann zusammen zu sein, er war der geborene Führer, und sie folgte ihm nur zu gern. Es war aufregend, mit jemandem zusammen zu sein, der immer genau wusste, was zu tun war.

Jemandem, der jetzt ihren Sessel in Liegeposition stellte und die Knöpfe ihrer hauchdünnen schwarzen Chiffonbluse öffnete.

Obwohl ihr Körper von seiner Berührung hellwach war, hielt sie die Augen geschlossen. Es war Frühstückszeit, doch

Lucien schien es nach etwas anderem zu gelüsten als nach Eiern mit Speck.

»Fliegen macht mich scharf«, verriet Lucien, als er den letzten Knopf geöffnet hatte und die Bluse aus ihrem Bund zog.

Sophie biss sich auf die Lippen, öffnete jedoch nicht die Augen.

»Bist du sicher, dass uns der Pilot nicht sehen kann?«

Lucien öffnete den Reißverschluss ihres Rocks.

»Wenn er uns anstelle des Himmels im Blick hat, werden wir es schnell merken. Vor uns liegen Berge.«

Sie hob leicht die Hüften, damit er ihr den Rock abstreifen konnte.

Bei der Wahl ihrer Bluse war schwarze Unterwäsche ein Muss gewesen. In dem zarten Balconette-BH mit Spitze und den hochgeschnittenen French Knickers fühlte sie sich weiblich und sinnlich, und Luciens leisem anerkennendem Pfiff nach zu urteilen, schien es ihm ebenfalls zu gefallen.

Bislang war sie nicht im Entferntesten daran interessiert gewesen, dem Mile High Club beizutreten, aber wenn es sein musste, dann ließ sie sich lieber von einem nordischen Liebesgott in seinem Privatjet verführen als sich in einem engen Klo bei Easyjet überfallen zu lassen.

Sophie hob die Lider und blickte in Luciens strahlend blaue Augen. Sie sah Lust in ihnen und konnte beinahe hören, wie die Rädchen in seinem Kopf arbeiteten, während er überlegte, was er als Erstes mit ihr anstellen sollte.

Warum musste er eigentlich immer alles entscheiden?

Plötzlich mutig, stellte Sophie ihren Sessel zurück in die aufrechte Position. Mit Genugtuung bemerkte sie ein überraschtes Flackern in Luciens Augen, das sogleich freudiger Erwartung wich, als sie aufstand und vor ihm in die Knie ging. *Was nun?*

Sophie befeuchtete ihre Lippen. Lucien saß still da und beobachtete sie, wobei er eine Braue leicht nach oben zog. Ihre Nerven tanzten Tango in ihrem Bauch.

War sie stark genug, diesen Mann so zu behandeln, damit er sich so fühlte wie sie, wenn er sich um sie kümmerte?

Es gab nur einen Weg, das herauszufinden. Sie streckte die Hand nach dem Hemdknopf an seinem Hals aus und öffnete ihn. Seine Braue zuckte ein Stück höher, während ihre Finger ein Stück nach unten wanderten und den nächsten Knopf öffneten.

Pop, pop, pop, und schon lag sein Waschbrettbauch bloß. Sophie seufzte zufrieden und war wie jedes Mal beeindruckt, wie perfekt er gebaut war.

Wie konnte jemand so Hinreißendes uneitel sein? Weil er es eben einfach nicht war. Er war überheblich und fast arrogant, aber er setzte seine Schönheit nicht als Waffe ein wie es viele andere versucht hätten. Sie war einfach vorhanden und versengte die Augen eines jeden, der den Blick mehr als ein paar Sekunden darauf ruhen ließ. Und jetzt stand Sophie in Flammen.

Sie strich mit den Nägeln über seine feste Brust, durch das Band goldener Haare bis hinunter zu seiner Gürtelschnalle. *Die war ihr im Weg.* Sie hatte sie in wenigen Sekunden geöffnet und spürte sogleich seine Erektion, die sich danach sehnte, von seiner Jeans befreit zu werden. Dass sie ihn erregte, erregte auch sie, und sie beugte sich vor und schmiegte sich an ihn, um sich den Kuss zu holen, der sie auf seinen Lippen erwartete. Langsam und unglaublich sinnlich wischten seine Lippen die letzten Zweifel fort, ob sie in der Lage sein würde, eine Zeit lang die Führung zu übernehmen.

Mit etwas Bedauern stützte sie sich mit den Händen auf seinen Schultern ab und schob ihn zurück in den Sitz. Er nahm es hin, ließ die Schultern kreisen und machte es sich bequem, dann hob er die Hüften, als sie mit den Händen nach dem Bund seiner Hose griff und sie bis zu seinen Füßen nach unten zog.

Wie kam es, dass er sich in der kompromittierenden Situation befand, sie sich aber mehr entblößt fühlte als er?

Sein Glied ragte fest, stolz und verlockend zwischen ihnen auf. Sophie schloss einen Moment die Augen und schluckte, dann blickte sie Lucien in die Augen und strich sich mit der Zunge über die Lippen.

»Sag mir, was ich tun soll, Lucien«, hauchte sie. »Ich tue es erst, wenn du es mir sagst.«

Er streckte die Hand aus und stupste gegen ihre Nasenspitze. »Touché, Ms Black. Streichele meinen Schwanz.«

Ein leises Lächeln huschte über ihre Lippen, als sie die Hand ausstreckte und ihn mit den Fingern umfasste. Er reagierte auf ihre Berührung, bewegte sich leicht und beobachtete fasziniert, wie sie die Hände an ihren Mund führte und sie mit Spucke befeuchtete. Sein Glied fühlte sich wie feste Seide unter ihren glatten Strichen an, seine Hoden waren warm und schwer. Sie zwinkerte ihm auf die für ihn typische Weise zu. Sie genoss den Machtwechsel, es machte ihr Spaß, die Mittel anzuwenden, die er ihr beigebracht hatte. Sie beugte sich vor und strich mit der Zunge über seine Brustwarzen, dann blickte sie hinunter auf ihre Hände, die um seine Erektion lagen.

»Gefällt Ihnen das, Mr Knight?«, fragte sie, leckte dann wieder leicht über ihre Finger und schloss die Hände um ihn. *Himmel, war er fest.* Sie strich an seinem Glied entlang und ließ bei jeder Aufwärtsbewegung ihre Daumen über den pulsierenden Kopf gleiten. Lucien reagierte mit einem heftigen Stöhnen und schob sein Glied fester in ihre Hände.

»Komm schon, Lucien«, flüsterte Sophie, schwindelig vor Lust, »sag es. Tu es für mich.«

Seine Augen waren so dunkel, dass sie kaum noch das Blau darin erkennen konnte, und seine Brust hob und senkte sich verräterisch.

»Leck meinen Schwanz, Sophie. Nimm ihn ganz in deinem bezaubernden Mund auf.«

19

Sophie befeuchtete ihre Lippen und setzte sich zwischen seinen Knien auf die Fersen, dann beugte sie sich vor und strich mit der Zungenspitze um den Kopf seines Penis. Sie umfasste ihn fest, nahm ihn in den Mund und ließ die Zunge kreisen, bis er stöhnte und mit einer Hand durch ihre Haare strich. Eine Welle der Lust durchströmte Sophie bis hinunter zwischen ihre Lenden, die sich durch das Gefühl, vor ihm zu knien und von ihm festgehalten zu werden, noch verstärkte.

Er war ein Festmahl, und sie verspeiste ihn. Mit jedem Kreisen und jedem Strich ihrer Zunge, mit jeder Neigung ihres Kopfes erregte sie ihn stärker, wurde er härter, bis er nicht mehr durch ihre Haare strich, sondern ihren Kopf mit beiden Händen umfasste und sein Glied in ihren Mund stieß. Sophie beschleunigte den Rhythmus ihrer Hände und ihres Mundes und fühlte seinen heißen, festen Schaft, der kurz vor der Explosion stand. Sie blickte an seinem Körper hinauf und bemerkte, dass er sie beobachtete. Der kurze intime Augenkontakt reichte, um ihn zum Höhepunkt zu treiben. Seine Hüften vibrierten, und salziger heißer Samen floss in Sophies Hals, der Beweis dessen, was sie getan hatte. Was sie für ihn getan hatte.

Sie schluckte ihn hinunter, während Luciens Glied noch immer in ihrem Mund pulsierte und er nun zärtlich mit den Händen über ihr Haar und ihre Schultern strich. Sophie schloss die Augen und lehnte sich mit der Wange an seinen festen Schenkel, die Lippen an seinen Hoden, während sie lauschte, wie sein Atem sich langsam beruhigte.

»Ich schätze, du kannst einen weiteren Punkt von deiner Liste streichen. Oder sogar zwei«, sagte sie, zog sich auf die Knie hoch und blickte ihm ins Gesicht.

»Zwei?« Er legte die Arme um sie und zog sie dicht an seinen nackten Körper.

»Zwei.« Sie nickte und genoss das Gefühl seiner heißen Haut auf ihrer. »Erstens bin ich nun Mitglied im Mile High Club.«

Sein Mund zuckte. »Das klingt zwar etwas geschmacklos, aber ich akzeptiere es. Und die zweite?«

»Ich habe meinem Chef einen geblasen.« Sophie spürte, wie sie errötete.

Lucien nickte. »Aber wir müssen noch an diesem Erröten arbeiten.«

Er griff auf ihren Rücken, öffnete ihren BH und ließ ihn hinunterfallen. »Du bist noch immer rot.«

Was erwartete er? Sie kniete in Unterwäsche zwischen seinen Schenkeln, während sie mit unbekanntem Ziel in seinem Privatjet durchs Universum flog. Das entsprach nicht ihrem normalen Freitagmorgen.

»Du bist rot von hier ...« Er berührte mit den Fingern ihre heißen Wangen, »bis hier.« Er führte seine Fingerspitze zu ihrem Dekolleté und nahm ihre Brüste in die Hände wie ein Obsthändler, der Orangen feilbot, wobei seine Daumen mit ihren Spitzen spielten. Er beugte sich hinunter, um abwechselnd an ihnen zu saugen, dann leckte er über ihre Lippen und ließ seine Zunge in ihren Mund gleiten.

»Steh auf.«

Sie hörte den leisen Befehl, zögerte jedoch, weil ihr plötzlich schwach wurde.

»Sophie …« Er sagte es leise, duldete jedoch keine Widerrede. Mit noch immer geröteten Wangen stand sie auf. Sie fühlte sich völlig ungeschützt, nur in ihrem Höschen in diesem Jet. Und als Lucien es an ihren Beinen hinunterstreifte, verstärkte sich das Gefühl noch.

»Tritt aus ihm heraus.«

Sie hob erst einen Fuß, dann den anderen, damit er es über die hohen Absätze ihrer Schuhe ziehen konnte.

»Und hör auf, rot zu werden.«

»Ich kann nicht«, antwortete sie und legte die Hände auf ihre Wangen. Sie war völlig nackt, und Luciens Kopf befand sich auf Höhe ihres Schritts. »Bist du dir sicher, dass der Pilot nicht hereinkommt?«

Lucien blickte zu ihr hoch und ließ eine Fingerspitze von ihrem Damm bis vorn zu ihrer Scham gleiten.

»Ich bin mir sicher.« Sein Finger glitt denselben Weg zurück. »Für den Kopiloten kann ich allerdings nicht garantieren.«

Sophie schnappte nach Luft. »Da drin ist nicht nur einer?« Sie blickte zum Flur vor dem Cockpit und trat zurück, aber Lucien legte die Hände auf ihre Hüften und hielt sie fest.

»Lucien, ich …« Sophies Protest erstarb, sobald sie Luciens feste Zunge auf sich spürte. Sie fürchtete zwar, nackt von dem Kopiloten überrascht zu werden, die sündige Verlockung dessen, was Lucien vorhatte, war jedoch unwiderstehlich. Er setzte sich auf den Rand seines Sitzes und schob sein schönes Gesicht nach oben zwischen ihre gespreizten

Beine. Sophie konnte sich nicht erinnern, sich je sinnlicher als in diesem Augenblick gefühlt zu haben, da sie nackt auf hochhackigen Schuhen vor ihrem unglaublichen Geliebten stand, der direkt in ihre Scham blickte. Und sie kam sich noch verruchter vor, als er sie mit den Fingern öffnete und mit seiner Zungenspitze über ihre Klitoris strich. Lucien blickte an ihrem Körper hinauf und begegnete ihrem Blick. Sophie atmete tief ein, es erregte sie heftig, zu sehen, wie er seine Nase tief in ihrer Scham vergrub. Sie erschauerte und wusste nicht, wohin mit ihren Händen. Sie hatte versucht, sie auf den Hüften abzustützen, aber die Haltung war ihr unangenehm gewesen, als würde sie sich zu sehr produzieren.

Produzieren traf es genau, da gab es kein Vertun.

»Spiel mit deinen Titten«, sagte Lucien dicht an ihrer Klitoris und das Vibrieren seiner Stimme an ihrer Haut ließ sie erschaudern. Sie umfasste ihre Brüste, während er sie beobachtete, und er belohnte sie sogleich, indem er zwei Finger in sie hineinschob und langsam in ihr bewegte.

Sophie verlor jegliche Hemmungen und warf hingebungsvoll den Kopf in den Nacken. Lucien erforschte sie sorgfältig mit seiner Zunge. Dabei vögelte er sie mit den Fingern, und ihr Höhepunkt kam unausweichlich hart und schnell. Als er unerbittlich seine Zunge über ihre Klitoris kreisen ließ, umfasste sie fest seinen Kopf.

Erst als sie den Griff um seine Haare löste, ließ auch er langsam von ihr ab. Er blickte auf und deutete mit dem Kopf auf die Tür am Ende der Kabine.

»Nur für die Zukunft, Prinzessin, dort drinnen befindet sich ein Schlafzimmer.«

Sophie sah ihn ungläubig an, doch er zuckte nur lässig mit einer Schulter.

Er hatte sie ganz bewusst in eine Lage gebracht, in der sie überrascht werden konnten, anstatt sich mit ihr in die Privatsphäre des Schlafzimmers zurückzuziehen.

»Das hättest du mir sagen können.«

»Warum? Um dich verstecken zu können? Sei ehrlich, Sophie. Die Vorstellung, dass uns jemand überraschen könnte, hat es noch schärfer gemacht, oder?« Seine blauen Augen glänzten herausfordernd.

Sophie beugte sich hinunter, um in ihren Slip zu steigen, und dachte über seine Frage nach. »Sei ehrlich«, sagte er. Ehrlichkeit war etwas, das in ihrer Ehe jämmerlich zu kurz kam, und sie bewunderte Lucien sehr dafür, dass er in jedem Bereich seines Lebens Ehrlichkeit forderte. Er war der Gebieter seines eigenen sexuellen Ehrlichkeitskults und sie seine Untergebene.

»Ehrlich?« Sie hakte den Verschluss ihres BHs ein, während er seinen Gürtel schloss. »Ja. Das hat es verstärkt. Die Vorstellung, dass jemand ... jemand in Uniform hereinkommen könnte und uns entdeckt.« Es war aufregend, das zuzugeben. Sie zögerte und suchte die richtigen Worte. »Es fühlte sich ungehöriger an.«

Er hob die Brauen.

»Du stehst auf Uniformen, Ms Black?«

»Was? Nein!« Sophie knöpfte ihre Bluse falsch, musste sie wieder aufknöpfen und noch einmal von vorn beginnen. »Ich meine nur, ich verstehe, was du meinst. Die Möglichkeit, überrascht zu werden, war ... irgendwie sexy.«

Lucien nickte. »Ich glaube, du hast einen neuen Punkt auf die Liste gesetzt, an dem wir arbeiten müssen.«

Sie sah ihn fragend an, während sie den Reißverschluss an ihrem Rock nach oben zog.

Lucien schlüpfte in sein Hemd.

»Voyeurismus.«

Sophie schüttelte entschieden den Kopf, sie war jetzt wieder ganz angezogen.

»Egal, wohin wir fahren, Lucien, ich werde nicht draußen mit dir Sex haben, wo die Leute uns zusehen können.«

Lucien strich sich mit der Hand durch die Haare, an die sie sich eben noch geklammert hatte.

»Nur, damit das klar ist, Voyeurismus heißt nicht, dass man sich draußen aufhalten muss. Und überhaupt rate ich dir dort, wo wir hinfahren, eher von Sex im Freien ab, Prinzessin. Es liegt im nördlichen Polarkreis.«

20

Im nördlichen Polarkreis? Wie Schnee, Gletscher und Polarbären?

Sophie blickte alarmiert auf ihre dünne Bluse. Sie war völlig unpassend gekleidet, sie würde sich zu Tode frieren.

»Mach dir keine Sorgen, das ist okay. Dort ist es jetzt nicht viel anders als im englischen Winter. Du hast doch einen Mantel mitgenommen, ja?«

Sophie nickte wenig überzeugt. Ihr schöner roter Wollmantel hielt sie zu Hause warm, aber der durchschnittliche Eskimo würde sich nicht für ihn entscheiden.

Lucien ging zu der kleinen Küchenzeile hinüber und kehrte mit einem Teller mit Croissants, Brötchen, Käse und Wurst zurück.

»Das Frühstück ist fertig, Madam.«

Sophie blickte auf das Essen und merkte, dass sie einen gewaltigen Hunger hatte. Wenn sie mit Lucien zusammen war, vergaß sie die grundlegendsten Dinge, Essen eingeschlossen. Ihr Mann gehörte wahrscheinlich ebenfalls dazu.

»Ist dein Leben immer so?«, fragte sie, nachdem sie sich den Teller vollgepackt hatte. »Privatjets, jede Frau, die du haben willst, Champagner ohne Ende?«

Lucien musterte sie über den Rand seines dampfenden Kaffeebechers hinweg.

»So ziemlich.«

Er machte überhaupt keinen schuldbewussten Eindruck,

aber warum sollte er auch? Es war ein Traumleben, und Google hatte sie zuverlässig darüber informiert, dass Lucien Knight mit einunddreißig ein absoluter Selfmademan war. Sein Geschäftssinn wurde überall gelobt, nur seine Geschichte vor Knight Inc. war ein leeres Blatt.

»Sehnst du dich denn nie nach mehr?«

»Mehr? Ein Privatjet reicht. Auch für mich«, entgegnete er trocken.

»Nein, ich meine nicht das hier.« Sie deutete mit dem Arm auf die luxuriöse Kabine. »Was ist mit einer Familie? Was ist mit der Liebe, vielleicht Kindern?«

Lucien stieß die Luft aus und schüttelte den Kopf. »Das taugt nicht für mich, Prinzessin. Bindungen sind nichts für mich.«

»Jeder braucht Liebe, Lucien.«

»Ja klar, und den Weihnachtsmann gibt es auch.« Lucien schob den Teller von sich. »Wohin hat die Liebe dich gebracht, Sophie?«

Sophie senkte den Kopf, seine Worte verletzten sie. Oder vielmehr die Wahrheit, die in ihnen steckte. Die Liebe hatte sie genau nirgendwohin gebracht. Vielleicht hatte er recht. Er hatte sich ein Leben eingerichtet, in dem es nur Vergnügen gab, ohne Liebeskummer. Was war so schlecht daran?

»Aber bist du denn nicht manchmal einsam?«

Lucien zuckte mit den Schultern. »Mir gehören sieben Clubs und neunundzwanzig Einzelhandelsgeschäfte überall im Land. Ich habe mehr als fünfhundert Angestellte, darunter eine Assistentin, die mich schwer ablenkt. Ich habe keine Zeit, einsam zu sein.«

Sophie hätte zu gern weitergebohrt, doch Luciens Gesicht wirkte verschlossen. Das Strahlen in seinen blauen Augen war erloschen, und an seinem angespannten Kiefer zuckte ein Muskel. Seine Antworten hatten ihr absolut nichts verraten, und sie hatte das sichere Gefühl, dass genau das seine Absicht gewesen war. Der Mann sollte Politiker werden. *Wer bist du, Lucien Knight?*

Egal, wie intim sie in den letzten Tagen miteinander gewesen waren, in jeder anderen Hinsicht war der Mann, der ihr gegenübersaß, ein völlig Fremder.

Lucien schloss leise die Tür zum Schlafzimmer, erleichtert, dass Sophie seinen Vorschlag akzeptiert hatte, sich anzuziehen und den Rest des Flugs ein bisschen zu schlafen. Ihre Fragen während des Frühstücks hatten ihn beunruhigt. Er war nicht einsam, und an jemanden gefesselt zu sein war das Letzte, was er wollte.

Warum glaubten alle stets, dass Monogamie funktionierte? Es war nicht natürlich. Menschen waren sexuelle Wesen, die Ehe unterdrückte auf künstliche Weise ein natürliches Verlangen. Sie verbog die, die versuchten, sich an die Regeln zu halten, und aus denen, denen das nicht gelang, machte sie Schurken und Opfer.

Sophies Ehe war ein typisches Beispiel dafür. Ihr Mann befand sich auf der anderen Seite der Welt und lebte seine Lust mit einer anderen Frau aus, während seine Ehefrau auf dem Weg zum nördlichen Polarkreis war und sich im Bett von ihrem letzten Orgasmus erholte. Wo blieb da die Aufrichtigkeit? Wo blieb die Liebe und wo der berühmte Respekt?

Lucien blickte zur Schlafzimmertür hinüber. Er war entschlossen, Sophie noch mehr sinnliche Lust zu bereiten, bevor sie nach Hause zurückkehrte und in den Kampf mit ihrem untreuen Ehemann zog.

Daniel Black war besorgt. Er konnte seine Frau nicht erreichen. Maria war für dieses Thema kaum die geeignete Gesprächspartnerin, aber Sophies Schweigen konnte nur eines bedeuten. Dan neigte nicht zu Dramatik, es kam ihm nicht in den Sinn, dass ihr etwas passiert sein könnte. Sein Instinkt sagte ihm, dass Sophie seine Anrufe ganz bewusst ignorierte. Bei der Vorstellung, dass sie von seiner Affäre wusste, schloss die Angst ihre kalten Finger um sein Herz.

Nicht in einer Millionen Jahren wäre er auf die Idee gekommen, dass Sophie in den Armen eines anderen Mannes lag und schlichtweg zu beschäftigt war, um sein zunehmend verzweifeltes Flehen, sie möge seine Nachrichten beantworten, zu hören.

Und zu Hause in der Vorstadt, in ihrer verlassenen kleinen Doppelhaushälfte war der rot blinkende Anrufbeantworter das einzige Licht.

Rot wie Risiko. Rot wie Gefahr. Rot wie bevorstehender Ärger.

21

»Bist du sicher, dass ich nicht an Unterkühlung sterben werde?«

Sophie warf Lucien einen ängstlichen Blick zu, während der Jet über die kleine Landebahn rollte. Lucien hatte ihr noch nicht verraten, wo sie sich genau befanden, aber der Aussicht auf die dramatische, schneebedeckte Landschaft nach zu urteilen, waren sie an einem äußerst kalten Ort.

Lucien holte einen weichen schwarzen Wollschal aus einem Gepäckfach über seinem Kopf und legte ihn ihr um den Hals.

»Du wirst nicht frieren.« Er warf einen zweifelnden Blick auf ihre Füße. »Die meisten Menschen hätten für eine Reise zum Polarkreis nicht diese Schuhe gewählt, aber es wird schon gehen.«

Er zog seine Lederjacke an und öffnete die Flugzeugtüren mit einer Geübtheit, die davon zeugte, dass ihm das nicht ungeläufig war. »Willkommen in Norwegen, Ms Black. Achte auf die Stufen.«

Er blieb einen Augenblick oben an der Treppe stehen, atmete tief durch und stieg dann mit gesenktem Kopf aufs Rollfeld hinunter. Sophie folgte ihm und war erleichtert, als sie den kühlen aber keineswegs eiskalten Wind auf ihren Wangen spürte und die frische kristallklare Luft einatmete.

Norwegen. Schon wieder war es Lucien gelungen, etwas zu tun, womit sie am wenigsten gerechnet hatte. Jeder andere Playboy wäre mit ihr nach Paris geflogen oder vielleicht nach Venedig. Nicht so Lucien. Aus irgendeinem Grund hatte er beschlossen, dass der nördliche Polarkreis der richtige Ort war, um jemanden zu verführen.

Er half ihr auf das warme Lederpolster einer wartenden Limousine, und sogleich verließen sie den kleinen Flughafen und fuhren auf die offene Straße hinaus.

Sophie blickte staunend aus dem Fenster und ließ die ersten Eindrücke von Norwegen auf sich wirken. Schneebedeckte Berge ragten, umrahmt vom satten Grün und Gold der ersten Herbstfarben, in den blassblauen Himmel hinauf. Es sah aus wie eine Bilderbuchlandschaft, zu vollkommen, um real zu sein.

»Es ist atemberaubend«, flüsterte sie ebenso zu sich selbst wie zu Lucien.

»Das sind die Lyngen Alpen.« Lucien deutete aus dem Fenster auf die majestätischen Berge. »Wir befinden uns ganz im Norden des Landes, hoch über dem nördlichen Polarkreis.«

»Es ist sehr schön«, murmelte Sophie. »Ich komme mir vor wie Mara in *The Sound of Music.*«

»Das ist das falsche Land – das spielt in Österreich«, korrigierte er sie, legte den Arm um ihre Schulter und zog sie auf der weich gepolsterten Rückbank des Wagens an sich. »Wenn du willst, könntest du dich als Gouvernante verkleiden. Oder als Nonne.«

Sophie verdrehte die Augen. »Denkst du auch nur ein einziges Mal nicht an Sex?«

»Wozu sollte das gut sein?«

Sophie blickte zurück auf die wunderschöne Landschaft. Er hatte es im Scherz gesagt, aber sie beneidete Lucien um seine Einstellung. Er arbeitete hart, vergnügte sich exzessiv und hatte nie ein gebrochenes Herz. Soweit sie wusste, jedenfalls. War das nicht mehr, als die meisten anderen Menschen hatten, die ihre Arbeit hassten, zu viel fernsahen und sich dem Leid durch Liebe und Verlust preisgaben?

»Kommst du öfter her?« Kaum waren die Worte über ihre Lippen, bedauerte Sophie ihre Frage auch schon. Sie hatte eine aufrichtige Frage stellen wollen, sie klang jedoch wie ein Köder. Doch Lucien sprang nicht darauf an.

»Nicht so oft, wie ich gern würde.« Nun blickte er seinerseits aus dem Fenster. Sophie runzelte die Stirn, sie wusste nicht, was sie gesagt hatte, dass er sich so verschloss. So zugeknöpft wie er vorhin im Jet gewesen war, und so, wie sich seine Gesichtszüge jetzt verhärteten, war klar, dass er diese Art von Fragen nicht sonderlich schätzte. Wie meinte er das, nicht so oft, wie er gern würde? Hatte er hier persönliche Verpflichtungen?

»Hast du Clubs in Norwegen?«

»Nein.«

Lucien betätigte einen Knopf, und eine dunkle Glasscheibe fuhr nach oben und trennte die Rückbank der Limousine vom Fahrer.

»Hör auf Fragen zu stellen, und komm her.« Er zog sie auf seinen Schoß und blickte auf seine Armbanduhr. »Uns bleiben ungefähr vierzehn Minuten.« Seine Hand glitt über ihren Schenkel. »Ich wette, ich bringe dich in drei Minuten zum Höhepunkt.«

Genau vierzehn Minuten später hielt die Limousine, und Sophie richtete ihre Bluse, bevor der Fahrer die Tür öffnete.

Sie trat hinaus und stand, noch erregt von Luciens Diensten, neben ihm.

Unglaublich. Sie standen in der Einfahrt eines hinreißenden Blockhauses, einer der Mütter aller Blockhäuser. Die Fassade aus runden Holzbohlen und die weißen Fensterahmen passten ebenso wie das grasgedeckte Dach perfekt in die Umgebung. Das Haus wirkte organisch, als sei es aus der Erde um es herum entstanden und nicht von Menschenhand errichtet worden.

Doch so hübsch das Gebäude auch war, im Vergleich zu der es umgebenden Landschaft verblasste es. Das Haus stand an der Küste eines glitzernden Fjords, in dessen Wasser sich das blasse Sonnenlicht spiegelte, und hinter dem Haus ragten Berge aus Granit auf, deren Spitzen mit Schnee bedeckt waren. Die gesamte Aussicht verströmte nordische Gesundheit und zurückhaltenden Wohlstand – es war ein luxuriöser, attraktiver Unterschlupf für jene, die in der glücklichen Lage waren, ihn sich leisten zu können.

Sophie blickte sich nach anderen Menschen um, doch da war niemand.

»Ist das ein Hotel?«, fragte sie zweifelnd.

»Nein. Es gehört mir.«

»Es ist deins?« Sie hätte nicht überrascht klingen dürfen, doch das tat sie. Lucien war so städtisch, es schien überhaupt nicht zu seinem Lebensstil zu passen, dass er ein Haus hier in der Ursprünglichkeit der einsamen Berge besaß. Das hatte Sophie auch gedacht, als sie zum ersten Mal sein Haus in England gesehen hatte. Er verweigerte sich den üblichen Stereotypen, wodurch er noch schwerer zu durchschauen war.

Der Wagen fuhr ab, und Lucien führte sie durch den Eingang direkt in den Wohnbereich des luftigen, offenen Hauses. Sophie blieb stehen und bewunderte die Art, wie sich hier Natur mit Luxus verband und einen Raum schuf, der genauso atemberaubend wie in Luciens anderem Haus wirkte. Das Gebäude war ganz anders, und doch besaß die Einrichtung Züge des klaren eleganten Stils, der einzigartig und raffiniert schien und ganz und gar Lucien Knight entsprach.

Warm schimmerndes Holz fand sich neben rohem Stein und schlichten weißen Wänden. Leer, aber nicht öde, kühl, aber nicht kalt. Eine Seite des Wohnbereichs bestand fast komplett aus Glas; riesige Fenster huldigten dem fantastischen Ausblick. Sophie fühlte sich von ihnen angezogen. Gebannt von dem Gegensatz zwischen der warmen Stimmung drinnen und der frischen Kälte draußen legte sie eine Hand auf die Scheibe.

»Du überraschst mich«, sagte sie und wandte sich zu ihm um.

Lucien stützte sich mit einem Arm auf den Sims des massiven Kamins. »Warum?«

»Dieser Ort, dieser nordische Polarkreis ist so …« Sophie zögerte und suchte nach den richtigen Worten. »So unerwartet heilsam«, sagte sie schließlich.

»Verstehe.« Lucien griff in die Tasche seiner Lederjacke. »Heilsam.«

Er nahm einen Gegenstand heraus und legte ihn in die Mitte des Kaminsimses und wandte sich zu Sophie um, die überrascht die Luft einzog. Das Sonnenlicht schien auf die silberne Oberfläche des eichelförmigen Analplugs.

»Vor Einbruch der Nacht, Ms Black«, versprach Lucien, »wirst du erneut erröten.« Er schlenderte zu ihr und gab ihr einen Nasenstüber. »Ich werde dich herumführen.«

Auf der Tour durch das Haus schlich sich ein stolzer Ton in Luciens Stimme, und Sophie verstand sehr wohl, warum. Die ganze Anlage war geschickt um die beeindruckenden Ausblicke herumgebaut worden, und jedes Zimmer ging organisch in das nächste über. Taubengraue Steinplatten bedeckten den Boden, und weiche Wildlederstoffe und Fellüberwürfe ließen die Sofas warm und einladend wirken, sie forderten einen geradezu heraus, es sich auf ihnen bequem zu machen. Das gesamte Gebäude verströmte Behaglichkeit und Wärme, und Sophie war bezaubert.

»Mittagessen?«

Luciens profane Frage traf Sophie unvorbereitet. Es war verwirrend, ständig von der märchenhaften Ebene – diesem Leben eines Filmstars, dem stets gegenwärtigen Pulsieren der Lust – in die einfache Realität zu wechseln, aber als sie darüber nachdachte, stellte sie fest, dass sie großen Appetit hatte.

Lucien führte sie zurück zum Esszimmer, das vorher noch leer gewesen war. Nun nicht mehr. Eine ältere Dame, die in einen unauffälligen schwarzen Hosenanzug gekleidet war, lächelte Lucien warm an, während sie letzte Hand an das Festmahl anlegte, das sie auf dem Esstisch angerichtet hatte.

»Es ist alles fertig, Mr Knight.« Sie sprach Englisch mit einem leichten Akzent und nickte Sophie zu, um sie miteinzubeziehen. »Guten Appetit.«

Die Auswahl an frischen Meerestieren überwältigte Sophie, einige waren warm, andere kalt, alle wurden mit Dips und

Brot serviert. Es war köstlich, und Sophie probierte ein bisschen von allem, während Lucien ihr erklärte, wie er das Haus vor fünf Jahren entworfen und gebaut hatte.

»Warum hier?«, wollte sie wissen, während er ihr Weinglas mit eisgekühltem Chablis füllte. »Warum in Norwegen. Das scheint mir recht ungewöhnlich.«

»Was wäre denn näherliegend für dich?«

Sophie zuckte mit den Schultern. »Ich weiß es nicht. Wenn ich es mir aussuchen könnte, würde ich wahrscheinlich einen Ort wählen, an dem die Sonne scheint.«

»Wir haben Sonne in Norwegen.« Lucien deutete auf das Fenster und den nicht zu leugnenden Glanz der Sonne auf dem Fjord.

»Wir?«

Lucien zögerte einen Augenblick. »Wir. Sie. Was macht das für einen Unterschied?«

»Keinen, überhaupt nicht. Du klangst nur so ... zugehörig.«

Lucien ließ den Wein in seinem Glas kreisen und sein nach unten gerichteter Blick weckte die Empfindung an einen gefallenen Vorhang. Ende der Vorstellung. Doch es war zu spät. Plötzlich wusste Sophie genau, warum hier, warum Norwegen. Das hier war mehr als ein Ferienhaus für Lucien. Dies war seine Heimat.

Lucien blickte auf ihren leeren Teller und trank seinen Wein aus. »Komm. Ich zeige dir das Grundstück.«

Sophie hatte Luciens schwarzen Schal um den Hals gewickelt und kroch tiefer in ihren Mantel, als er ihre Hand nahm und sie um die Anlage herumführte. Sie war völlig hingerissen von den erhabenen Bergen und atmete tief ein, um ihre Lungen mit der erfrischenden Luft zu füllen. Rückblickend schien ihr die Erkenntnis über Luciens Herkunft ganz offensichtlich, er wirkte durch und durch wie ein stolzer Norweger.

Er war der rätselhafteste Mann, dem sie je begegnet war. Auf der einen Seite ein nordischer Sexkrieger, der gern durch die wollüstigen Außenstellen seines Imperiums streifte. Auf der anderen Seite war er aber auch ein Mann, der sich nach Einsamkeit und Zurückgezogenheit sehnte und diesen ausgefallenen, fantastischen Ort liebte. Es war eine berauschende Mischung, und Sophie wollte unbedingt die Wurzeln dieses Mannes kennenlernen, der zwischen diesen beiden Extremen lebte.

»Und das ist der Whirlpool.«

Luciens Worte unterbrachen ihre Träumereien, und sie konzentrierte sich wieder auf die Terrasse, die einmal ganz um die Lodge herumlief. Sie befanden sich jetzt auf der Rückseite, die direkt auf den See und die fernen Berge hinauswies. Vor ihr lag ein großes dampfendes Becken, und bei der Vorstellung, in das warme blubbernde Wasser zu steigen und die Aussicht zu genießen, umspielte ein seliges Lächeln ihre Lippen. Lucien streckte die Arme aus, ganz offensichtlich war er stolz auf diese ganz besondere Note.

»Lust auf ein Bad?«, fragte sie und imitierte kess die Frage, die er ihr im Gateway Club gestellt hatte.

»Vielleicht später.«

»Touché.«

Sophie steckte die Finger in das warme Wasser.

»Ich kann nicht. Ich habe keinen Bikini dabei.«

Lucien verdrehte die Augen. »Als ob ich dich einen tragen lassen würde.« Er drückte auf einen Knopf, und der Whirlpool hörte auf zu blubbern. »Bis heute Abend.« Die plötzliche Stille auf der Terrasse war ohrenbetäubend. »Gehen wir hinein.« Lucien schloss seine warme Hand um ihre noch feuchten Finger. »Wir haben zu tun.«

22

Beim Eintreten sah Sophie erfreut, dass im Kamin ein frisch aufgeschichtetes Feuer knisterte. Die Luft im Freien hatte eine winterliche Schärfe, und sie streifte die Schuhe von den Füßen und stellte sich vor die Flammen, um ihre Rückseite zu wärmen. Lucien schlüpfte aus seiner Jacke und trat vor sie. Er wickelte den Schal von ihrem Hals, knöpfte den Mantel auf und streifte ihn über ihre Arme nach unten. Obwohl sie nun eine Schicht weniger trug, war Sophie eher wärmer als kälter. Das lag zum einen an dem Feuer in ihrem Rücken, aber auch an der heißen Lust, die sie jedes Mal beim Anblick dieses Mannes überkam.

»Die Angestellten sind alle nach Hause gegangen.« Er strich mit einer Fingerspitze über ihren Kragen.

Es war klar, was er damit sagen wollte. *Wir sind hier allein, wir können tun, was immer uns gefällt.* Das Hitze des Feuers war nichts im Vergleich zu der Glut, die seine Worte in ihrem Bauch entfachten. Luciens Blick glitt über ihre Schulter, und ohne sich umzudrehen, wusste sie, wohin er sah. Die Eichel. Sein Blick wanderte zurück zu Sophie, und er sah sie mit einem amüsierten Leuchten an, während er eine Hand hinter sie gleiten ließ und ihr Hinterteil streichelte.

»Zieh dich aus und beug dich nach vorn.«

Sophie riss alarmiert die Augen auf, doch Lucien schüttelte den Kopf.

»Ich mache Spaß, Sophie.« Noch immer strich er mit der Hand über ihr Hinterteil, das in einer Jeans steckte. »Hast du immer noch nicht gelernt, mir zu vertrauen?« Seine andere Hand spielte mit dem obersten Knopf ihrer Bluse. »Wenn wir die Eichel benutzen, wirst du mich darum anflehen.«

Sophies Blick hing an seinen Lippen. Sie zweifelte keine Sekunde an seinen Worten. Als er den Mund leicht öffnete, beugte sie sich dicht zu ihm. Nase an Nase, Atem an Atem, bis sie sah, wie sich seine Augenlider senkten und er sie küsste.

Lust durchströmte sie, während er sich Zeit für den Kuss nahm, mit den Händen ausführlich ihren Körper streichelte und seine Zunge mit ihrer Tango tanzte. Sophie spürte, wie sich ihre Brustspitzen aufrichteten, als er mit den Händen über ihre Brüste strich, und sie griff nach ihren Knöpfen, um sich von ihrer Kleidung zu befreien. Sie wollte seine Hände auf ihrer Haut spüren.

»Zu warm, Ms Black?«

Lucien half ihr aus der Bluse und sie ihm aus seinem Hemd, dann hielt sie inne und strich mit dem Finger über den Träger ihres Spitzen-BHs. »Soll ich den auch ausziehen?« Sophie hatte den deutlichen Eindruck, dass eine Antwort überflüssig war, wartete aber dennoch ab.

»Mir ist noch immer so heiß«, fügte sie mit flatternden Augenlidern hinzu.

Lucien öffnete mit einer sicheren Bewegung ihren BH.

»Besser?« Er streifte die Träger über ihre Arme nach unten, und nun war sie von der Taille an aufwärts nackt.

»Ich habe beschlossen, dass du das Erröten beibehalten darfst«, erklärte Lucien. »Du erinnerst dann noch mehr an einen reifen Pfirsich. Zartes Fleisch ...«, seine Finger wanderten ihren Hals hinunter bis zu ihren Brüsten. »Und rosarot hier«, er umkreiste mit dem Daumen ihre Knospe, »und hier.« Die andere Hand berührte die andere Knospe, und er spielte zärtlich mit beiden.

Sophie beobachtete ihn und fühlte sich erregt, als sie die unverhohlene Lust in seinen Augen sah, mit der er ihren Körper betrachtete. Und dann glitt ihr Blick über die Muskeln in seinem Nacken, über seine wunderschön gestalteten Schultern und seine steinharten Bauchmuskeln, und nun verführte sie ihn. Er war unglaublich sexy, und ihre Finger fanden von ganz allein den obersten Knopf seiner Jeans.

Sie blickte in sein Gesicht und bemerkte, dass ihm die Situation gefiel. Er griff nach ihrer Jeans und tat es ihr gleich.

Als sie den zweiten Metallknopf durch das Knopfloch schob, tat Lucien ohne mit der Wimper zu zucken dasselbe bei ihr.

Als sie den dritten Knopf geöffnet hatte, wusste sie, was jetzt kam, und gleich darauf halfen sie sich gegenseitig aus ihrer Hose. Lucien befreite sich zugleich von seiner Unterwäsche, und obwohl sie ihn bereits nackt gesehen hatte, schluckte Sophie heftig bei dem Anblick seines Glieds. Es war steif und bereit, genau wie sie es erwartet hatte. War es je anders?

Sie ließ nur ihr zartes schwarzes Höschen an, sowohl aus Zurückhaltung als auch, weil sie das Gefühl genoss, sich von Lucien ausziehen zu lassen.

»Brauchst du Hilfe dabei?« Lucien ließ die Daumen unter den Stoff gleiten. Sophie nickte und kaute auf ihrer Unterlippe.

»Ich glaube schon.«

Er strich mit den Händen über den Stoff, über ihr Hinterteil und zwischen ihren Beinen entlang. Sophie schloss die Augen und wünschte, er würde ihr den Slip ausziehen, doch er schien keine Eile zu haben. Überrascht riss sie die Augen auf, als er einen Arm unter ihre Knie und den anderen um ihren Rücken legte und sie hochhob. Es war archaisch und unglaublich sexy, sich an seiner Brust wiederzufinden, und sie schlang die Arme um seinen Hals.

Er hielt sie, als wöge sie nichts, und einen Augenblick fühlte sie sich wie eine Maid in Gefahr, die er aus den Klauen eines Drachen rettete. *Nur, dass sie noch nie einen Katastrophenfilm gesehen hatte, in dem der Held völlig nackt war und mit dem Kopf seiner Erektion gegen das Hinterteil der Maid stieß.*

Sein Mund war eine Verlockung, sie hob ihm ihre Lippen entgegen, verstärkte den Griff um seinen Hals und zog ihn zu einem Kuss zu sich herunter. Er strich langsam und zärtlich mit dem Mund über ihren, ihre Lust wuchs, und als er sie kurz mit der Zunge berührte, schwindelte ihr. Sie fuhr mit der Hand in seine Haare und zog seinen Mund an ihren, dann bewegte sie sich in seinen Armen, sodass sich sein Glied noch stärker an ihrem Hinterteil rieb. Es war ein Vorspiel, und schon hatte er sie so weit, dass sie sich nach dem Hauptereignis sehnte.

Er ging in die Hocke und legte sie auf den riesigen Schaffellteppich vor dem Kamin. Sie rieb ihren Rücken über das weiche Fell.

Lucien drehte sich kurz zu dem großen Couchtisch um und öffnete eine Schublade, um etwas herauszuholen. Als er sich ihr wieder zuwandte, hielt er eine kleine Flasche in der Hand.

»Dreh dich um.«

Sie setzte sich auf, dann zögerte sie, als seine Rute unwiderstehlich vor ihr aufragte. Sie neigte den Kopf und leckte sie, dann nahm sie sie in voller Länge in den Mund. Er stöhnte, bewegte die Hüften und strich ihr über die Haare. Sie spürte, dass er noch fester wurde, dann wickelte er sich ihre Haare um die Finger und zog sie sanft zurück.

»Noch nicht, Prinzessin.« Er beugte sich zu ihr hinunter und küsste ihre Enttäuschung fort, dann ließ er die Haare über ihren Rücken fallen. »Leg dich wieder hin und dreh dich um.«

Sophie ließ sich zurück auf den Teppich sinken, drehte sich auf den Bauch, stützte den Kopf in die Hände und spürte die erwartungsvolle Erregung zwischen ihren Beinen. Lucien küsste sie flüchtig auf den unteren Rücken, dann spreizte er ihre Beine. Als er sich zwischen ihren Schenkeln niederließ, stieß seine Erektion gegen ihr seidenverhülltes Gesäß, ein Hinweis auf das, was kommen würde.

Sie spürte, wie ein, zwei, drei Tropfen Massageöl auf ihren Rücken fielen, dann auf ihre Schulterblätter. Der intensive Geruch von Orangenblüten erfüllte den Raum, und Lucien stellte die kleine Glasflasche auf den Boden neben ihren Kopf. Sophies Blick wanderte zu dem schwarzen Schild. »Neroli Sinnliches Massageöl«. Das vertraute Knight-Inc.-Logo war diskret unten aufgedruckt, ein winziger glänzender Stern über dem »i«.

Dem »i« in seinem Namen. Lucien Knight, der Mann hinter dem Logo und momentan der Mann hinter Sophie. Seine Hände strichen mit langen, sicheren Bewegungen über ihren Rücken, um das Öl in ihre Haut einzuarbeiten.

Er glitt federleicht über ihre Schultern und ließ seine Daumen rhythmisch über jeden Wirbel ihres Rückgrats nach oben rollen, dann wieder hinunter bis zum Rand ihres Slips. Er zog ihn nach unten, sodass er über ihren Schenkeln lag, und Sophie bewegte instinktiv ihren nackten Po. Die Art, wie er ihr Hinterteil entblößte, fühlte sich unanständig an, sie war nicht einfach nur nackt.

Luciens warme ölige Hände legten sich auf ihre Hinterbacken und massierten sie, wobei seine Daumen bei jedem Zusammendrücken sinnlich durch ihre Furche strichen. Jedes Mal, wenn er die feste kleine Öffnung erreichte, hielt er einen Atemzug inne, und Sophie hielt ihrerseits die Luft an. Jedes Mal, wenn er fortfuhr, stieß Sophie die Luft aus, zum Großteil aus Erleichterung und auch ein bisschen mit Bedauern. Er hatte vor, den Analplug noch vor Einbruch der Nacht zu benutzen, und sie sah diesem Augenblick halb ängstlich, halb erregt entgegen. Beim nächsten Mal gab er etwas Druck auf seinen Daumen, und Sophie spannte sich an und rang nach Luft. Daraufhin beugte sich Lucien zu ihr hinunter, schob die Nase in ihren Nacken und kitzelte mit seinem warmen Atem ihr Ohr.

»Entspann dich, Sophie.« Seine nackte Brust bedeckte ihren Rücken, seine Hand lag noch immer auf ihrem Hinterteil. Das Feuer wärmte sie überall, und sein Körper klebte durch das Neroliöl an ihrem. »Es ist noch nicht so weit.« Er bewegte seinen Daumen in langsamen Kreisen, während seine Zähne an ihrem Ohr knabberten. »Aber es gefällt dir, oder?«

Sophie schloss die Augen, atmete tief durch die Nase ein und nickte. Ja, es gefiel ihr. Es gefiel ihr wirklich sehr.

»Gut.« Sie hörte sein Lächeln. Er bewegte seine Hand und ersetzte den Daumen durch den Zeigefinger. Sophie drückte sich gegen seine Hand. Sein flacher Daumen hatte sich sinnlich angefühlt. Sein gekrümmter Zeigefinger wirkte bedrohlich, als er sie damit streichelte, die Berührung fühlte sich entschiedener an. »Du hast dich wieder verspannt.« Er küsste ihren Nacken. »Denk an den Club, Sophie. An das Kino!«

Sophie konnte sich lebhaft daran erinnern und wusste noch genau, wie sie gekommen war, als er mit seinem Zeigefinger in ihr gewesen war. Aber das hier war anders. Im Kino, das war eine schnelle, schmutzige Nummer gewesen. Dies hier war langsam und sinnlich, und die Erwartung der silbernen Eichel ließ sie nach Luft schnappen, als Lucien seinen Finger in sie schob. Es war ein sanftes Vorspiel. Seine Lippen liebkosten ihre Schulter, während er den Finger wieder aus ihr herauszog und ihn dann ein zweites Mal etwas weiter hineinschob.

Er hatte sie so weit, und er wusste es. Sie spürte, wie er leise in ihrem Nacken lachte, als sie instinktiv das Gesäß nach oben schob, um sich seiner Berührung noch mehr zu öffnen. Er gab ihr, wonach sie sich sehnte, stieß tiefer in sie hinein und krümmte den Finger ein wenig.

»Du hast keine Ahnung, wie gern ich dich hier vögeln würde«, flüsterte er, den Mund heiß an ihrem Nacken.

Hätte er sich ein Kondom übergestreift und genau das getan, Sophie hätte ihn nicht aufgehalten. Seine Finger waren magisch, und sie stand völlig unter seinem Bann.

Aber das tat er nicht. Stattdessen zog er seinen Finger heraus und setzte sich auf.

»Dreh dich um.«

Er zog ihr den Slip aus und warf ihn zur Seite, dann setzte er sich rittlings auf sie.

Sophie atmete die warme Luft ein und betrachtete seinen kräftigen Körper, der im Feuerschein bronzefarben schimmerte. Er drückte mit seinen Schenkeln die ihren zusammen, und seine Erektion ruhte an ihrer Hüfte. Er sah sie aufmerksam an, und dann verharrte sein Blick bei ihren Brüsten.

»Du bist sehr schön.«

Im Alltag waren Komplimente selten, und Sophie fiel es normalerweise schwer, sie anzunehmen, doch in diesem Augenblick zweifelte sie nicht an Luciens Aufrichtigkeit. Eigentlich musste er es noch nicht einmal sagen, denn sie sah es ohnehin in seinen Augen.

Er gab noch etwas Neroliöl in seine Hände, rieb sie aneinander, legte seine Hände auf ihre Schultern und massierte sie sanft. Als er sich nach vorn beugte, drückte sich seine Erektion gegen ihren Bauch, und Sophie seufzte vor Glück. Es war mehr als sinnlich, nackt und warm hier zu liegen und seine eingeölten Hände auf ihrem Körper zu spüren. Er ließ sich Zeit, strich mit den Händen über ihre Arme und verteilte das Öl bis zu ihren Fingerspitzen. Ihre Finger schlossen sich um seine und drückten sie, dann legte er die Hände auf ihren Oberkörper.

Sophie schloss die Augen und gab sich ihren Gefühlen hin.

Frieden. Lust. Dankbarkeit. Leidenschaft. Zufriedenheit.

Und dann bewegten sich Luciens Hände nach unten und massierten den Hügel zwischen ihren Beinen, und auf einmal empfand sie nur noch Lust.

Lucien legte die Hand auf ihre Scham und schob einen eingeölten Finger zwischen ihre Lippen.

Himmel, sie fühlte sich so gut an. Heiß und nass und bereit, ihn aufzunehmen. Sophie schien nicht zu ahnen, wie sexy sie war, vor allem wenn sie, wie jetzt, ihre Hemmungen fallen und sich gehen ließ. Ihr Körper glänzte im goldenen Schein des Feuers, und ihre Klitoris erblühte, als er seine Finger über sie gleiten ließ. Ihr Atem beschleunigte sich und wurde flach, ebenso wie seiner, als sie sich in die Hand biss, um nicht laut aufzuschreien. Er beugte sich vor, saugte an ihren rosa Brustspitzen und es erregte ihn, wie sie die Finger in seine Haare krallte. Er richtete sich wieder auf, eine Hand noch immer zwischen ihren Beinen, während er mit der anderen ihre Brust massierte. Ihr zuzusehen, wie sie dem Verlangen ihres Körpers nachgab, war das Erotischste, das er je erlebt hatte, wesentlich besser als jeder Porno. Sie war kurvenreich und weich, und jedes Mal, wenn er ihre Klitoris berührte, drückte sie die Schenkel gegen seine und versuchte, die Beine zu öffnen.

Es wäre ein Leichtes gewesen, sie jetzt zum Höhepunkt zu bringen, aber das tat er nicht. Sein Blick glitt von Sophie zu der silbernen Eichel auf dem Kaminsims. Das nächste Mal, wenn Sophie kam, würde die Eichel in ihr sein.

23

Als Lucien sich von ihr löste, öffnete Sophie die Augen. *Komm zurück!* Ihr Körper pochte, sie stand kurz vor dem Höhepunkt, und sie begehrte ihn unendlich.

Lucien stand auf. Vom Boden aus gesehen wirkte er riesig. Sophie stützte sich auf die Ellenbogen hoch und ergriff seine Hand, die er ihr entgegenstreckte, um sie hochzuziehen. Wenn er wollte, dass sie aufstand, hatte sie nichts dagegen. Wenn er ihr gesagt hätte, sie solle fünfmal um die Lodge laufen, hätte sie auch das getan. Sie war ihm jetzt hörig. Aber das war eindeutig nicht das, was er mit ihr vorhatte. So legte sie den Arm um seine Taille und umfasste mit der anderen Hand sein Glied. Ihr Kopf lehnte an seiner Brust, und er griff nach der silbernen Eichel. Während sie seinen Schaft streichelte, stützte er sich am Kaminsims ab, ihre Hände waren noch ölig von seiner Massage. Sein Herz hämmerte schneller an ihrem Ohr, und sie wandte ihm das Gesicht zu und nahm seine Brustwarze in ihren Mund.

Er schloss die Arme um sie, und als er sie diesmal vom Boden hochhob, umfing er ihr Hinterteil, und sie spürte das kühle Metall des Analplugs an ihrer Hinterbacke. Für Angst war kein Platz, ihre glutheiße Lust war zu stark. Sie schlang die Beine um seine Taille und die Arme um seinen Nacken, und Lucien hielt sie fest und küsste sie leidenschaftlich. Sophie öffnete willig ihren Mund und gab sich dem Gefühl hin, von ihm gehalten und verwöhnt zu werden.

Er trug sie durch das Zimmer und setzte sie am Fenster auf einen schlichten Holzstuhl mit gerader Rückenlehne.

»Sag mir, dass du ein Kondom in der Hand hast«, flüsterte sie und drängte ihren Körper gegen seinen harten Penis. »Ich will dich in mir fühlen.«

Lucien öffnete die Hand, um ihr zu zeigen, welche Gegenstände er vom Kaminsims mitgenommen hatte. Ein Kondom, eine kleine Pumpe mit Gleitmittel und den silbernen Analplug.

»Schling deine Beine um den Stuhl. Ich will deinen wundervollen Hintern berühren.«

Sophie spürte die Lust durch ihren Körper wirbeln, als sie seiner leisen Aufforderung nachkam und die Beine um die Holzbeine des Stuhls schlang.

Mit weit gespreizten Beinen saß sie vor ihm. Er pumpte etwas Gleitmittel auf seine Finger und legte die Sachen hinter sich auf die niedrige Fensterbank.

Er kniete vor ihr und sah ihr in die Augen. »Ich werde dich überall berühren.«

Seine Hände strichen über ihren Körper. Sie verharrten an ihren Brüsten, strichen über ihren Bauch und endeten an ihrem offenen Geschlecht. Er legte den Arm um sie und zog sie nach vorn über seine Schenkel. Einen Moment verharrte er ganz still und Sophie hörte auf zu atmen. Vor erwartungsvoller Erregung bekam sie keine Luft mehr.

Er ließ sie warten, dann berührte er sie mit allen Fingern gleichzeitig. Es war ein sinnlicher Überfall. Er massierte sie, glitt in sie hinein und wieder aus ihr heraus, nass von dem Gleitmittel und Sophies Säften. Sie grub ihre Fingernägel in seine Schultern und lehnte ihre Stirn gegen seine, den Blick auf seinen Penis gerichtet, während er zwei Finger in sie hineinschob. Mit der anderen Hand glitt er in ihrer Gesäßfalte auf und ab und massierte Gleitmittel in ihre zarte Haut.

Er machte das überaus gut. Erst hatte sie Angst gehabt, jetzt sehnte sie sich danach, seinen Finger in sich zu spüren, jetzt wollte sie wissen, wie sich die silberne Eichel anfühlte. Sie griff nach unten und pumpte Gleitmittel auf ihre eigenen Finger. Er war so kühl, hatte alles unter Kontrolle. Sie wollte ihn ein bisschen aus der Fassung bringen, ihm ein bisschen von dem Gefühlsaufruhr bereiten, den er in ihr entfacht hatte.

Als sie ihre Hand um sein festes Glied schloss, sog er lautstark die Luft ein, zugleich schob er seinen Finger tiefer in ihr Gesäß. Seine Hände waren überall und erfüllten sie, während sie mit ihren eingeölten Händen seinen Schaft massierte. *Sie wollte ihn in sich spüren.*

Er legte genießerisch den Kopf in den Nacken, und auf den Muskelsträngen seines Halses glänzte eine Schweißschicht. *Himmel*, er war der perfekte Cola-light-Mann, und sie konnte nicht widerstehen und beugte sich vor, um über die Mulde an seinem Hals zu lecken. Sie spürte das tiefe Knurren in seiner Kehle mehr, als dass sie es hörte, dann neigte er den Kopf und küsste sie, seine Zunge heiß in ihrem Mund.

»Gib ihn mir, Prinzessin.« Sie musste nicht fragen, was er meinte. Seine Finger glitten noch immer langsam in ihr Hinterteil und wieder hinaus, während sie nach dem Analplug griff. »Und das Gleitmittel.«

Die pflaumengroße Eichel lag schwer und kühl in ihrer Hand. Sie erhob den Blick zu ihm, unsicher, was sie als

Nächstes tun sollte, und völlig verwirrt von den zärtlichen Fingern in ihrem Hinterteil.

»Pumpe Gleitmittel in deine Hände.« Sie blickten beide hinunter, während sie seinen Anweisungen folgte. »Streiche mit den Fingern um die Eichel.« Er zog die Hand zwischen ihren Körpern hervor und legte seine Finger über ihre. »Erwärme sie.«

Sophies Herz schlug heftig, die silberne Eichel lag in ihren eingeölten Händen. Dann nahm er sie ihr ab, küsste sie gierig auf den Mund und löste die Hand von ihrem Hinterteil, um sie fest an sich zu ziehen, Haut an Haut. Seine Zärtlichkeit ließ die letzten Spuren von Angst aus ihrem Körper entweichen, und als er ihr Gesäß mit der festen Spitze der Eichel berührte, war sie bereit.

24

Lucien hielt Sophie in den Armen und zwang sich, langsam vorzugehen, damit die neue Erfahrung für sie möglichst angenehm würde. Sie hatte ihm ihr Vertrauen geschenkt, und anders als ihr idiotischer Ehemann würde er es nicht missbrauchen.

Ihre Haut fühlte sich in seinen Händen an wie warme Seide, und ihre Zunge strich über seine. Sie war so viel kühner geworden, und ihr wachsender Mut berührte ihn auf eine Art, wie es nur selten etwas bislang getan hatte. Er spürte das Vibrieren in ihrem Körper, als er sie mit der Spitze der Eichel berührte. Sie war glatt von dem Gleitmittel und ihrer Erregung, und die Eichel würde leicht in sie hineingleiten, wenn sie sich entspannte und es zuließ.

»Ich wünschte, das wäre mein Schwanz dort unten«, sagte er, während er die Spitze der Eichel in sie hineinschob. Sie erstarrte kurz, dann entspannte sie ihre Muskeln. »Das ist es, Prinzessin. Lass sie herein.«

Sophie schloss fest die Augen, zog die Brauen zusammen und biss sich auf die Unterlippe. Er strich mit der Nase über die zarte Stelle unter ihrem Ohr und ließ ihr Zeit, sich an das neue Gefühl zu gewöhnen.

»Mehr?«

Sie rollte sanft mit den Hüften und nickte, und er küsste ihre Lider, während er die Eichel tiefer in sie hineinschob.

Als er die breiteste Stelle erreichte, schrie sie auf, und er beruhigte sie mit einem Kuss auf ihre Lippen. »Fühle es,

Sophie, voll und fest in dir.« Sie keuchte, und ihm selbst fiel es ebenso schwer zu atmen. Sein Schwanz sehnte sich danach, in ihr zu sein, aber dieser Augenblick gehörte ganz ihr, nicht ihm.

Sophie öffnete weit die Augen und starrte Lucien an, der Analplug war bis zu der breitesten Stelle in ihr. Sie wollte etwas sagen, ihm erzählen, wie intensiv sich die Eichel in ihr anfühlte, aber sie fand nicht die richtigen Worte. Sie fühlte sich erfüllt und schmutzig und euphorisch. Lucien legte die Hände um ihre Taille.

»Steh auf.«

Sie folgte seiner Aufforderung, und er tat es ihr gleich und streichelte ihr Hinterteil.

»Das fühlt sich verdammt fantastisch an«, sagte er, während er den Analplug an dem gebogenen Metallstil in ihr drehte. Sophie schnappte nach Luft und bog sich dem zusätzlichen Druck entgegen. Er hatte recht. Für sie fühlte es sich noch fantastischer an.

»Jetzt setzt dich auf den Stuhl.«

Sie blickte auf den harten Holzstuhl hinunter, dann wieder sah sie unsicher Lucien an.

Vertrau mir, hatte er gesagt. Sie schloss die Augen, als sie mit dem Hinterteil die feste Sitzfläche berührte und der Druck in ihr sich um ein Vielfaches verstärkte, als der Plug gegen ihre Vagina stieß. Lucien ließ sich auf die Knie nieder und spreizte ihre Beine, dann tauchte er mit atemberaubender Geschwindigkeit nach unten und saugte an ihrer Klitoris. Er ließ seine Zunge um sie kreisen, und Sophie keuchte und stemmte sich mit den Füßen fest auf dem Boden ab, als plötzlich ein heftiger Orgasmus ihren Körper erfasste.

»Oh, Lucien!« Sophie packte seine Schultern, als ihr gesamter Körper pulsierte und ihre Muskeln sich wundervoll um die Eichel spannten. Das Gefühl war fantastisch. Jede Welle des Orgasmus wurde durch die neue Fülle intensiver.

Lucien glitt an ihrem Körper nach oben und küsste sie leidenschaftlich, sie schmeckte noch ihren Saft an seinen Lippen, ihr Körper pochte vor Lust. Sie griff hinter sich auf der Fensterbank nach dem Kondom, sie war außer sich vor Verlangen nach ihm.

»Vögel mich, Lucien.«

Er nahm ihr die Silberfolie ab, seine blauen Augen waren schwarz vor Lust.

»Geh auf die Knie, Sophie. Ich will deinen wundervollen Hintern sehen, wenn ich dich nehme.«

Sophie gab sich ganz in seine Hände, als er sie auf den Boden zog. Lucien hatte sie tief im Kern ihrer Weiblichkeit berührt auf eine Art, wie Dan es nie getan hatte. Bei Lucien fühlte sie sich weiblicher und erotischer als jemals zuvor, sie war sich bewusst, was sie wollte und was sie geben konnte.

Er wollte sie von hinten nehmen. Sie wollte, dass er sie von hinten nahm. Aber sie wollte es auf ihre Weise, und sie fühlte sich selbstbewusst genug, die Zügel in diesem Moment in die Hand zu nehmen. Sie war sich sicher, dass ihn das noch mehr erregen würde. Auf allen vieren krabbelte sie das kleine Stück zu der grauen Samtcouch, wobei sich der Analplug in ihr bewegte – ein verruchtes Gefühl, das sie überraschte und erregte. Als sie das Sofa erreichte, drehte sie sich um und warf Lucien über ihre Schulter einen einladenden lustvollen Blick zu, dann drehte sie sich wieder um, stützte die Ellenbogen auf dem Sofa ab und streckte ihm herausfordernd ihr Hinterteil entgegen.

»Das ist ein ziemlich hübscher Anblick, Ms Black.«

Er war hinter ihr und küsste ihre Pobacken, sein Mund war heiß und seine Zunge strich nass um den Analplug. Sophie hielt die Luft an, als sie das verräterische Reißen der Folie hörte und er sie mit den Fingern zwischen den Beinen streichelte. *Ja, bitte, ja.* Sie war offen und begehrte ihn, und als er schließlich in sie eindrang, schrie sie vor Lust auf. Er nahm sie langsam und voll Genuss, er ließ sich instinktiv Zeit, sie mit einer neuen Erfahrung vertraut zu machen, und jegliche Angst löste sich in Nichts auf, als sie von unglaublichen Gefühlen überwältigt wurde. *Himmel.* Er zog sich langsam aus ihr zurück und stieß dann fest zu, bis seine Hüften gegen ihren Körper stießen. Er war so tief in ihr, dass sie spürte, wie sein Glied gegen den Analplug stieß. Sie zitterte vor Ekstase, wieder war sie kurz vor dem Höhepunkt und kam ihm mit jedem Stoß näher.

Seine Finger waren überall. Im selben Rhythmus, mit dem er in sie eindrang, übte er sanften Druck auf den Analplug aus und streichelte ihre Klitoris. Sie winselte um Erlösung. Als er sich selbst dem Orgasmus näherte, packte er ihre Haare und stieß fester und schneller zu. Sophies Orgasmus begann in Fingerspitzen und Zehen, heftige Stromstöße der Lust erschütterten sie, sie zuckte und schrie vor Ekstase. Lucien wickelte sich ihre Haare um die Hand und zog ihren Kopf zurück, und Sophie schob sich kraftvoll auf seinen Schaft, bis der Orgasmus lang, pulsierend und heftig über ihn kam.

Sophie sackte erschöpft auf dem Sofa zusammen, Luciens Hände lagen jetzt sanft auf ihren Hüften. Als ihr Atem sich beruhigte, glitt er aus ihr hinaus und zog sie mit sich nach oben auf das bequeme Sofa. Sie war willenlos, erschöpft und bereits halb eingeschlafen, als er sie in den Arm nahm, eine Felldecke von der Sofalehne nahm und über sie legte. Es war das vollkommene Glück. Sie sank in seine warmen Arme und schloss die Augen.

25

Als Sophie die Augen wieder öffnete, war es dunkel, und der Schein des Feuers füllte das Zimmer mit tanzenden Schatten. Umhüllt von der Felldecke fühlte sie sich unglaublich wohl, und eine leichte, aber angenehme Dehnung bestätigte ihr, dass sich die Eichel noch immer in ihr befand. Wo war Lucien? Sie stemmte sich auf den Ellbogen hoch und blickte sich im leeren Zimmer um. Ihre Kleider lagen noch immer auf dem Boden, und die kleine Glasflasche mit dem Neroliöl stand auf dem Couchtisch – eine Erinnerung an den sinnlichsten Sex ihres Lebens.

Die Tür ging auf, und Lucien erschien mit zwei dampfenden Bechern in den Händen.

»Ich wollte dich gerade wecken. Schläfst du immer so fest, wenn du Sex hattest?«

Sophie setzte sich auf und klemmte sich die Decke unter die Arme. Der heiße Becher, den Lucien ihr reichte, war mit Schlagsahne und geraspelter Schokolade garniert, und ihr stieg der köstliche Geruch von heißem Kakao mit einem Schuss Alkohol in die Nase.

»Du hast mich geschafft.« Sie tauchte den Finger in die Schlagsahne und leckte ihn ab.

»Natürlich.« Lucien zuckte mit den Schultern.

Er trug nichts als seine verwaschenen Jeans. Sophie bewunderte die Muskeln an seinen Schultern, die der Feuerschein noch betonte.

Warum sie? Er hätte sich jede aussuchen können, weshalb

er sich für sie entschieden hatte, war ein Rätsel, das sie nicht den Mut hatte zu lösen. *War sie ihm schlichtweg nur vor die Flinte geraten?* Ihr schoss der Gedanke durch den Kopf, dass jede, die die Stelle als seine Assistentin bekommen hätte, jetzt hier wäre, doch sie schob ihn rasch beiseite. Was auch immer Lucien sein mochte, er schien nicht die Art Kerl zu sein, der nur um des Sexes willen vögelte. Zum Vergnügen, gewiss, aber nur weil eine Frau in seiner Nähe war, die er noch nicht gehabt hatte? *Nein.* Sie machte sich keine romantischen Hoffnungen, aber zwischen ihnen bestand eine Verbindung, die eindeutig über das Körperliche hinausging.

Sex mit Lucien bedeutete ... einzutauchen. Sie fühlte sich durchdrungen von ihm, von der Lust, die in ihr erwachte, wann immer er sie berührte. Er massierte ihren Knöchel und setzte sich mit dem Becher in der Hand ans Ende des Sofas. Sophie nippte an ihrer heißen Schokolade und betrachtete das Feuer.

Als er die Hand ein Stück nach oben wandern ließ, um ihre Wade zu massieren, streckte sie das Bein auf seinem Schoß aus.

»Danke«, sagte sie leise.

Lucien wandte ihr sein Gesicht zu und betrachtete sie.

»Für was?«

Sie neigte den Kopf und schloss mit der Bewegung den Raum, den Augenblick und die Landschaft hinter den dunklen Scheiben ein.

»Für das. Für hier.«

Lucien strich über die zarte Haut in ihrer Kniekehle.

»Es ist mir ein Vergnügen. Und wenn ich mich nicht täusche, deins ebenso.«

Sie trank von ihrer Schokolade, der Brandy darin war kräftig und stärkend.

»Eine solche Lust habe ich noch nie erlebt.«

»Gut.« Er nickte. »So sollte es eigentlich sein.« Er sah ihr nicht in die Augen, während er geistesabwesend ihr Knie massierte, und für kurze Zeit schien er meilenweit entfernt zu sein. »Trink aus. Es gibt etwas, das du sehen solltest.«

Sophie stand auf der Terrasse, die auf den Fjord hinausging, hatte den Kopf in den Nacken gelegt und bewunderte den Himmel. Sie war in die Felldecke gewickelt, die sie vor der kalten Luft schützte, und hatte nur Augen für den prächtigen Sternenhimmel über ihr.

Am dunklen Nachthimmel leuchteten magische Farbstreifen. Überirdische weiße Wolkenfetzen mit rosa Glitzer wirbelten um geisterhafte grüne Tänzer, Lichtstrahlen drehten sich umeinander, als würde eine unsichtbare Hexe sie durcheinanderkegeln. Es war das Faszinierendste, das Sophie je gesehen hatte.

»Meine Güte«, flüsterte sie. Zu mehr war sie nicht in der Lage.

»Ziemlich ungewöhnlich, nicht?«

Sophie wollte etwas erwidern, stellte jedoch fest, dass sie der Anblick dieses wunderbaren Naturschauspiels sprachlos machte. Diese Welt war so weit weg von ihrer eigenen, es war ein großer, besserer Ort, an dem untreue Ehemänner und gescheiterte Ehen keine Rolle spielten. Dieser unendliche aufgewühlte Himmel berührte ihr Herz, er vollführte seinen anmutigen Tanz nur für sie. Erst als sie Salz auf ihren Lippen schmeckte, merkte sie, dass ihr Tränen über die

Wangen liefen. Schließlich wandte sie sich zu Lucien um, der hinter ihr stand.

»Ist das immer so?«

Er schüttelte den Kopf. »Für uns ist das ziemlich früh im Jahr. Die Nächte brechen hier jetzt schnell herein, wir sehen das Polarlicht nur in den kühleren Monaten.«

Begierig, mehr zu sehen, blickte Sophie erneut zum Himmel, doch als ein surrendes Geräusch hinter ihr ertönte, drehte sie sich um. Das zuvor ruhige Wasser des Whirlpools war zum Leben erwacht, und die warmen dampfenden Blasen, die in das Licht von Unterwasserlampen getaucht waren, waren eine Reminiszenz an den Himmel über ihnen. Mit einer Flasche Champagner und zwei Gläsern in den Händen stand Lucien mit ausgebreiteten Armen neben dem Becken.

Es war eine Einladung, der keine Frau widerstehen konnte. Ein wunderschöner Mann und ein warmer Whirlpool unter einem Himmel, den Mutter Natur in immer neuen Tönen erstrahlen ließ. Von dem berauschenden Gefühl von Freiheit erfüllt, ließ Sophie die Felldecke auf den Boden fallen und ging über die Terrasse zu Lucien.

Lucien beobachtete, wie Sophie nackt und völlig natürlich auf ihn zukam, perfekt umrahmt von den Bergen und dem neonfarbenen Himmel. Sie erinnerte ihn an eine mystische Nymphe, als wäre sie aus dem Wasser des Fjords auf seine Terrasse gestiegen. Eine lebendig gewordene Fantasie.

Sie hatte nicht die geringste Ahnung, wie prächtig sie war, vor allem seit sie den grauen Unglücksschleier abgestreift hatte, den sie wie einen unsichtbaren Umhang um die Schultern getragen hatte, seit sie zum ersten Mal in sein Büro getreten war.

Noch hatte er sie einen Tag für sich, und er würde jede Sekunde dieses Tages genießen.

Während Lucien seine Jeans abstreifte, ließ sich Sophie in das sprudelnde Wasser sinken. Lucien wirkte so normal, wenn er nackt war. Im Wasser setzte sie sich auf einen schrägen Sitz und wurde wieder an den Analplug erinnert, der sich etwas tiefer in sie hineinschob. Sie bewegte sich ein wenig hin und her und genoss das neue dunkle Gefühl des Analplugs, der gegen die Rückseite ihrer Vagina drückte. Es war ein Vorspiel ohne Hände, was umso erregender war, weil ein Blick in Luciens wissende Augen ihr verriet, dass er genau wusste, was sie empfand. Als sich jetzt ein lustvolles Kribbeln in ihr ausbreitete, wunderte sich Sophie darüber, dass ihr Körper sich ständig nach diesem Mann sehnen konnte. Er machte sie unersättlich.

»Sag schon. Was hältst du von der Eichel?«

Sein Finger strich leicht über Sophies Nacken, während er sich in das warme Wasser neben sie hinunterließ.

Sophie wand sich auf ihrem Sitz, in den warmen Strudeln nahm sie seine Berührung überdeutlich wahr. Als sie sich bewegte, sprudelte es direkt zwischen ihren Schenkeln und unwillkürlich spreizte sie ein wenig die Beine. Es fühlte sich so verdammt gut an, wie eine geheime, intime Massage. Sie bewegte sich noch einmal, und das Wasser umspülte ihre Klitoris. Lucien leckte ihr Ohr, seine Finger spielten mit ihren steifen Brustknospen.

Sein Mund glitt an ihrem Hals hinunter. »Lass es einfach geschehen.«

Sophie schloss die Augen, während Lucien hinter sie griff

und die Intensität der Strudel verstärkte. *Himmel.* Als sich der Orgasmus langsam in ihrem Körper bildete, spannte sie die Muskeln an. Sie ließ den Kopf zurück auf Luciens Arm sinken und genoss die Berührung seiner Hände auf ihren Brüsten, die sie dem erlösenden Höhepunkt näherbrachten.

Unruhig wand sie ihren Körper, um die Intensität zu steigern. Der Analplug bewegte sich in ihr – ein ungewohntes, sehr erregendes Gefühl.

Lucien begegnete ihrem Blick und nahm ihn gefangen, dann ließ er die Zunge über seine leicht geöffneten Lippen gleiten. Mehr brauchte sie nicht. Sophie stöhnte, sie kam heftig und schnell, und dass sie Lucien dabei unentwegt in die Augen sah, verstärkte die Ekstase noch. Er kam näher und küsste sie, langsam und mit offenem Mund, während ihr Körper sich nach und nach in seinen Armen löste.

Sophie schloss die Augen und gab sich ihren Gefühlen hin. Dem Blubbern des warmen Wassers. Den Liebkosungen von Luciens Zunge in ihrem Mund und dem rhythmischen Druck seines Daumens auf ihrem Oberkörper. Das Gefühl ihres hämmernden Herzens ließ nach, als ihr Körper gegen seinen sank. Wenn sie die Augen öffnete, würde sie wieder den kaleidoskopartigen Himmel sehen. Es war ein Märchen, allerdings ein sehr erwachsenes. Eine Fantasie vielleicht. Jedenfalls nicht das wahre Leben. Sophie konnte sich nicht vorstellen, dass sie in England ihr altes Leben wieder erwartete. Verglichen mit dem sexy Stiletto-Leben, das sie die letzte Woche an Luciens Seite geführt hatte, fühlte sich ihr altes Leben wie ein bequemer Pantoffel an.

Auch wenn sie es nicht wollte, krallten sich die knochigen Finger der Realität in sie, sie stieß einen tiefen Seufzer aus.

Als sie die Augen öffnete, stellte sie fest, dass er sie beobachtete.

»Was mache ich hier, Lucien? Ich erkenne mein eigenes Leben nicht mehr wieder.«

»Ist das etwas Schlechtes?«

Sophie drehte ihre feuchten Haare zu einem Strang und legte ihn sich über die Schulter. »Diese Woche war …« Sie blickte sich um und suchte nach Worten, die zum Ausdruck brachten, was für eine einschneidende Veränderung die letzte Woche für sie bedeutete. »Es war fantastisch, aber ich muss nach Hause und mich am Sonntag der Realität stellen.«

Lucien wickelte sich ihre Haare um die Hand.

»Das wirst du. Aber jetzt weißt du wenigstens, dass es andere Optionen gibt.«

»Gibt es die wirklich?« Sie suchte in seinem Gesicht nach einer Antwort. »Wie kann ich hiernach noch für dich arbeiten?« Sie betrachtete das wunderschöne Schauspiel am Himmel und die Schatten der Berge. »Das ist deine Welt, Lucien. Für dich ist sie real. Für mich ist sie eine einwöchige Fantasie.«

»Nur, wenn du es so willst. Ich brauche noch immer eine Assistentin, Sophie, und du entwickelst dich sehr gut.«

»Ich habe bislang kaum gearbeitet«, widersprach sie leise.

»Im Gegenteil. Du hast meine Erwartungen in mancherlei Hinsicht bei Weitem übertroffen.« Luciens Augen funkelten amüsiert, während er den Champagner öffnete und einschenkte.

»War das immer dein Plan?«, fragte sie. »Hast du mich eingestellt, weil du in mir eine gelangweilte Ehefrau gesehen hast, die bereit war, sich verführen zu lassen?«

Er lachte aus tiefstem Herzen, legte den Kopf auf den Rand des Beckens und blickte zu dem bewegten Himmel hinauf.

»Nein, ich habe dich eingestellt, weil du Umschläge küsst, bevor du sie verschickst, und weil du mich überrascht hast.« Er zögerte und schloss die Augen. »Ich mag Menschen, die mich überraschen.«

Sophie betrachtete mit gerunzelter Stirn sein Profil, sie wusste praktisch nichts über diesen geheimnisvollen Mann. Mit geschlossenen Augen und zurückgelegtem Kopf wirkte er völlig entspannt, war eins mit seiner Umgebung. Doch wenn ihr Verdacht stimmte, war das nicht überraschend.

»Warum Norwegen, Lucien?« Ihre Fingerspitze fuhr über die festen Muskeln seiner Schulter, während sie an ihrem Champagner nippte.

»Warum nicht? Ich mag die Abgeschiedenheit.« Sein angespannter Kiefer strafte die Leichtigkeit, mit der er das sagte, Lügen.

»Es ist wirklich fantastisch hier«, murmelte Sophie. »Aber steckt noch mehr dahinter?«

»Was fragst du mich das, Sophie?« Lucien öffnete die Augen und begegnete ihrem Blick.

»Ist das deine Heimat? Ich meine, bist du hier aufgewachsen?«

Lucien nahm einen großen Schluck von seinem Champagner und stellte das Glas dann absichtlich langsam ab.

»Ich habe Norwegen an meinem achtzehnten Geburtstag verlassen. Jetzt ist London mein Zuhause.«

Sophie wünschte, er würde sie ansehen, aber sein Blick wanderte hoch zu dem Farbenspiel am Himmel. Sie hatte bereits gespürt, dass der Ort und das Land eine bedeutende Rolle für diesen Mann spielten, aber sie konnte seine Gefühle nicht deuten. Er besaß dieses wunderschöne Haus hier, also musste er das Land lieben, doch seine abwehrende Haltung und sein angespannter Kiefer ließen etwas anderes vermuten.

»Vermisst du es, wenn du in England bist?« Sophie vermutete, dass das so war. Es war viel zu schön hier.

Lucien griff nach der Champagnerflasche. »Nein, lange Zeit habe ich es nicht vermisst.«

»Was hat sich verändert?«

»Ich vermutlich.« Er zuckte mit den Schultern. »Ich bin erwachsen geworden.«

»Dann hast du Familie hier? Eltern, Brüder und Schwestern? Besuchst du sie, solange du jetzt hier bist?« Sie verstummte, sie war unsicher, denn sie spürte, dass sie ihn zu Geständnissen zwang, zu denen er nicht bereit war.

»Nein. Bei diesem Besuch ging es nur darum, dich zu vögeln.«

Sophie schüttelte den Kopf und lachte, obwohl er ganz offenkundig versuchte, vom Thema abzulenken.

»Das hätten wir auch zu Hause tun können.«

»Ja, aber hier kannst du mir nicht entkommen.«

»Wer sagt, dass ich das will?«

»Ich. Tief in deinem Inneren bist du noch immer das brave Mädchen, Sophie. Zuhause wärst du immer wieder in alte Gewohnheiten verfallen. Hier bist du frei, die Person zu sein, die du sein willst, die fantastische Frau, die du sein kannst.«

Sophie nickte nachdenklich. Seine Begründung klang

überzeugend. Dadurch, dass sie hier war, hatte sie ihre Bindung an zu Hause gelöst – zumindest vorübergehend – und durch die Entfernung hatte ihr Herz nicht gelitten.

»Aber das erwartet mich dennoch alles.« Sie seufzte schwer. »Was soll ich bloß machen, Lucien?«

»Was willst du denn machen?«

Sophie seufzte und schüttelte den Kopf, sie war mit den Gedanken weit weg in England.

»Ich weiß es nicht. Ich muss wohl mit Dan über seine Affäre sprechen, und nun auch über meine.«

Lucien verzog seinen Mund. »Mach nicht den Fehler zu denken, dass du genau bist wie er, Sophie. Wäre er ein guter Ehemann gewesen, wärst du jetzt nicht hier.«

»Woher willst du das wissen?«

»Weil du sanft bist, und nett, und gut. All das ist er nicht.«

Sophie hörte die Worte, empfand sie jedoch nicht als zutreffend. Sie war eine Ehebrecherin, ganz genau wie Dan.

»Du kennst ihn nicht, Lucien. Er ist kein schlechter Mensch.«

Lucien zuckte mit den Schultern. »Ich muss ihn nicht kennen, um ihn zu verstehen.«

Sophie nahm ihr Glas und trank einen Schluck Champagner, doch auch der Alkohol und die fabelhafte Aussicht konnten ihre aufgewühlten Gefühle nicht beruhigen.

Lucien betrachtete Sophies Profil, den niedergeschlagenen Zug um ihren Mund und den traurigen, gejagten Ausdruck in ihren Augen, den er von ihrer ersten Begegnung kannte.

Es reichte, von ihrem Mann zu sprechen, und schon legten sich dunkle Schatten auf ihr Gesicht.

Was würde passieren, wenn sie ihn wiedersah?

Was, wenn er ihr seine Affäre gestand, die bereits eineinhalb Jahre dauerte?

Lucien wollte jetzt nur eines: das Funkeln zurück in ihre Augen zaubern.

Er streckte den Arm aus und füllte ihr Glas nach, dann glitt er in das sprudelnde Wasser und tauchte auf Knien wieder vor ihr auf.

»Ich glaube, es ist Zeit, dass ich dich von der Eichel befreie.«

Auf ihren Wimpern glitzerten Tränen, aber aus ihrer Kehle drang ein blubberndes Lachen. Er sah, wie aufgewühlt sie war, und er spürte ihre Angst. Er wollte sie stärken und auf den Kampf vorbereiten. Wenn es nach ihm gegangen wäre, wäre ihr Mann gestorben, aus, vorbei – und er hätte Sophie dazu bringen können –, aber Lucien wusste, dass das nicht die Art Lösung gewesen wäre, die Sophie wirklich gewollt hätte.

Die Spitzen ihrer Brüste tauchten rosig und kess vor ihm auf, und er beugte sich vor, um eine in seinen Mund zu nehmen. *Himmel, war sie sexy.* Er strich mit der Zunge um die rosa Perle und hörte ihr lustvolles Stöhnen, als er die Lippen um sie schloss und an ihr saugte. Sein Glied wurde fest, als sie in seinem Mund hart wurde und nach größerer Aufmerksamkeit von seiner Zunge verlangte.

Als er aufblickte, hatte sie die Augen geschlossen, auf ihren Wangen glänzten Tränen, und sie nagte an ihrer Unterlippe. Sie schien zwischen Verzücken und Verzweiflung gefangen zu sein, und er musste sie in die richtige Richtung lenken.

Er hob ihren Körper an und bedeckte ihren Mund mit dem seinen. Mit einem zärtlichen Kuss versuchte er, die Dämonen aus ihrem Kopf zu verbannen. So wie ihre Zunge reagierte und sie die Hände in seine Haare schob, wusste er, dass er Erfolg hatte. Sie bog sich ihm entgegen, ihre Brüste an seiner Brust, sein Glied zwischen ihren Beinen.

Es ging nur um sie. Sie sollte sich begehrt fühlen, und ihre Augen sollten glänzen, weil sie befriedigt war, und nicht, weil sie weinen musste.

Als sie die Hüften nach vorn schob und ihn zu sich einlud, nahm Lucien ohne Zögern an. Er hielt sie in seinen Armen, ließ sich langsam in sie gleiten und spürte, wie sie sich Stück um Stück um ihn schloss.

Sie senkte die Lider, und er küsste ihre Augen.

Sophies Körper umfloss ihn wie Seide, und es fühlte sich nicht wie vögeln an. Es fühlte sich an wie eine Verbindung, auch tröstlich, und noch andere Gefühle spielten eine Rolle, die Lucien nicht benennen konnte. Als er spürte, dass ihr Orgasmus nahte, schlang er seine Arme um sie, und als sie kam, stieß er fest zu, wobei er mit geschickten Fingern die Eichel in ihr massierte.

Als Sophie ihre Hüften gegen seine stieß, verlor Lucien die Kontrolle, und als der wilde, erregende Pulsschlag ihres Orgasmus sich um seinen Schaft schloss, kam er mit ihr. Als sie sich beruhigten, strömte Wasser von ihren heißen Körpern, und Lucien löste sanft die Eichel heraus. Sophie vergrub erschöpft das Gesicht an seinem Hals, und für einen Moment drückte Lucien sie einfach liebevoll an sich und betrachtete das Lichtspiel über ihnen.

Er war kein romantischer Mensch, aber diese vollkommene Frau in Armen zu halten und den prächtigen Himmel über sich zu sehen erfüllte ihn mit einem überraschenden Gefühl von Frieden.

Kurz darauf trug Lucien sie durch die stillen Räume seines Hauses. Ihr Kopf lag an seiner Schulter, und als er sie aufs Bett legte, war sie bereits eingeschlafen. Noch immer sah er Tränenspuren auf ihren kühlen rosa Wangen. Als er ihr eine blonde Haarsträhne aus den Augen strich, seufzte sie, bettete ihr Gesicht in seine Hand und suchte selbst im Schlaf seinen Trost.

Lang unterdrückte Gefühle drängten an die Oberfläche, als er sich mit seinem Körper an ihren schmiegte.

Er fühlte sich so wohl wie noch nie zuvor neben einer Frau.

Er hatte so viel Angst um sie wie nicht mehr, seit seine Mutter gestorben war.

Er war wütender als bei der letzten Begegnung mit seinem Vater.

Als er an den Mann dachte, der seine Mutter in den Tod getrieben hatte, stieg Galle in ihm hoch.

Wie konnte Sophies Ehemann es wagen, sie so weit zu treiben?

Wie konnte er sie wegen eines billigen Abenteuers aufs Spiel setzen?

Als Sophies Mann und Luciens Vater sich in seinem Kopf vermischten, verstärkte er den Griff um Sophies weichen, schlafenden Körper. Die Decke lag warm über ihren Schultern, und er versuchte, seinen Herzschlag ihrem langsamen, gleichmäßigen Atem anzupassen.

Als der Schlaf ihn überkam, hatte er nur noch einen Gedanken.

Er würde diese Frau beschützen.

Er würde nicht noch einmal versagen.

26

Als Sophie im Morgengrauen die Augen aufschlug, war sie zunächst etwas irritiert, in fremder Bettwäsche und neben dem fremden Mann zu erwachen, der neben ihr schlief. Einen Arm über den Kopf gelegt, den anderen neben sich ausgestreckt, wirkte Lucien ganz und gar friedlich, ganz anders, als wenn er wach war. Sie betrachtete ihn eine Weile und versuchte, Schuldgefühle und Angst von dem in sich ruhenden und friedlichen norwegischen Sonnenaufgang fernzuhalten. So etwas würde sie vermutlich nie wieder sehen. Nach heute würde sie nie wieder neben Lucien erwachen.

Das reale Leben schien Welten entfernt, aber innerhalb der nächsten vierundzwanzig Stunden würde sie wieder in ihrem eigenen kleinen Haus sein, und zwar mit großen Problemen. Sie schloss einen Moment die Augen und atmete tief durch, dann öffnete sie sie langsam wieder. Sie war bereit. Sie war nun ganz wach und entschlossen, den Tag bestmöglich zu genießen. Sie schlüpfte aus dem Bett und in den weißen Frotteebademantel, der an einem Haken an der Tür hing, dann ging sie nach unten, um sich auf die Suche nach Kaffee zu begeben.

Zwanzig Minuten später fand Lucien sie, wie sie mit einer Felldecke um die Schultern und mit einem dampfenden Becher Kaffee in ihren Händen auf der Terrasse saß.

»Du bist früh auf.« Sein Atem kristallisierte in der kühlen Morgenluft.

Sophie nickte und griff nach der Kaffeekanne und dem zweiten Becher, den sie für ihn bereitgestellt hatte. Er sah hinreißend aus in seinen schwarzen Schlabberhosen, seine aufgerichteten Brustwarzen waren der einzige Hinweis, dass sein athletischer Körper die Kälte überhaupt wahrnahm.

»Kaffee?«

»Schwimmen?« Er deutete mit dem Kopf auf das ruhige, glitzernde Wasser des Fjords.

»Machst du Witze? Es ist eiskalt hier draußen.«

Zur Antwort ließ er seine Hosen fallen und stand nackt auf der Terrasse.

»Sehe ich aus, als würde ich Witze machen?«

Sophie starrte ihn an, ihr Mund war trocken vor Überraschung und Lust. Trotz der Temperatur drängte sich sein Glied Aufmerksamkeit fordernd in den Vordergrund. Sie hatte schnell gelernt, dass es das immer tat.

Sophie strich sich mit der Zunge über die Lippen, und Luciens Augen flackerten, ihre Reaktion gefiel ihm.

»Merken Sie sich den Gedanken, Ms Black.«

Er drehte sich um, betrat den kleinen Steg, der von der Terrasse ins Wasser hinausging, und gab Sophie Gelegenheit, seinen festen Hintern sowie den Wolf auf seinen Schultern zu bewundern. Ohne zu zögern oder sich noch einmal umzusehen, machte er einen perfekten Kopfsprung und tauchte in das eiskalte Wasser des Fjords.

Sophie atmete scharf ein. Als er wieder auftauchte und seine Haare schüttelte, schimmerten die Tropfen in dem blassen Sonnenlicht des Morgens.

Herrgott, er war umwerfend. Sie beobachtete, wie das Wasser über seine Muskeln strömte, während er mit langen, energischen Zügen dahinglitt, wobei sich kaum Wellen auf der Oberfläche bildeten. Als er kurz darauf wieder auf den Steg kletterte und auf sie zukam, bebte Sophie erwartungsvoll. Um keinen Kaffee zu verschütten, stellte sie ihren Becher ab. Lucien dabei zuzusehen, wie er aus dem See stieg, erforderte ihre hundertprozentige Aufmerksamkeit. *Räumen Sie das Feld, Mr Darcy, ein neuer Mann ist in der Stadt.*

»Kaffee?«, wiederholte sie krächzend ihre Frage von eben und konnte den Blick nicht von seinem Waschbrettbauch lösen, während er auf sie zukam.

Als Antwort nahm er die Felldecke von ihren Schultern, hob sie aus dem Stuhl und warf sie sich über die Schulter.

Vor Schreck schrie sie auf und schlug mit den Fäusten auf seinen Rücken. *Nein! Wollte er sie etwa ins Wasser werfen?*

»Lucien, lass mich runter! Ich kann nicht schwimmen!« Sie wehrte sich vergeblich, und er blieb stehen, um ihren Bademantel anzuheben und ihr einen Klaps auf den nackten Po zu geben.

»Benimm dich. Du musst nicht ins Wasser.«

Sophie beruhigte sich. »Wohin gehen wir dann?«

Lucien streichelte sie dort, wo er eben noch ein Brennen hinterlassen hatte.

»Zurück ins Bett. Ich will dich zum Frühstück verspeisen.«

Nach einem zweiten nahrhafteren, allerdings sexuell weniger befriedigenden Frühstück mit Rührei und geräuchertem Lachs schlug Lucien vor, Sophie solle sich ein paar Wanderstiefel aus der Garderobe neben der Haustür aussuchen.

Sie blickte überrascht auf.

»Gehen wir raus?«

»Du schienst vorhin von der Landschaft fasziniert zu sein. Ich dachte, dass du sie vielleicht gern aus der Nähe kennenlernen würdest.«

Er hatte recht, sie war hingerissen von der Aussicht, vor allem, wenn noch ein klatschnasser nackter Wikinger dazugehörte. Sie hatte nicht viel übrig fürs Wandern, aber seinetwegen würde sie es tun.

Lucien blickte auf seine Armbanduhr.

»Ich muss erst noch ein paar geschäftliche Anrufe erledigen – ich fürchte, die können nicht warten.« Er nahm seinen Kaffeebecher und schob seinen Stuhl zurück. Als er an ihr vorbeikam, beugte er sich hinunter und küsste sie ausgiebig und voll Verlangen auf die Lippen.

»Zieh dich warm an, Prinzessin«, murmelte er, und seine Fürsorglichkeit brachte ihr Herz zum Schmelzen.

»Aber zieh keinen Slip an.«

»Ich kann es einfach nicht fassen, wie wunderschön es hier draußen ist.« Sophie hielt sich schützend die Hand über die Augen, während sie einen Raubvogel beobachtete, der nach unten schwebte, um eine Beute zu packen, die er im Unterholz erspäht hatte. Sie waren nur etwas über eine halbe Stunde gegangen und jetzt schon von einer Wildnis umgeben, die nur für sie geschaffen zu sein schien. Kräftige rostrote und goldene Herbstfarben bedeckten den Boden des Waldes, an dessen Rand sie entlangliefen, und jenseits des Fjords lagen die grauen Berge der Alpen, deren weiße Schneemützen keck in den blassblauen Himmel aufragten.

Zuhause in England war Sophie an eng stehende Gebäude, Rummel und Verkehr gewöhnt, hier draußen konnte sie richtig durchatmen. Die Landschaft war weit und sauber, und hier war niemand außer ihnen. Sie barg ihr Gesicht tief in dem weichen gestreiften Schal, den sie in Luciens Garderobe gefunden hatte, und war froh, dass er sie vor der eisigen Luft schützte. Trotz des blauen Himmels und des blassen Sonnenscheins war die arktische Luft äußerst scharf, färbte die Wangen rosa und ließ die ungeschützten Finger kalt werden.

Nach Luciens abschließenden Worten beim Frühstück hatte sie ganz genau überlegt, was sie anzog. Sie hatte überlegt, ob sie sich ihm widersetzen und einen Slip tragen sollte, und ihn mindestens zweimal an- und wieder ausgezogen, bevor sie eine endgültige Entscheidung getroffen hatte.

Sie trug bequeme Jeans mit ihrem superweichen weiten schwarzen Lieblingspullover, dazu hatte sie aus Luciens Garderobe eine warm gefütterte rote Skijacke und einen Schal gewählt. Die Haare hatte sie offen gelassen und sich dezent geschminkt – nur einen Hauch Wimperntusche und Lipgloss. Diese Umgebung verlangte nach Natürlichkeit, und Sophie passte sich ihr bereitwillig an.

Lucien war ebenfalls gut ausgerüstet. Er schaffte es sogar in Winterkleidung sexy auszusehen. Seine verwaschenen Jeans schmiegten sich um seine schlanken Muskeln, und die schwarze Windjacke betonte seine goldbraune Haut und seine stahlblauen Augen.

Er wandte sich ihr zu. »Hier entlang.« Er griff nach ihrer Hand und führte sie in den Wald. Blätter und Zweige knackten unter ihren Stiefeln.

»Haben wir ein bestimmtes Ziel?«, erkundigte sie sich, während sie weiter unter das schützende Dach der Bäume vordrangen.

Luciens Mundwinkel kräuselten sich. »Ja.«

»Ist es ein Geheimnis?«

»Nein.«

Sophie verdrehte die Augen. Anscheinend spielten sie das Ja-und-Nein-Spiel.

»Ist es noch weit bis zu diesem nicht geheimen Ort?«

Lucien legte die Hand auf ihren Rücken. Sophie gelangte aus dem Schutz der Bäume auf eine runde Lichtung. In der Mitte lag ein Teich, auf dessen glatter Oberfläche sich die Sonne spiegelte, doch es war der spektakuläre Wasserfall, der Sophie den Atem raubte. Kristallklar strömte er über die Felsen an einer Seite der Lichtung. Sein Plätschern bildete an diesem stillen Nachmittag eine hübsche Hintergrundmelodie.

Es war die mystische Kaskade aus all den Märchen, die sie als Kind geliebt hatte; eine magische, verborgene Lichtung.

»Wenn Hänsel und Gretel jetzt aus dem Wald kämen, würde mich das nicht überraschen«, murmelte sie fasziniert. Nicht, dass der Mann neben ihr irgendwie kindlich wirkte, genauso wenig wie das Gefühl zwischen Sophies Beinen, das das Reiben der Jeans bewirkte, da sie keinen Slip trug.

»Hier ist niemand außer uns, Prinzessin.«

Sophie ergriff Luciens ausgestreckte Hand und ließ sich von ihm an den Rand des Wassers führen, das so klar war, dass sie die Steine auf dem Grund des Teichs sah und winzige Fische, die dicht unter der Oberfläche schwammen. Sie streckte die Hand aus und zog die Finger durch das eiskalte Wasser.

»Du willst doch nicht etwa wieder nackt baden, oder?«, fragte sie. »Denn so fantastisch das ist, mich wirst du auf gar keinen Fall da hineinbekommen.«

»Beruhige dich. Du musst nicht schwimmen.«

Sie umrundeten die Lichtung und blieben neben dem Wasserfall stehen. Sophie betrachtete ihn fasziniert, dann drehte sie sich zu Lucien um und wollte etwas sagen, doch als sie seine Miene sah, erstarben ihr die Worte auf den Lippen.

Er war tief in Gedanken versunken, und wo immer seine Erinnerungen ihn hingeführt hatten, es war kein glücklicher Ort.

Sie hob vorsichtig die Hand, um seine kühle Wange zu berühren und stellte fest, dass sie sich so hart anfühlte wie der Fels hinter ihm.

»Du siehst aus, als wärst du meilenweit entfernt.«

Als er aus seinen Gedanken auftauchte und sie ansah, wirkte sein Blick verhangen.

»Nein. Ich war genau hier, nur an einem anderen Tag.«

»Ist das einer deiner Lieblingsorte? Sag nicht, dass du hier all deine Frauen hinbringst.« Sophie wollte die Schatten aus seinen Augen vertreiben und hoffte ihn zum Lächeln zu bringen.

»Ich bin seit fast zwanzig Jahren nicht mehr hier gewesen.«

»Dann ist es ein Ort deiner Kindheit?«

Sie sah, wie er seine Gefühle vor ihr verschloss und der trübe Ausdruck in seinen Augen einem gefährlichen Blick wich.

»Zu viele Fragen, Ms Black.«

Er drängte sie rücklings gegen den nächsten Baum, beugte sich vor und küsste sie leidenschaftlich und sinnlich. Seine Zunge tauchte in ihren Mund ein und verwandelte den Kuss von sinnlich in begierig, seine geschickten Finger lösten den Schal von ihrem Hals, um ihre Haut dort streicheln und küssen zu können.

Von dem plötzlichen Stimmungswechsel überrascht, fand Sophie nichts Ungewöhnliches daran, dass Lucien ihre Hände hinter dem Baumstamm zusammenhielt. Erst als sie spürte, wie er den Schal um ihre Handgelenkte knotete, merkte sie, was vor sich ging.

Er band sie fest. Sie zog reflexartig an dem Schal und tatsächlich: Er hatte sie an den Baum gefesselt.

27

»Wäre jetzt ein guter Zeitpunkt, dir zu erzählen, dass ich als Junge Pfadfinder war?«, fragte Lucien. Irgendwie überzeugte die Idee sie nicht.

»Warum hast du mich an einen Baum gefesselt?«, fragte sie stattdessen. Er nahm ihr die Wollmütze vom Kopf und öffnete ihre Jacke.

»Es ist ein Spiel.«

»Ein Spiel?«

Er nickte. »Es wird dir gefallen.« Er legte ihr die Haare nach hinten über die Schultern und küsste ihren entblößten Hals. »Es heißt *Wir zeigen Sophie, wie verdammt schön sie ist.*«

Sophie stockte der Atem. »Lucien ...«

Er hob ihren Pullover, und frische kühle Luft streifte ihren Bauch, dann beugte er sich hinab und küsste ihren Bauchnabel, und alles, was sie spürte, war heiße Lust.

Er richtete sich auf, küsste dann ihre geöffneten Lippen und raubte ihr den Atem.

»Dein Mann betrügt dich.«

Sophie runzelte die Stirn, Luciens seltsame Mischung aus ernsthaften Themen und sexueller Erregung irritierte sie.

Er schob ihren Pullover weiter nach oben und entblößte ihren BH. Sein Blick brannte auf ihrer Haut, auch wenn die Luft sie kühlte. Er streckte die Hände aus und bedeckte ihre Brüste.

»Soll ich ihn beseitigen?« Er kniff sie in die Knospen

ihrer Brüste, die bereits hart von der kühlen Luft und ihrer Lust waren. Sophie wand sich, aber der weiche Schal hielt sie fest.

»Nein!« Sie hoffte, er machte Witze. *Oder?* »Lucien, müssen wir dieses Gespräch führen, während ich an einen Baum gefesselt bin?«

»Ja.« Er zog die hautfarbene Spitze ihres BHs nach unten und entblößte ihre Brüste. »Dieser Mistkerl weiß deine perfekten Titten nicht zu schätzen.«

Er neigte den Kopf und saugte erst an der einen Perle, dann an der anderen. Sein heißer Mund umschloss sie fest, und der kühle Wind auf ihrer feuchten Haut verstärkte das unglaubliche Gefühl noch.

Als er den obersten Knopf ihrer Jeans öffnete, keuchte sie: »Lucien, nicht. Wenn nun jemand kommt!«

Er blickte zwischen ihren Brüsten nach oben.

»Das ist unwahrscheinlich.«

»Unwahrscheinlich reicht nicht. Bitte, können wir nicht einfach ...«

Das Flüstern erstarb ihr auf den Lippen, als er sich aufrichtete, seinen Körper fest an ihren presste und der kalte Stoff seiner Jacke sich gegen ihre Haut drückte.

»Wenn jemand vorbeikommt, was nicht der Fall sein wird, wird er verdammt glücklich sein, dich so zu sehen. Noch etwas, was dein Mann anscheinend als selbstverständlich hinnimmt.«

Auch seine Finger an dem Bund ihrer Jeans konnten nicht verhindern, dass seine Worte über Dan ihr einen Stich versetzten, denn irgendwie wusste sie, dass er recht hatte.

»Es ist kompliziert, Lucien.«

»Warum?« Seine Daumen beschrieben Kreise auf ihren Hüftknochen.

»Weil …« Sie bemühte sich, ihren Gedankengang fortzusetzen. »Das würdest du nicht verstehen. Er ist einfach nicht wie du.«

Sie spürte, wie er verächtlich die Luft ausstieß. »Du meinst, er ist geistlos, klein und trägt schreckliche Anzüge?«

Unpassenderweise stieg ein glucksendes Lachen aus ihrer Kehle. »Nein, er ist nichts von alledem. Er ist …«

Luciens Finger öffneten den letzten Knopf der Jeans, und das Gefühl seiner Fingerspitze auf ihrem Venushügel machte sie sprachlos.

»Er ist was, Sophie?«, flüsterte er an ihrem Hals.

Sie zuckte gequält und erregt die Achseln. »Ich weiß es nicht. Vermutlich hat er genug von mir.«

Lucien fluchte leise und zog ihre Jeans über die Hüften nach unten.

»Rechtfertige dieses absolut widerliche Verhalten nicht, indem du dir selbst die Schuld daran gibst.«

Sophie blickte zu ihm hinunter, sie war erschrocken über seinen rauen Ton, seine groben Hände und erregt von dem eigenartigen Gefühl der Jeans um ihre Knie und dem kühlen Luftzug zwischen ihren Beinen. Lucien richtete sich auf, lehnte sich gegen sie und umfing mit seinen großen warmen Händen ihr Hinterteil.

»Warum, meinst du, vögelt er jemand anderen, wenn er dich vögeln sollte?«

Sophie presste kühle Luft in ihre Lungen, sie konnte nicht richtig atmen. Luciens Worte brannten wie Säure in ihrem Herzen, doch seine Finger linderten das Brennen.

»Vermutlich reiche ich ihm nicht mehr«, flüsterte sie. Dies war die Befürchtung, die sie sich selbst bislang nicht eingestanden hatte.

Luciens Spiel entpuppte sich als äußerst emotional, und sie war sich ziemlich sicher, dass sie es nicht gewinnen konnte. Sie zuckte zusammen, als er seine Finger in ihr Hinterteil grub.

»Quatsch. Wo ist dein Rückgrat?« Er schob einen Arm zwischen ihre Körper und berührte sie zwischen den Beinen. Als er ihren Mund mit seinem bedeckte, atmete er ebenso schwer wie sie.

»Ich sage dir, warum er das tut, Sophie«, flüsterte Lucien, während seine geschickten Finger ihre Klitoris fanden. »Er tut es, weil er es kann. So einfach ist das.«

Seine Worte drangen in ihre Ohren und ihren Kopf, doch ihr Verstand war nicht in der Lage, sie zu verarbeiten, während sie seine Hand zwischen ihren Beinen spürte.

»Monogamie ist nicht natürlich. Jedenfalls nicht für Männer.« Er schob zwei Finger in sie, und ihre Knie wurden weich. »Für Frauen vielleicht, aber nicht für Männer.«

Er strich mit den Lippen über die Neigung ihres Halses, während er sie mit seinen Fingern erregte. Sophie stellte fest, dass ihr die Möglichkeit, von Fremden entdeckt zu werden, nichts mehr ausmachte, zu sehr sehnte sie sich nach dem Orgasmus, dem Lucien sie entgegentrieb. Doch etwas an seinen Worten hielt sie davon ab, sich ganz hinzugeben. Er täuschte sich. Nach der Woche, die sie mit ihm verbracht hatte, wusste sie, dass Frauen ganz genauso in der Lage waren, ihre Männer zu betrügen, wie umgekehrt.

»Ich hätte nie gedacht, dass ich einmal fremdgehe, aber ich tue es. Lasse mich von einem norwegischen Sexmogul an einen Baum fesseln.« *Oho, woher war das gekommen?*

»Sexmogul?«, raunte er überrascht. Er warf ihr einen Blick zu, dann zuckte er die Achseln. »Man hat mir schon schlimmere Namen gegeben.«

Er ging in die Hocke und brachte Sophie zum Stöhnen, als er seine Zunge um ihre Klitoris kreisen ließ. Sie wollte die Schenkel weiter öffnen, doch ihre Jeans hielt sie gefangen. Irgendwie schien die sie unbeweglich machende Situation die Erotik des Aktes noch zu steigern und würde garantiert nicht Luciens Geschick oder Konzentration stören. Er spreizte ihre Lippen mit den Fingern und vergrub seine Zunge in ihren Falten, saugte und spielte mit ihrer geschwollene Klitoris, bis ihr Körper vor Lust zuckte.

Er öffnete den Reißverschluss seiner Jacke und glitt an ihrem Körper hinauf, wobei er seine Jeans aufknöpfte. »Sexmogul«, wiederholte er flüsternd. »Ein Sexmogul, der dich jetzt vögeln wird.« Er hatte seine Jeans nach unten geschoben und sich in Sekundenschnelle ein Kondom übergestreift, dann drängte er sich zwischen ihre Beine und stieß fest zu. Sophie schrie auf, als sie ihn so plötzlich brennend heiß in sich spürte und er erbarmungslos über ihre Klitoris rieb. Es war nicht sanft. Es war purer Sex, heftiges Vögeln, und kaum war er in ihr, kam Sophie auch schon zum Orgasmus.

Luciens Augen loderten vor Lust, und Sophie sehnte sich danach, sein Gesicht in ihre Hände zu nehmen und die Anspannung aus seinem Kiefer zu streichen.

Er wich zurück. »Fühlt es sich so gut an, wenn er dich vögelt?« Seine Stimme klang rau und heiser, während er zustieß, sodass sie nach Atem rang. Sophie schüttelte den Kopf, unfähig laut auszusprechen, dass sie sich noch nie in ihrem Leben so gefühlt hatte wie bei Lucien. Er presste seinen Mund auf ihren, stieß mit seinen Zähnen gegen ihre und suchte mit seiner Zunge nach ihrer Zunge, seine Finger umfassten besitzergreifend ihre Hüften und hielten sie fest, während er sie nahm.

»Und?«, stieß er hervor und durchbohrte sie mit seinem Blick. »Antworte, Sophie. Sag. Die. Verdammten. Worte.«

Sie schloss die Augen, als er die Hüften vorwölbte und beinahe ihre Füße vom Waldboden hob, sein Glied drang so tief in sie ein, wie sie es noch nie erlebt hatte. Tränen schnürten ihr die Kehle zu und machten es ihr schwer zu sprechen. »Nein«, flüsterte sie.

»Ich verstehe dich nicht.«

»Nein. Nein. Nein!«, entrangen sich die Worte ihrer Kehle, ein Bekenntnis sich selbst und Lucien gegenüber, dass sie sich bei Dan nie so gefühlt habe. Dass sie bei keinem Mann derart in Lust geschwelgt habe, so von dunklem Verlangen erfüllt gewesen sei oder sich so mächtig, prachtvoll und schön gefühlt habe.

Luciens animalisches, triumphierendes Stöhnen drang an ihre Ohren, woraufhin ein zweiter, noch intensiverer Orgasmus ihren Körper erfasste. Stoß. Stoß. Stoß. Als er kam, umklammerte er sie, und sie stieß gegen den Ansatz seines Schafts, während ihr eigener Höhepunkt als funkelnde Explosion über sie kam.

Sogleich löste Lucien den Schal von ihren Händen und drückte sie zärtlich an seine Brust. Sie legte die Arme um ihn, umarmte ihn fest und vergrub ihr Gesicht an seinem Hals und war sich nicht sicher, ob er sie hielt oder sie ihn.

Im Wald war ihr Sex ursprünglich gewesen. Die Natur hatte das Tier in Lucien geweckt, und er hatte brutal die Geständnisse über Dan aus ihr hervorgelockt. Doch jetzt war es vorbei. Sophie war froh darüber. Er hatte sie von der Angst befreit, dass sie Dan in die Arme einer anderen getrieben haben könnte, dass sie ihn als Frau nicht hatte halten können. Lucien hatte ihr bewusst gemacht, dass sie ihre Ehe nicht allein retten konnte, weil sie nicht diejenige war, die sie überhaupt in Gefahr gebracht hatte.

Darüber hinaus hatte er ihr gezeigt, wie viel Kraft sie besaß: Dass sie, Sophie Black, einen Mann verrückt machen konnte. Wenn Dan das nicht sah, verdiente er ihre Liebe nicht.

Instinktiv verstärkte sie den Griff ihrer Arme um Lucien, staunte darüber, dass er ihr den erotischsten Sex überhaupt geschenkt hatte, und war ihm dankbar, dass er ihr genug Selbstvertrauen gegeben hatte, damit sie als starke Frau in ihr altes Leben zurückkehren konnte.

Sie bildete sich nicht ein zu verstehen, was in Lucien vor sich ging. Er mochte eine Sexclub-Kette und Erwachsenenläden betreiben, aber auf seine ganz eigene Weise war er der moralischste Mann, dem sie je begegnet war.

28

Kurz vor dem Blockhaus wurde Lucien dann von seinem Gärtner aufgehalten. Ihm war anzusehen, dass er seinen Chef dringend sprechen wollte. Als Lucien ihr einen entschuldigenden Blick zuwarf, winkte Sophie ab und war froh, allein in die Küche zu gehen und Kaffee zu machen.

Als sie an der offen stehenden Tür zu Luciens Arbeitszimmer vorbeikam, zögerte sie. Auf ihrem gestrigen Rundgang war der Raum verschlossen gewesen, und Sophie hatte nicht weiter darüber nachgedacht. Doch nun stand die Tür offen, und sie hatte die Gelegenheit, einen Blick hinter den Vorhang zu werfen. Lucien gab so wenig von sich preis und schien auf der anderen Seite so viel über sie zu wissen. Vielleicht gelang es ihr, ihn besser zu verstehen und hinter seine Maskerade zu blicken, wenn sie etwas mehr über ihn wusste.

Sie blickte unsicher den leeren Flur hinauf und hinunter, denn sie war sich durchaus bewusst, dass eine offene Tür nicht unbedingt eine Einladung bedeutete, einzutreten. Dann siegte die Neugierde über ihre Skrupel, und sie trat ein.

Der Raum war zwar ähnlich eingerichtet wie das übrige Haus, wirkte jedoch noch spartanischer und schlichter, er war auf den Kern des Mannes reduziert, der ihn benutzte.

Ein großer eleganter Schreibtisch beherrschte das Zimmer, und Sophie setzte sich in den Sessel aus ochsenblutfarbenem Leder dahinter, um den Raum zu betrachten. Fenster, die bis zur Decke reichten, bildeten eine Glasfront, die auf den Fjord hinauswies, ausdrucksvoller, als jedes Wandbild oder jedes wertvolle Kunstwerk es je hätte sein können. Sophie stellte fest, dass dieses Gebäude die Aussicht optimal nutzte: Jedes Zimmer würdigte einen anderen Teil des alpinen Panoramas.

Ihr Blick glitt zurück ins Arbeitszimmer, begierig, etwas zu erfahren, nachdem sie nun einmal Luciens Heiligtum betreten hatte. Das Fehlen jeglicher Dekoration oder Kunst betonte jedoch den einzigen persönlichen Gegenstand im Zimmer umso mehr.

Sophie streckte die Hand aus und berührte sachte den Silberrahmen einer großen Schwarz-Weiß-Fotografie auf Luciens Schreibtisch. Sie erkannte das blonde Kind mit den strahlenden Augen sofort. Er konnte auf dem Bild nicht älter als zehn Jahre alt gewesen sein, aber selbst als kleiner Junge war Lucien atemberaubend. Seine ausgeprägten Wangenknochen wirkten aufgrund seines jugendlichen Alters weicher, und er strahlte und lachte über das ganze Gesicht.

Doch vor allem schnürte es Sophies Herz zusammen, als sie den unbeschwerten, liebenden Blick in seinen Augen sah. Luciens Lachen und seine Bewunderung galten der Frau neben ihm, die die Arme um seine schmalen Schultern gelegt hatte. Sie war elegant in Schwarz gekleidet und trug die blonden Haare aus dem Gesicht frisiert. An dem zarten Armband um ihr Handgelenk funkelten Diamanten.

Den Blick hatte sie nach unten auf Lucien gerichtet, und auch wenn ihr Gesicht nicht ganz der Kamera zugewandt war, konnte diese Frau nur Luciens Mutter sein. Die Verbindung zwischen beiden war deutlich zu spüren, und der geheime Scherz, den sie offensichtlich miteinander teilten, schloss die Welt um sie herum aus. Sophie seufzte beim Anblick der Zärtlichkeit, die das Bild ausstrahlte – dem unzertrennlichen Band der Liebe zwischen einer hingebungsvollen Mutter und ihrem Sohn.

Sophie hielt das Bild in Händen und betrachtete die unverkrampfte Haltung von Luciens Schultern sowie den sorglosen Ausdruck auf seinem Gesicht. Der Mann, den sie in den letzten Tagen kennengelernt hatte, bestand aus angespannten Muskeln und harten Gesichtszügen, aber vor allem hatte er stets die Kontrolle über sich und über alle anderen in seiner Umgebung. Es ging eine gewisse Bedrohung von ihm aus, und Sophie spürte, dass er erbarmungslos sein konnte, wenn es sein musste. Was war mit ihm geschehen? Wo war seine Sanftheit hin, die Offenheit, die sie auf dem Bild sah?

Nun ja, jeder wurde erwachsen, aber zwischen dem Kind auf dem Bild und dem Mann, dessen Arme sie gerade verlassen hatte, lagen Welten.

»Was machst du denn hier?«

Sophies Kopf fuhr schuldbewusst herum, als sie Luciens mühsam beherrschte Stimme vom Eingang her vernahm. Sie war so in ihre Gedanken versunken gewesen, dass sie ihn nicht hatte kommen hören oder gemerkt hätte, dass er in der Tür stand und sie beobachtete.

»Ich, ich wollte nur …« Sie war ziemlich nervös und sich durchaus bewusst, dass sie umso schuldiger klang, je mehr sie stotterte.

»Du wolltest was, Sophie?«

Diesen Ton hatte sie noch nie bei ihm gehört. Ausdrucksslos und umso gefährlicher.

Sophie blickte hinunter auf das Bild, das sie noch immer in Händen hielt, und stellte es vorsichtig zurück auf den Schreibtisch. Okay, sie befand sich in seinem Büro. Das war nicht das Verbrechen des Jahrhunderts, er hatte sie nicht ausdrücklich gebeten, diesen Raum nicht zu betreten, und sie hatte eigentlich nicht herumgeschnüffelt. Die Fotografie war eindeutig das auffälligste Stück im Büro, die Strenge des Raums lenkte den Blick geradezu auf das Bild. Es war nur natürlich, dass sie es entdeckt hatte. Sophie straffte die Schultern und begegnete Luciens Blick.

»Die Tür stand offen. Mir war nicht klar, dass das Zimmer anscheinend tabu ist.«

Luciens undurchdringlicher Blick fiel auf den Bilderrahmen und wanderte dann langsam zu Sophie zurück.

»Es ist eine wunderschöne Aufnahme«, sagte sie leise und wartete auf seine Reaktion. Obwohl er offensichtlich ziemlich geübt darin war, seine Gefühle zu verbergen, konnte Lucien nicht verhindern, dass die Ader an seinem angespannten Kiefer sichtbar pochte. Er schluckte schwer. Einige Sekunden vergingen, dann begann er zu sprechen.

»Ja.« Er durchquerte das Zimmer und trat ans Fenster, Sophie sah sein Profil, während er auf den Fjord hinausblickte. »Es wäre mir lieber, wenn du das Zimmer künftig nicht mehr betrittst.«

Es war eine klare und direkte Zurückweisung, und Sophie empfand große Enttäuschung darüber. Gestern Abend im Whirlpool hatte er dieselbe Taktik angewandt, jede Frage, die über das Hier und Jetzt hinausging, würgte er sofort ab.

»Ist das deine Mutter?«

Sie sah, wie sich seine Halsmuskeln bewegten, aber sein Blick blieb auf die Aussicht gerichtet.

»Ja.«

»Sie ist umwerfend.«

Lucien nickte bedächtig. »Das war sie.«

Sophie sog die Luft ein. »Das tut mir leid.«

»Warum?«

»Offensichtlich ...« Sophie betrachtete nun das Bild mit anderen Augen, dann sah sie wieder hinüber zu Luciens trügerisch starrem Profil. »Du musst sie vermissen.«

»Muss ich?«

Sophie runzelte die Stirn, denn sie spürte, dass er die Unterhaltung absichtlich so schwierig wie möglich gestaltete.

Er wandte sich zu ihr um. »Hör zu, ich muss ein paar Anrufe erledigen, Sophie. Macht es dir etwas aus ...?« Sein Blick richtete sich auf die Tür.

»Warum tust du das?«, fragte Sophie und machte keine Anstalten, sich aus dem Sessel zu erheben.

Lucien seufzte vernehmlich. »Was?«

»Das Thema wechseln, wann immer ich dich etwas Persönliches frage.«

Er zuckte die Achseln und verdrehte die Augen, eine bewusste Demonstration von Lässigkeit, von der Sophie sich nicht eine Sekunde täuschen ließ.

»Das tue ich nicht. Es gibt nur einfach nichts darüber zu sagen.«

»Aber du hast doch bestimmt Familie hier in Norwegen?«

Er spannte wieder die Kiefermuskeln an, und seine Nasenflügel blähten sich leicht. Sophie wusste, dass sie ihn bedrängte, aber sie würde nicht aufhören. Er wusste momentan wesentlich mehr über sie als sie über ihn, und sie wollte die Waage wieder ins Gleichgewicht bringen.

Er zuckte nur mit den Schultern. »Ein bisschen.«

»Brüder. Schwestern?«

»Wozu ist das wichtig?«

»Weil es wichtig ist, Lucien. Du mischst dich in meine Ehe ein. Da darf ich doch wohl auch ein paar Fragen stellen, oder?«

Sein Blick verfinsterte sich, als er über eine Antwort nachdachte. »Gut.« Er verschränkte abwehrend die Arme vor der Brust. »Keine Brüder. Keine Schwestern. Meine Mutter ist tot. Noch was?«

Sophie widerstrebte die Art, wie er die Worte gefühllos herunterleierte.

»Es tut mir leid«, murmelte sie noch einmal.

»Muss es nicht. Es ist lange her, und ich bin ein großer Junge. Ich kann auf mich selbst aufpassen.«

Das bezweifelte sie nicht. Dennoch hielt sie etwas auf dem Sessel fest, obwohl er deutlich gemacht hatte, dass er sie nicht in seinem Büro haben wolle und dass dieses Gespräch beendet sei.

»Und dein Vater?«

Luciens Augen verengten sich, und Sophie bemerkte, wie er die Finger in seine Oberarme grub.

»Es reicht, Sophie.«

Ach, das war es also. »Ist er hier in Norwegen?«

Lucien stützte sich mit beiden Händen auf den Schreibtisch und sah sie mit hartem, unerbittlichem Blick an. »Ich habe gesagt, es reicht.«

Sophie erhob sich und hielt seinem Blick über den riesigen Schreibtisch hinweg stand. Er atmete viel zu schnell, und seine Augen funkelten wütend, obwohl sein Ton ausdruckslos blieb.

»Wenn es dir hilft, können wir darüber reden«, sagte Sophie leise. Sie spürte, dass sie um ein Thema herumtanzten, das den Kern von Luciens Seele berührte.

Er lachte barsch. »Und auf einmal ist sie Psychiaterin. Das ist ein großer Schritt von der Assistentin, Prinzessin.«

Sophie zuckte innerlich zusammen, sie fand es schrecklich, dass er ihren Kosenamen, der bislang so zärtlich geklungen hatte, so sarkastisch aussprach. »Ich habe nur versucht zu he...«

»Ich brauche deine verdammte Hilfe nicht«, schnitt Lucien ihr das Wort ab und brachte sie zum Schweigen. Sie starrten einander über den Schreibtisch hinweg an.

»Aber du meinst, ich würde deine brauchen«, sagte sie.

»Das ist etwas anderes, und das weißt du verdammt gut.«

»Ach, ist es das?« Sie beugte sich zu ihm. »Warum? Weil du es sagst?«

»Ja, verdammt.« Lucien schlug zur Bekräftigung auf den Schreibtisch. »Und weil du meine Hilfe gebraucht hast und ich deine oder die von irgendjemand anderem nicht brauche.«

Sein Blick bohrte sich brennend in ihren, und seine geballten Fäuste sagten ihr, dass er ganz genauso angespannt war wie sie.

»Er ist tot, Sophie, okay? Es ist alles viel zu lange her, um noch eine Rolle zu spielen, und es geht niemanden außer mir etwas an, aber nur, damit du es weißt, mein Vater ist tot. Bist du jetzt glücklich?«

Angespannt suchte Sophie in Luciens Gesicht nach irgendeinem Gefühl außer Aufgebrachtheit, aber sie fand nichts. Sie wusste nicht, was dahintersteckte, aber etwas war diesem Mann zugestoßen. Irgendetwas Schreckliches war geschehen, und er hatte diesen eisernen Ring der Selbstbeherrschung um sein ganzes Wesen gelegt.

Sie blickte ein letztes Mal hinunter auf das Foto, dann wieder zu dem Mann hoch, der das lachende Kind gewesen war.

»Nein, ich bin weit davon entfernt, glücklich zu sein, Lucien«, murmelte sie. »Ich lasse dich jetzt deine Anrufe erledigen.« Sie wandte sich zur Tür, um den Raum zu verlassen.

Bevor sie die Tür erreichte, war er jedoch bei ihr. Er stieß ihren Körper mit seinem eigenen gegen die Wand und umfing ihr Gesicht mit beiden Händen. »Es tut mir leid, Prinzessin. Es tut mir leid.«

Sophie schloss die Augen, in denen Tränen brannten, und umarmte ihn. Sie wünschte, ihre Berührung könnte die eiserne Anspannung um seine Schultern lösen und die Traurigkeit aus seinen Augen vertreiben. Sie hatte ihm schwer zugesetzt, um mehr über ihn zu erfahren, und hatte nur Erinnerungen heraufbeschworen, über die zu sprechen ihn schmerzte.

Sie beruhigte seinen rauen Atem mit zärtlichen Händen und strich ihm über die seidigen Haare, bis er schließlich den Kopf hob und sie küsste. Er strich sanft und langsam mit seinen Lippen über ihre und linderte den Schmerz seiner harschen Worte.

»Mir tut es auch leid«, flüsterte sie an seinem Mund und öffnete ihre Lippen, um seine Zunge zu empfangen. Sie spürte deutlich seinen Herzschlag an ihrer Brust und seine Erektion an ihrem Bauch. Zittrige Finger zogen an der Kleidung auf der Suche nach Trost und Wärme nackter Haut, und sie lösten die Spannung auf die einzige Weise, die sie kannten – ineinander verschlungen auf dem Boden von Luciens Büro.

29

Nach dem Mittagessen schenkte Lucien Sophie noch einmal Wein nach, dann schob er seinen Stuhl zurück. Das Essen, das seine Haushälterin für sie zubereitet hatte, war köstlich gewesen, doch nach den Turbulenzen des Vormittags waren beide etwas gedämpfter Stimmung.

»Ich muss heute Nachmittag eine Weile weg.«

Sophie nickte, seltsamerweise erleichterte sie die Aussicht, ein bisschen Zeit für sich allein zu haben. Jeder Augenblick mit Lucien forderte sie zu hundert Prozent, und die Erlebnisse des heutigen Tages hatten sie aufgewühlt und verletzlich gemacht. Ihr Körper schmerzte, und ihr Herz schmerzte noch mehr.

Sie brauchte ein warmes Bad, um ihre Muskeln zu beruhigen, und etwas Zeit, um nachzudenken. In weniger als vierundzwanzig Stunden würde sie wieder in London bei Dan sein und bislang hatte sie keine Ahnung, was um alles in der Welt sie dann tun würde. Sie hatte das Gefühl, dass die nächsten paar Stunden eine Art Galgenfrist sein würden.

Lucien lehnte die Stirn an die kühle Seitenscheibe des Wagens und starrte auf das schlichte rote Backsteingebäude des Universitätskrankenhauses. Eigentlich hatte er heute Nachmittag nicht herkommen wollen, war jedoch instinktiv in die Auffahrt eingebogen anstatt daran vorbeizufahren. Er hatte nicht vor hineinzugehen. Er schloss die Finger um den Brief in seiner Jackentasche, ohne zu merken, dass er ihn zerknüllte und dadurch unleserlich machte. Er wusste ohnehin, was darinstand.

Sein alter Herr war wieder einmal wegen seiner Alkoholabhängigkeit eingeliefert worden, nur dass es diesmal sehr unwahrscheinlich war, dass er wieder herauskäme. Seit seine Frau sich das Leben genommen hatte, glich er einem wandelnden Toten. Es überraschte Lucien, dass er überhaupt so lange durchgehalten hatte. Er empfand nichts als Abscheu und Hass, und das würde einem sterbenden Mann wenig nutzen.

Sollte der Geistliche seinem Vater zuhören, wenn er um Vergebung bat. Sollte ihn die kalte Hand eines Fremden trösten. Lucien hatte ihm nichts zu geben.

Er betrachtete das Gebäude und fragte sich, hinter welchem Fenster sein Vater lag. Wie sah er heute aus? Nach dem Tod seiner Mutter hatte Lucien jede Verbindung zu ihm abgebrochen und war lieber bei Verwandten geblieben, die seine Gegenwart mehr oder weniger ertrugen, statt bei einem jämmerlichen Vater, der seinen Sohn täglich um Verständnis anflehte.

Doch wo immer Lucien hingegangen war, hatten ihn seine Briefe erreicht. Sein Vater hatte ihn um die ganze Welt verfolgt und ihm alle paar Monate geschrieben, auch wenn er nie eine Bestätigung erhielt, dass die Briefe seinen Sohn erreichten.

Lucien wollte sie nicht lesen, und viele Jahre lang hatte er das auch nicht getan. Er warf sie ungeöffnet zu den anderen in einen alten Karton und wusste nicht, weshalb er sie nicht einfach in den Kamin warf.

Als die Jahre vergingen und die Briefe weiterhin eintrafen,

war Luciens Schutzpanzer fest genug, dass er sie öffnen konnte, ohne von der Wut vernichtet zu werden. Er war kein verängstigtes Kind mehr.

Die Briefe berichteten ihm Neuigkeiten aus seiner Heimat, vom Tod von Familienangehörigen und der Geburt von Kindern, die mit ihm verwandt waren.

Mit jedem Brief weckten diese Einblicke in das Leben am Polarkreis aufs Neue Luciens Liebe zu seinem Heimatland. Er empfand starkes Heimweh und sehnte sich danach, wieder auf dem Rücken in seiner Lichtung zu liegen und noch einmal dem tanzenden Himmel zuzusehen.

Und so frischte Lucien die Beziehung zu Norwegen auf und schloss Frieden mit dem wunderschönen kalten Königreich, das bittersüße Erinnerungen für ihn bereithielt. Dass er als erfolgreicher Mann nach Tromso zurückkam, besänftigte ihn. Er war zu seinem Ausgangspunkt zurückgekehrt, und nachdem er jahrelang weggelaufen war, bot Norwegen ihm einen sicheren Hafen und die Ruhe, die er in seinem Londoner Leben nicht hatte.

Dennoch hatte er noch immer keinen Kontakt zu seinem Vater aufgenommen.

Er konnte nicht. Schließlich war dieser für den Tod seiner Mutter verantwortlich, daran änderte sich nichts, auch wenn man es noch so sehr hin- und herwendete.

Lucien warf den zusammengeknüllten Brief auf den Beifahrersitz und legte den Rückwärtsgang ein. Auf der offenen Straße drückte er das Gaspedal durch. Er war angewidert von sich selbst, dass er überhaupt zum Krankenhaus gefahren war. Er wollte woanders sein.

Sophie aalte sich in den dampfenden Strudeln und schloss die Augen. Wenn sie die Zeit hätte anhalten können, würde sie genau jetzt den Knopf drücken. Lucien hatte sie in dieses Märchenland mit dem magischen Himmel und fulminantem Sex entführt, aber morgen würde das Abenteuer mit einem Schlag vorbei sein. Zuhause in London erwarteten sie ein grauer Himmel und ein großer Ehekrach, und die Vorstellung, Dan wiederzusehen, verursachte einen Knoten in ihrem Magen.

Ihr ganzes Erwachsenenleben hatte sich um Dan gedreht, er war die einzige Liebe, die sie je gehabt hatte. *Doch liebte sie ihn noch immer?* Sie bewegte die Frage in ihrem Kopf hin und her. Bevor sie Lucien Knight begegnet war, hätte sie sofort mit ja geantwortet, aber entsprach das der Wahrheit? Dan zu lieben war eine Gewohnheit für sie gewesen, aber die Woche mit Lucien hatte sie gezwungen, eine Ehrlichkeitspille zu schlucken, was ihre Gefühle anging.

Sophie griff nach dem dunklen Glas mit Shiraz, das auf dem Badewannenrand stand, und nahm einen großen Schluck. Der Wein wärmte sie und verlieh ihr Mut genug, um ihre längst überfällige persönliche Therapiestunde fortzusetzen.

Es war wirklich seltsam, sich zurückzulehnen und die nackten Tatsachen zu betrachten. Sophie ahnte seit Monaten, dass Dan jemand anderen traf, aber statt es sich gegenüber einzugestehen, hatte sie die zunehmend deutlichen Anzeichen ignoriert. Es war gefährlich einfach gewesen, seine Ausreden als plausibel hinzunehmen, anstatt der Wahrheit mit allen damit verbundenen Unannehmlichkeiten ins Auge zu sehen.

Wusste er, dass sie es wusste? Nahm er ihre Zurückhaltung als stillschweigende Zustimmung? Heiße Scham strömte in ihre Wangen, heißer als das dampfende Badewasser. Wie gering war seine Meinung von ihr, wenn das der Fall war!

Tief im Inneren wusste sie, weshalb sie geschwiegen hatte. Es war wirklich einfach.

Sie wollte, dass er sich für sie entschied.

Dann war Lucien Knight auf der Bildfläche erschienen, und nach einem Blick von ihm hatte Sophie aufgehört zu warten. Nach einer Berührung war es ihr wie Scheuklappen von den Augen gefallen.

Lucien hatte sie daran erinnert, was es für ein Gefühl war, begehrt zu werden, und wie sehr ihr das gefehlt hatte.

Erinnerungen an Dan kamen ihr in den Sinn, und sie ließ es zu. Erinnerungen an die Zeit, als er ihr das Gefühl gegeben hatte, dass er sie begehrte.

Mit sechzehn, als sie lachend auf seiner Fahrradstange gesessen hatte, während er sie den ganzen Weg von der Schule nach Hause gefahren hatte. Mit achtzehn, als seine Haare zu lang gewesen waren und er mit seinem strahlenden Lächeln ihr Herz erhellt hatte. Und an ihrem einundzwanzigsten Geburtstag, als er auf dem Spaziergang durch den Park im feuchten Laub nervös vor ihr niedergekniet war.

Tränen flossen unter ihren geschlossenen Lidern hervor. Tränen um Dan und um ihre Liebe, die sie einst für so stark und unzerstörbar gehalten hatte.

Lucien steckte die Hände in die Taschen und drückte das Kinn in den Jackenkragen. Der Friedhof entsprach in seiner Düsternis seiner Stimmung, und es gab noch nicht einmal

Blumen, die den grauen Grabstein mit dem Namen seiner Mutter ein wenig aufgehellt hätten.

Wäre sie stolz auf den Mann, der aus ihm geworden war? Hätte er denselben Weg gewählt, wenn sie nicht gestorben wäre? Er wusste es nicht und konnte niemanden fragen. Inzwischen hatte er mehr Jahre ohne sie als mit ihr gelebt, und seine Erinnerungen an sie waren von kindlichen Bildern beherrscht – von abgewischten Tränen und Gutenachtküssen, von wunden Knien und verschneiten Weihnachtsmorgen. Er hatte sich nicht bewusst entschieden, sein Herz zu verschließen und mit seiner Mutter zu begraben, doch irgendwie war genau das passiert. Er hatte vor all den Jahren an diesem Grab gestanden, ein Junge, kaum ein Teenager, und war plötzlich allein und ohne Liebe gewesen. Seither hatte niemand das Eis um sein Herz schmelzen können, obwohl es viele versucht hatten.

Er war ein attraktiver, rebellischer Erwachsener geworden, eine Zumutung für jeden und umso begehrter bei den Mädchen, von denen es viele in seiner Vergangenheit gegeben hatte.

Lucien streckte die Hand aus und legte sie auf den kalten, harten Stein. Er sah ihr Gesicht jetzt nur noch undeutlich vor sich; es war mehr ein Gefühl als ein Bild. Die Erinnerung an sie hatte ihm beim Erwachsenwerden Sicherheit gegeben. Sie war der einzige Mensch gewesen, der ihn angesehen und verstanden hatte.

Er rieb sich mit den Händen über das Gesicht. Er war hergekommen, weil er mit jemandem reden musste und es niemand anderen gab, der ihm zuhörte.

Was machte er mit Sophie Black? Warum versuchte er, sie

zu retten? Für wen zum Teufel hielt er sich: einen Ritter? Und wenn das so war, warum hatte er dann zunehmend das Gefühl, dass sie vielmehr ihn rettete?

Ohne es überhaupt beabsichtigt zu haben, hatte Sophie ihn auf eine Weise berührt, wie es keine der schicken, leidenschaftlichen Frauen geschafft hatte, die vor ihr sein Leben und sein Bett geteilt hatten. Sophies Zärtlichkeit und ihr Mut beeindruckten ihn über alle Maßen, und mit ihr in den Armen aufzuwachen schien sein stetes Bedürfnis nach Kampf und Auseinandersetzung zu lindern.

In stillem Gedenken schloss er kurz die Augen, dann wandte er sich um und ging.

30

Nachdem sie sich ausgeweint hatte, beschloss Sophie, die verbleibenden Stunden so gut wie möglich zu genießen. Sie kehrte in Luciens Schlafzimmer zurück und bemerkte die Nachricht, die er auf dem Nachttisch hinterlassen hatte.

»Ich habe das Saunarium für dich angestellt. Probier es aus, ich glaube, es wird dir gefallen.«

Mit dem Zettel in der Hand ging sie ins Bad. Saunarium? War das dasselbe wie eine Sauna? Sie hatte gestern die Holztür im Bad bemerkt, aber als sie hineingespäht hatte, war der stufenförmig angelegte holzverkleidete Raum kühl und trocken gewesen.

Jetzt war es nicht mehr kühl hier drin.

Sophie blickte hinunter auf das weiße Frotteehandtuch, das sie um ihren Körper geschlungen hatte. Die Aussicht auf eine ganz private Spa-Sitzung war zu verlockend, das konnte sie sich nicht entgehen lassen. Sie nahm sich ein Glas kaltes Wasser und trat ein. Sofort spürte sie die heiße Luft und war dankbar, dass sie aufgrund der ausgewogenen Mischung aus Hitze und Feuchtigkeit leicht atmen konnte. Ein Saunarium war also ein Zwischending zwischen einer Sauna und einem Dampfbad. Sie konnte Lucien vertrauen, dass er das Beste aus beiden Welten besaß.

Sophie atmete durch die Nase ein und durch den Mund wieder aus, dann ließ sie sich auf der unteren Bank gegenüber der Tür nieder. Ihr ganzer Körper war von Hitze durchdrungen, als würde die Sonne ihre Haut küssen. Von der

Decke leuchtete gedämpftes Licht und verwandelte den Raum in einen wundervollen Kokon.

Als sie sich zurücklehnte, um sich zu entspannen, kam Sophie ein genussvolles Seufzen über die Lippen. Ihr tränenreiches Bad hatte sich in mehrfacher Hinsicht als reinigend erwiesen. Sie hatte geweint, weil sie enttäuscht über den Betrug in ihrer Ehe war und darüber, dass ihre Liebe zu Dan nicht ewig fortdauerte. Schließlich hatte sie ihre rosa Brille abgenommen, morgen würde sie ihr Leben beim Schopf packen und anständig durchschütteln. Sie hatte keine Ahnung, wohin die Einzelteile fallen würden, aber sie weigerte sich, sich von der Angst des Ungewissen einschüchtern zu lassen.

Hatte diese Woche nicht bewiesen, dass das Leben größer und besser sein konnte als sie es sich je vorgestellt hatte? Dieses märchenhafte Intermezzo mit Lucien war nicht das reale Leben, aber sie würde lügen und täte ihm unrecht, wenn sie leugnete, dass jede Minute mit ihm atemberaubend gewesen war.

Sie hatte allerdings keine Ahnung, wie sie nach dieser Woche weiter für ihn arbeiten sollte. Er war zweifellos der charismatischste, fantastischste Mann, dem sie je begegnet war, der Traum jeder Frau, aber das Leben mit ihm war ein permanentes Leben auf der Überholspur. Er machte sie atemlos und schwindelig, und er stellte Dinge mit ihrem Körper an, von denen sie nicht einmal geahnt hatte, dass es sie gab. Sie kannte ihn kaum, doch er schien sie in- und auswendig zu kennen.

Sie war aus der Wanne gestiegen und hatte wie eine Schlange ihre Haut abgestreift, sie hatte die alte Sophie hinter sich gelassen. Die Frau, die sie aus dem beschlagenen Spiegel anblickte, war eine andere, sie besaß strahlende Augen und war bereit, ihr Leben in die Hand zu nehmen.

Während sie sich auf der Bank des Saunariums entspannte, atmete Sophie tief ein. Ihr war durch und durch warm. Heiß vielmehr. Sie öffnete die Augen und blickte hinunter auf ihr Handtuch, dann zur Tür. Sie war sich sicher, dass außer Lucien niemand hier hereinkommen würde, und dieser ging noch immer seinen mysteriösen Geschäften nach. Ihre Finger lösten das Handtuch unter ihren Armen, und mit einem letzten Blick zur Tür hin ließ sie es auf die Bank fallen.

Nun saß sie nackt in Luciens Saunarium.

Obwohl sie allein war, fühlte sie sich auf einmal entblößt, sie trank einen großen Schluck kalten Wassers und strich sich die feuchten Haare aus der Stirn.

Als sie die Augen schloss, stiegen automatisch Bilder aus dem Wald vor ihr auf. Ihre Handgelenke kribbelten immer noch von den Fesseln, und ihr Körper war empfindlich von dem Orgasmus. Sie blickte hinunter auf ihre feucht glänzende Haut und fragte sich, was sie wohl täte, wenn Lucien genau jetzt die Tür öffnete.

Würde sie nach dem Handtuch greifen, um sich zu bedecken, oder würde sie ihn zu sich einladen? *Einfach.* Bei dem Gedanken an ihn wich das Gefühl absoluter Entspannung langsam kribbelnder Erregung. Ja, sie konnte sich gut vorstellen, wie Lucien diesen Raum benutzte – groß, gebräunt und nackt. Ihre Hände glitten über ihre feuchten Arme und strichen leicht über ihre Brüste.

Sie schoss die Augen und massierte ihre warme Haut, auf der sich Schweißperlen gebildet hatten. Die Spitzen ihrer Brüste richteten sich unter ihren Daumen auf, und sie sah deutlich vor sich, wie Lucien heute Morgen im Wald an ihnen gesaugt hatte. Seufzend lehnte sie den Kopf an die obere Holzbank und gab sich der erotischen Erinnerung an Luciens Hände auf ihrem Körper hin. Sie dachte an sein leises anerkennendes Stöhnen, als er festgestellt hatte, dass sie seinem Befehl Folge geleistet und ihren Slip zu Hause gelassen hatte. An die Art, wie er ihre Lippen geleckt hatte, während er seine Hand in ihre Jeans schob und ihre Scham umfasste. Sie umfasste sie nun selbst und spiegelte sein Handeln, um das erwartungsvolle Pulsieren wieder zwischen ihren Beinen zu fühlen.

Sophie biss sich auf die Lippe und stöhnte leise, als sie ihre Finger zwischen ihre nassen Falten gleiten ließ, ein Bein anwinkelte und den Fuß auf die Bank stellte.

Sie war warm und offen und völlig versunken, während sie das morgendliche Erlebnis neben dem Wasserfall nachspielte. Er hatte sie gefesselt, jeder hätte es sehen können. Ihre Finger suchten ihre Klitoris, als sie sich daran erinnerte, wie Lucien vor ihr gekniet und seine Zunge in sie geschoben hatte. Er hatte sie hier geleckt. So hatte es sich angefühlt. Sophie bog den Rücken durch, während sie sich streichelte und ihre Finger ebenso unnachgiebig waren wie Luciens geschickte Zunge. Sie schloss fest die Augen, als sich die Gefühle intensivierten.

»Brauchst du Hilfe, Prinzessin?«

Vor Überraschung stieß sie einen Schrei aus, riss die Augen auf und löste die Finger von ihrem Körper. Sie war zu erregt gewesen, um zu bemerken, dass Lucien die Tür geöffnet hatte. Sie hätte sich schämen müssen – die alte Sophie hätte das sicher getan –, aber er war nackt und die lodernde Lust in seinen Augen sowie sein erregtes Glied, das sich aufrecht an seinen Bauch schmiegte, sagten ihr, dass sie sich nicht zu schämen brauchte.

Hatte sie ihn kraft ihrer Gedanken heraufbeschworen? Er trat ein und ließ sich zwischen ihren Beinen nieder.

»Mach weiter.«

Sie blickte hinunter in seine gefährlich funkelnden Augen, während er den Kopf auf ihren Schenkel legte. Seine goldfarbene Haut hob sich von ihrem hellen Teint ab. Er war dicht genug, um die Zunge herauszustrecken und sie zu lecken, doch das tat er nicht.

»Erzähl mir, woran du gerade gedacht hast.«

Sophie trank einen großen Schluck Wasser. Noch vor ein paar Tagen hätte sie sich anders verhalten, doch jetzt stellte sie sich seiner Kühnheit. Sie träufelte etwas von dem kühlen Wasser auf ihre erhitzte Haut, und sie beobachteten gemeinsam, wie die Tropfen zwischen ihren Brüsten hinunterrannen.

»Ich habe mich erinnert.« Sie ließ ihre Hand beiläufig zurück zwischen ihre Beine fallen.

Er küsste leidenschaftlich ihre Schenkel. »Hmm. Erzähl mir mehr.«

»Ich habe an heute Morgen im Wald gedacht.« Sie sah, wie er sich mit der Zunge über die Lippen strich, während sie sich mit ihren Fingern öffnete. Sie spürte seinen Atem an ihrer Klitoris.

»Woran genau?«

Sie streckte eine Fingerspitze aus und strich über seine volle, feuchte Unterlippe, dann berührte sie sich selbst. »Daran, wie du deine Hand in meine Jeans geschoben hast, um nachzusehen, ob ich einen Slip trage.«

Er hob zustimmend eine Braue. »Das hat mir auch gefallen.« Er küsste die Rückseite ihrer Finger. »Woran noch?«

Sophie bekam kaum Luft. Ihr war heiß, sie war nass und sie sehnte sich nach ihm. Sie bemühte sich, mit fester Stimme zu sprechen.

»Ich habe mich daran erinnert, wie sich deine Zunge auf mir angefühlt hat.« Während sie sprach, umkreiste sie mit den Fingern ihre Klitoris. »Ich habe mir vorgestellt, wie du mich leckst. Genau hier.«

»Hier?« Er folgte der Bewegung ihrer Finger ganz leicht mit seiner Zunge und ließ sie vor Lust erschaudern.

»Ich mag deinen Geschmack«, murmelte er. »Sprich weiter.«

Das war nicht so leicht, wenn sein Mund nur ein Flüstern entfernt von ihrer Scham war. »Ich habe daran denken müssen, wie dein wunderschöner fester Schwanz in mir war.« Er stöhnte. Seine lustvollen Lippen waren dicht neben ihr, und er zeigte ihr, wie sehr ihn ihre Worte erregten. Es war ein berauschendes Gefühl. »Daran, wie du mich heftig an diesem Baum genommen hast.«

Er verlor die Beherrschung und fasste anstelle ihrer Hände mit seinen zwischen ihre Beine, seine Finger spreizten ihre Schenkel, um sie zu öffnen. Seine Daumen glitten in sie, dann senkte er den Kopf und liebte sie mit dem Mund auf eine schockierend intime und atemberaubend erotische Weise. Sie wollte, dass es ewig fortdauerte, aber er hatte sie in Sekunden so weit. Atemlos vor berauschender Lust sah sie zu und spürte, wie er sie verwöhnte. Sein Blick traf den ihren, während er sie an seine Lippen presste und sie kam. Seine Augen funkelten gefährlich und dunkel und verhießen eine lange Nacht.

31

Sie kleideten sich fürs Abendessen an.

Lucien sah aus wie James Bonds attraktiverer Bruder – umwerfend und aus jeder Pore Sex verströmend. Sophie kam sich vor, als beträte sie ein Filmset und wäre unwissentlich als seine glückliche Auserwählte gecastet worden. Aber wie in allen guten Bond-Filmen blieb sie natürlich nur Luciens Herzensdame, bis das Abenteuer vorüber war.

Das Essen war göttlich, doch sie aßen nur wenig.

Als Sophie nach dem Wein griff, berührte sie sein Knie mit ihrem.

Luciens Finger strichen über ihre, als er sich seinerseits nachschenkte.

Als sie das goldgelbe Sumpfbeerenpüree probierte, das die perfekt angerichtete Panna cotta umfloss, hing sein Blick an ihren Lippen.

»Das ist köstlich.« Sie genoss die kühle, samtene Creme in ihrem Mund.

Lucien senkte den Kopf, um sein eigenes Dessert zu probieren. »Es fehlt etwas.« Er schob seinen Stuhl zurück und kam mit dem Dessertteller in der Hand um den Tisch herum zu ihr. »Was meinst du?« Er schob ihr einen kleinen Löffel Panna cotta in den Mund, den Blick weiterhin auf ihre Lippen gerichtet. Er war ganz Verführer, und erwartungsvolle Vorfreude lief Sophies Rückgrat hinunter.

Er lehnte sich gegen den Tisch, und sie legte bewusst beiläufig eine Hand auf sein Bein, während sie einen Bissen des fantastischen Desserts probierte.

»Mmmm, ich verstehe, was du meinst.«

Luciens Blick wanderte nach unten, um zu beobachten, wie ihre Hand seinen Schenkel hinaufglitt. In Sekunden zog er sie nach oben und an seinen Körper.

»Weißt du, ich glaube, es könnte etwas süßer sein«, sagte er und öffnete den Reißverschluss ihres Kleides.

Es fiel auf den Boden und ließ Sophie überaus erregt in Slip und schwarzen Wildlederpumps zurück. Luciens Blick glitt über ihren Körper, und er fuhr sich mit der Zungenspitze über die Lippen, dann setzte er Sophie auf den Tisch. Lucien öffnete die Knöpfe seines Hemdes, warf es kurz darauf zur Seite und kümmerte sich darum, dass sie sicher auf der Tischkante saß.

Der Tisch fühlte sich glatt und kühl unter ihrem Hinterteil an, vor allem, als Lucien sie kurz darauf von ihrem Slip befreite. Er trat dicht zwischen ihre Beine, sein Mund an ihrem.

»Du solltest dem Koch sagen, dass er etwas mehr Zucker hineintut«, sagte Sophie und massierte den festen Schaft in seiner Hose.

»Hm.« Lucien tauchte den Finger in den Nachtisch und strich ihn über Sophies Unterlippe. Sie streckte die Zungenspitze heraus, um ihn zu probieren, und traf dort auf seine Zunge, die bereits dasselbe tat. Er stützte sich mit den Armen links und rechts von ihr ab, während sie den Kopf in den Nacken legte, damit er sie ausgiebig küssen konnte.

»Der Geschmack ist schon etwas süßer«, murmelte er.

»Noch nicht genug, oder?«, fragte sie und ihr war klar, dass er ihr zustimmen würde.

Er schüttelte bedauernd den Kopf. »Noch nicht ganz.«

Sophie nickte, dann tauchte sie ihre Finger in die Panna cotta und strich damit über die festen Spitzen ihrer Brüste, bis sie den Alpen vor dem Fenster glichen. »So besser? Was meinst du?«

Er hob anerkennend eine Braue. »Lass mich probieren.«

Er leckte jede der Spitzen sauber, und bei der Verbindung seiner heißen Zunge mit dem kühlen Dessert auf ihrer Haut stöhnte Sophie vor Lust. Sein Glied wurde stahlhart unter ihrer Hand.

»Und?«, flüsterte sie, überwältigt von der unverhohlenen Lust in seinen Augen, als er sich aufrichtete.

»Das ist es beinahe.« Er griff hinter sie, und mit einer schnellen Bewegung fegte er das ganze Geschirr vom Tisch.

Alles bis auf seine Panna cotta.

Seine warmen Hände umfassten ihre Taille und schoben sie auf dem Tisch nach hinten, dann spreizte er weit ihre Beine. Sophie wusste genau, was er vorhatte, und ihr Körper zitterte erwartungsvoll. Sie biss sich in die Lippe, als er die Finger in das Dessert tauchte, und als er die kühle Creme zwischen ihren Beinen verteilte, zogen sich ihre Muskeln lustvoll zusammen. Es fühlte sich unendlich erotisch an. Er hielt kurz inne und bewunderte seine Arbeit: Eine dicke Schicht bedeckte ihre Scham auf die unzüchtigste Weise.

»Probier es.« Sie flehte ihn fast an, und das typische herablassende Lächeln erschien auf Luciens Lippen.

»Sag das noch mal.«

»Bitte, Lucien. Leck mich.«

Lucien ließ den Kopf sinken und strich mit der Zunge über ihr ganzes Geschlecht. Sophies Bauch zog sich zusammen, als sie zusah, wie er die Creme mit seiner Zunge von ihrem Körper leckte. »Besser?«

Er legte ihr eine Hand auf den Bauch. »Verdammt köstlich.«

Sein Daumen massierte die Creme nur einen Hauch entfernt von ihrer Klitoris in ihr Schambein, und als er schließlich den Kopf senkte und sie verschlang, wäre sie bei dem plötzlichen Wechsel von spielerisch zu ernst fast sofort gekommen. Seine Zunge und Lippen waren überall auf ihrem Geschlecht, saugten und leckten es sauber.

Sophie ließ sich zurück auf die kühle Tischplatte sinken und presste die Hände auf ihre geröteten Wangen, mit jedem Zungenstrich kam sie dem Höhepunkt näher. Lucien zog sie an den Rand des Tisches, öffnete seine Hosen, streifte ein Kondom über und drang in sie ein.

Sophie war heiß, nass und bereit, und er war himmlisch hart, schnell und schmutzig. Sie kam, kurz nachdem er in sie gestoßen hatte, und Lucien direkt danach. Es war zu intensiv, um es länger als nur einen kurzen Moment auszuhalten, aber es war der erotischste Augenblick in Sophies Leben.

Lucien warf ein Holzscheit ins Feuer und setzte sich dann mit dem Rücken ans Sofa gelehnt neben Sophie auf den Boden. Im bernsteinfarbenen Schein des Feuers strahlten ihre Kurven warm und golden, ein Bein hatte sie angewinkelt und sich mit dem Ellenbogen daraufgestützt, das andere war ausgestreckt, und ihre Zehen spielten mit dem Schaffellteppich. Sie hatte ihren Slip wieder angezogen und nach dem Abendessen sein halb aufgeknöpftes Hemd übergestreift – eine typische Verlegenheitsgeste, auch wenn sie sich auf dem Esstisch von ihm bis zur Besinnungslosigkeit hatte vögeln lassen.

»Alles okay?«, murmelte er und wickelte sich eine ihrer Haarsträhnen um die Finger. Sie trank einen großen Schluck Brandy, blickte in die tanzenden Flammen und nickte.

»Ich glaube schon.« Im Profil wirkten ihre Gesichtszüge melancholisch. »Es ist nur traurig, dass es jetzt zu Ende ist.«

Er war sich nicht sicher, ob sie ihre gemeinsame Zeit oder ihre Ehe meinte. Oder beides. Er massierte ihren Nacken.

Sie ließ den Kopf etwas nach vorn fallen, dann seufzte sie und ließ die Schultern kreisen.

»Ich wünschte nur, ich könnte die Pausetaste drücken. Ich habe Angst vor morgen.«

»Mir wäre die Rückspultaste lieber«, bemerkte Lucien und freute sich über das zarte Lächeln auf ihren Lippen. Dann blickte er auf die Uhr. Es war kurz nach zehn. »Wir müssen allerdings erst in ein paar Stunden aufbrechen, und ich habe nicht vor zu schlafen.«

Sie lehnte sich zurück und wandte sich ihm zu. »Danke, dass du mich hierher mitgenommen hast, Lucien.« Sie sah ihn ernst aus ihren großen Augen an und bekam rosa Apfelbäckchen. Alles an ihr wirkte anständig und gesund, was es umso erotischer machte, ihr über ihre Hemmungen hinwegzuhelfen. Geradezu berauschend.

Sie glühte, und er genoss es. »Du bist jederzeit willkommen, Ms Black.«

Schatten verfinsterten ihren strahlenden Blick. Sie wussten beide, dass sie nach heute Nacht nicht wieder hierher zurückkommen würde. Zwischen ihrer beider Leben lagen Welten, und sie hatten nur diese eine Woche für sich gehabt.

Doch das alles konnte bis morgen warten. Jetzt wollte er die Schatten vertreiben, und zwar schnell.

»Wir können uns die Nacht über unterhalten oder etwas anderes tun.« Er beugte sich vor und strich mit dem Finger über die nackte Haut im V-Ausschnitt des Hemds. »Ich persönlich finde ja, dass Reden deutlich überschätzt wird.«

Sie senkte die Lider, und von ihren vollen Lippen löste sich ein Seufzer. Sein Glied regte sich in seiner Jeans. Sophie Blacks unbewusste Mischung aus Unschuld und Sinnlichkeit war eine tödliche Kombination, die ihn fast jedes Mal hart werden ließ, wenn er sie ansah. Deshalb hatte er ihr die Stelle gegeben, und deshalb hatte er sie mit auf diese Reise genommen.

Der letzte Brief seines Vaters hatte ihn wie ein unsichtbarer Faden zurück nach Norwegen gezogen, aber mit Sophie an seiner Seite hatte sich die Reise von einer Pflichtveranstaltung in eine erwachsene Lustreise verwandelt.

Er beugte sich vor, und ihr Mund öffnete sich wie eine Blume, als er ihn mit seinem bedeckte. Sie schmeckte nach Honig mit einer Spur Brandy. Als er ihre Zunge auf seiner spürte, fuhr er mit den Händen in ihre Haare und zog sie näher zu sich, um ihren Mund weiter zu öffnen und tief von ihr zu trinken.

Aus ihrer Kehle löste sich ein leiser Seufzer, als sie den Kopf in den Nacken legte und sich von ihm führen ließ. Er konnte nicht anders, als seine Hand in sein – jetzt ihr – Hemd gleiten zu lassen und ihre weiche Brust zu umfassen.

Er begehrte sie so sehr. Ihre Brustspitze verwandelte sich sofort von einer samtweichen Blüte in eine feste Knospe, als er mit dem Daumen sanft darüberstrich, und sie belohnte ihn, indem sie kurz die Luft anhielt und ihren Rücken leicht durchbog. Ihr Körper war voll sinnlichen Verlangens, und er würde sich genug Zeit lassen, sie heute Nacht zu befriedigen.

Sophie spürte, wie ihre Brust in Luciens Hand anschwoll und jede Faser ihres Körpers auf seine Berührung reagierte. Er ließ sich Zeit, mit seiner Zunge ihren Mund zu erforschen, während er mit der anderen Hand ihren Kopf hielt. Sie konnte nur noch an das Hier und Jetzt denken. Im Hintergrund spielte leise Musik, deren Klänge undeutliche Bilder von zwielichtigen Pariser Bars in ihr heraufbeschworen.

Lucien öffnete die Knöpfe des Hemdes, und als er es ihr von den Schultern streifte, wand sie sich erwartungsvoll. Nackt bis auf ihren Slip schlang sie die Arme um ihn und schloss die Augen. Als er sie rittlings auf seinen Schoß zog, schmiegten sich ihre Brüste an seine nackte Brust, die warm vom Feuer war. Seine Hände glitten ihren Rücken hinauf, griffen in ihr Haar und zogen leicht ihren Kopf nach hinten, dann strich er mit geöffneten Lippen ihren Hals hinauf. Sophie spürte seine Erektion zwischen ihren Beinen, die nur Jeansstoff und Seide von ihrem Körper trennten.

Lucien ließ die Hände ihren Rücken hinunterwandern und legte sie ihr um das Gesäß, während sie ihrerseits seinen

Rücken erforschte und versuchte, sich jede Erhebung und jede Vertiefung in ihr Gedächtnis einzuprägen. Sie konnte ihn nicht sehen, aber sie wusste, dass der einsame Wolf unter ihren Händen döste, während sie über seine Schulterblätter strich.

Lucien hielt ihre Brüste in seinen Händen, dann neigte er sich zu ihnen hinunter und atmete tief ein.

Sophie bog sich ihm entgegen, begierig, seinen Mund überall auf ihrem Körper zu spüren. Sie fühlte seine Zunge auf ihren Brustspitzen, seinen rauen Bartschatten an der zarten Unterseite ihrer Brüste.

Sie griff ihm ins Haar, und als er wieder nach oben kam, um ihren Mund zu küssen, schwindelte ihr.

»Küsst du mich die ganze Nacht?« Sie knabberte an seiner Unterlippe.

»Wo?« Er kniff in ihre Brust. »Hier?« Er strich mit einem Finger über ihren Bauch. »Oder hier?« Er berührte federleicht den Rand ihres Slips.

»Oder willst du, dass ich dich hier küsse, Prinzessin?« Sie spürte seine Finger heiß an ihrer Scham, während er sie durch die dünne Seide rieb.

Ja, ja, und oh Himmel, ja. Sie wollte seinen Mund überall. Sie hob die Hüften, und er überraschte sie, indem er unter sie glitt und das Gesicht zwischen ihre Beine schob. Er wurde jetzt drängender, und sie spürte seine Zunge durch den Stoff.

Oh, er war so unglaublich gut.

Er zog ihren Slip zur Seite, und Sophie musste den Orgasmus zurückhalten, den sie bereits in ihrem Körper spürte. Sie wollte, dass es andauerte, der feste Strich seiner Zunge an ihrer Scham war mehr als erregend. Heiß, nass, und als er ihren Wunsch erfüllte und ihre Klitoris küsste, überwältigte seine Zärtlichkeit sie derart, dass sie nicht länger an sich halten konnte. Er küsste sie durch die langen wundervollen Erschütterungen hindurch, dann glitt er unter ihr hervor, setzte sich auf und zog sie an sich, sodass sie rücklings zwischen seinen Beinen saß.

Sie lehnte sich zurück an seine Brust, und er umschloss mit seinen Knien die ihren.

»Bist du jetzt etwas entspannter?« Sie spürte sein Lächeln an ihrem Ohr, als er die Arme um ihren Körper legte und ihre Brüste in seinen Händen hielt, eine entspannte Umarmung vertrauter Geliebter.

»Nur ein bisschen.« Sie lachte, ihr Herz schlug noch immer heftig. Sex mit Lucien war eine Mischung aus einem absolut romantischen Spielfilm und dem schmutzigsten Pornostreifen. Er war unglaublich zärtlich und obszön zugleich.

Sophie war noch nie einem so großzügigen Mann begegnet. Es schien ihm Lust zu bereiten, sie zu erregen, und sie spürte, wie sein noch immer hartes Glied gegen ihren unteren Rücken stieß. Sie griff hinter sich und legte eine Hand auf den Schritt seiner Hose. »Du wirkst allerdings auch noch nicht so ganz entspannt.«

»Du bist der Grund dafür.« Er legte ihre Haare über eine Schulter und küsste ihren Nacken. Nach der Woche, die sie miteinander verbracht hatten, wusste Sophie, dass das nicht nur leere Worte waren. Sie streifte ihren Slip ab, drehte sich zu ihm um, legte wieder ihre Hand auf seinen Schritt und küsste ihn. Er stöhnte leise und umfing ihr Gesicht mit beiden Händen, während sie die Knöpfe seiner Jeans öffnete. Darunter war er nackt, was sie nicht anders erwartet hatte, und seine feste Rute gierte nach Aufmerksamkeit, als sie von dem engen Stoff befreit war. Sophie schob die Jeans nach unten und umfasste ihn zwischen ihren Körpern. Er war so bereit, sie spürte, wie sich seine Brust an ihrer schwer hob und senkte.

»Himmel, Sophie …«

Sie küsste seine geschlossenen Lider und die zarte Haut hinter seinem Ohr, während sie seinen Schaft streichelte. Sein Körper schimmerte wie eine goldene Skulptur im Feuerschein. Wunderschön.

»Kondom?«, flüsterte sie, beschleunigte ihren Rhythmus etwas und genoss den fast leidend-lustvollen Ausdruck auf seinem Gesicht. »In meiner Jeans«, murmelte er, und sie griff hinter sich in seine Tasche. Er riss es auf und zog es sich über, dann hob er sie zurück auf seinen Schoß.

»Setz dich auf mich.«

Sophie lachte leise an seinem Mund. »Sag das noch einmal.« Er bewegte die Hüften und rieb mit dem Kopf seines Glieds über ihre Klitoris. »Setz dich auf mich.«

Sie stützte sich auf und schob sich Stück für Stück über ihn. Sie seufzte vor Lust und hielt ihn so tief in sich wie möglich. Sie waren miteinander verschmolzen, völlig eins.

»Nimm mich … Nimm mich«, sagte Lucien wiederholt mit konzentrierter Miene, während Sophie den langsamen Rhythmus ihrer Liebe vorgab. Als er den Kopf in den Nacken legte, küsste sie seinen Hals, und er leckte ihre Brüste, als sie ein Hohlkreuz machte.

Seine Hände umspannten ihre Taille, und sie spürte, dass er

versuchte, die Kontrolle zu behalten, als sie sich auf ihm bewegte. Lust verdunkelte seine blauen Augen, sein Kiefer war angespannt, doch er war eisenhart und entschlossen, diesen Augenblick für beide so lange wie möglich auszukosten. Es war wundervoll und überaus erotisch, und Sophie wusste, dass sie diesen Moment nie vergessen würde. Sie umfasste sein Gesicht, beschleunigte ihren Rhythmus und wusste genau, dass er sich jetzt nicht länger zurückhalten konnte. Seine Hände fuhren ihren Rücken hinauf, packten ihre Schultern und drückten sie nach unten auf seine zuckenden Hüften, als er mit einem heftigen Beben, das seinen gesamten Körper erfasste, zum Höhepunkt kam. Dabei betrachtete Sophie sein Gesicht. Er biss die Zähne zusammen, und als er die Augen aufschlug, sah sie eine Verletzlichkeit in seinem Blick, die so gar nicht zu dem selbstsicheren Sexgott passte, als der er sich der Welt normalerweise präsentierte.

Sie legte ihm die Hand auf die Wange, und er drehte den Kopf und küsste zärtlich ihr Handinneres. Dann schlang sie reflexartig die Arme um ihn und zog ihn an ihre Brust.

Bei all den Gefühlen, die Lucien Knight in den letzten Tagen in ihr ausgelöst hatte, hatte sie eines nicht erwartet, dass er ihren Beschützerinstinkt wecken würde.

Lucien atmete tief ein, während sein Orgasmus langsam abebbte. Sophie hatte die Rollen getauscht. Noch nie hatte er einen solchen Orgasmus erlebt wie eben mit ihr, und er hatte im Laufe der Jahre einige schöne und erfahrene Geliebte gehabt.

Sie war wie ein Schmetterling aus ihrem Kokon geschlüpft, jedoch strahlender und faszinierender, als er erwartet hatte. Sie hatte ihn mit ihrem Körper erregt, doch in ihren Armen hatte er wesentlich mehr als nur körperliche Erfüllung gefunden.

Als er heute Nachmittag auf dem kalten Friedhof gestanden hatte, war ihm die Welt öde erschienen, doch in Sophies nackten Körper versunken, mit der Wärme des Feuers auf ihrer Haut, schien ihm die Welt auf einmal nahezu vollkommen.

Kurz nach eins und irgendwo zwischen Wachen und Schlafen spürte er, dass sich Sophie unter ihm bewegte. Verschlungene Glieder. Verschränkte Finger. Feuchte Wangen. Wunde Herzen.

32

Als Luciens Jet sich zum Start bereitmachte, nahm Sophie in ihrem Ledersessel Platz. Der tiefschwarze Himmel um diese frühe Stunde entsprach ihrer Stimmung. Ihr Magen zog sich bedrohlich zusammen, in Gedanken war sie bereits Hunderte von Meilen voraus, in London, und spielte verschiedene Szenarien durch, wie der Tag verlaufen würde.

Wo würde sie am Abend sein?

Wenn sie doch nur die Uhr zurückstellen und die letzte Nacht immer wieder durchleben könnte. Lucien hatte ihr so oft den Atem geraubt, dass es ein Wunder war, dass sie überhaupt noch im Besitz ihrer Kräfte war. Am Esstisch war er wild und derb gewesen, später dann, als es sie danach verlangte, zärtlich. Sie hatte sich in seinen Händen wie ein wertvoller Kristall gefühlt.

Sie blickte auf, als er sich im Sitz neben ihr anschnallte.

»Bist du bereit?«, fragte er. Sie spürte bereits, wie sich der Abstand zwischen ihnen vergrößerte, je mehr die Realität in ihre Märchenwelt sickerte. Lucien klang etwas rau, und sein Blick wirkte distanziert.

Oder bildete sie sich das nur ein, und es waren ihre eigenen Empfindungen?

Mit jeder Minute fühlte sie sich mehr wie die alte Sophie, als glitte sie zurück in ihre alte, langweilige Hülle, nachdem sie eine Woche in strahlendem Prunk verbracht hatte.

»Bereit zum Start«, murmelte sie. *Was blieb ihr anderes üb-*

rig? Nein, ich bin noch nicht bereit? Nein, dreh um, ich will nicht nach Hause?

Ihre Vereinbarung galt für eine Woche. Die war nun vorbei, und es wurde Zeit, sich um die lästige Realität zu kümmern – um untreue Ehemänner und defekte Ehen.

Sophie schloss die Augen und schluckte den Kloß hinunter, der sich in ihrem Hals gebildet hatte, als das Flugzeug vom norwegischen Boden abhob. Sie hatte nie damit gerechnet, dieses Land überhaupt einmal kennenzulernen, und war nun, nach diesen wenigen Tagen völlig fasziniert davon. Die beeindruckende Landschaft, die hohen Berge und der geheimnisvolle Himmel hatten sich für immer in ihr Gedächtnis eingegraben, ebenso wie der große, schöne Wikinger an ihrer Seite.

Warme Finger umfassten ihre eigenen, die sie zusammengekrallt hatte, und sie öffnete die Augen.

»Mir geht's gut. Wirklich. Ich bin nur traurig, dass wir abreisen.«

Er nickte. »Es wird heute alles gut gehen, Sophie.«

»Wird es das?« Sie suchte seinen Blick und spürte Panik in sich aufsteigen. »Ich glaube nicht, dass ich der Konfrontation mit ihm gewachsen bin.«

»Es ist noch nicht zu spät, noch kann ich ihn erledigen«, sagte Lucien ausdruckslos, aber sein Blick war zärtlich und besorgt.

»Ich fühle mich so schuldig, Lucien.«

Lucien schüttelte den Kopf. »Dann sag mir eines: Wärst du jetzt mit mir hier, wenn er dich anständig behandelt hätte?«

Sophie blickte nach unten und betrachtete ihren Ehering.

Wäre sie? Hätte sie Lucien widerstehen können, wenn sie absolut glücklich mit Dan gewesen wäre? Sie würde gern mit ja antworten, aber sie war sich nicht ganz sicher. Es war eine schwierige Frage. Nach einer Woche in seiner Gesellschaft machte sie sich keine Illusionen über seine Anziehungskraft.

Er streckte die Hände aus, fasste sie an den Schultern und zwang sie, ihm in die Augen zu sehen. »Warum machst du dir moralische Vorwürfe, wenn er derjenige ist, der seit Monaten jemand anderen vögelt?«

Er hatte recht, doch hier ging es nicht nur um Dan. Es ging auch um sie. Es ging darum, wie sie ihr Leben zugrunde richtete.

»Lucien, wenn ich nach Hause komme, werde ich wahrscheinlich meinen Mann verlassen. Und nach allem, was passiert ist, kann ich nicht mehr für dich arbeiten. Heute Abend werde ich sehr wahrscheinlich Single sein, möglicherweise obdach- und arbeitslos.«

»Du bist nicht arbeitslos. Du hast eine Stelle.«

»Sei nicht albern.« Sie starrte ihn an. Wie konnte er nur annehmen, dass sie weiter als seine Assistentin arbeiten würde? »Ich kann doch nach all dem nicht mehr für dich arbeiten.«

»Warum nicht? Wir haben uns nicht angelogen oder uns falsche Versprechungen gemacht. Wir sind keine Kinder. Wir können Arbeit und Vergnügen voneinander trennen.«

Sophie zitterte. Oh ja. Er war tatsächlich so eiskalt wie das Land, das sie gerade verlassen hatten. Ganz analytisch, ganz frei von emotionalen Bindungen.

»Ich bin nicht wie du, Lucien. Ich kann mein Leben nicht

sauber in Arbeit und Sex aufteilen.« Sie zuckte die Achseln. »Ich bin wohl kein Mann.«

Irgendwie drangen ihre Worte durch das Eis. Sie sah es an seinen schmal gewordenen Augen und daran, wie er plötzlich den Kiefer anspannte.

»Wirf mich nicht mit deinem Mann in einen Topf, Sophie. Ja, ich mag Sex, aber ich bin aufrichtig bei dem, was und mit wem ich es mache. Ich verstecke mich nicht dabei und habe auch keinen Spaß daran, die Menschen zu verletzen, die ich vorgebe zu lieben.«

Hoppla! Was war das?

»Liebe«, wiederholte sie das Wort abwesend, als würde sie es zum ersten Mal hören. Sie hatte neuerdings das Gefühl, dass sie darüber sehr wenig wusste.

»Ja, Liebe. Diese Sache, die nichts als Elend und Herzschmerz verursacht, die Menschen fett werden lässt, weil sie zu viel Eiscreme essen, wenn es schiefgeht, oder sie dazu bringt, sich unvorteilhafte neue Haarschnitte machen zu lassen.«

Autsch. Jetzt war ihr Interesse geweckt. Was um alles in der Welt steckte dahinter?

»Warst du noch nie verliebt, Lucien? Hast du noch nie eine Person so begehrt, dass dein Herz toste, wenn du mit ihr zusammen warst, und jeder Knochen in deinem Körper sich nach ihr sehnte, wenn sie nicht da war?«

»Nein.«

»Das ist alles? Einfach nein?«

»Was hast du erwartet?« Er zuckte die Achseln und hob gleichmütig die Hände. »Eine traurige Geschichte über mein armes gebrochenes Herz? Tut mir leid, Prinzessin.«

Sophie zuckte verlegen mit den Schultern, sie wusste

nicht weiter. Wieder einmal hatte er es geschafft, seine zärtlichen Gefühle in Ironie umzukehren. »Ich weiß es nicht. Ich weiß es nicht. Ich …«

»Ich muss meine Gefühle nicht mit dem Wort Liebe etikettieren oder irgendeine Frau für die Dauer einer verdammten Riesenparty und einen bedeutungslosen Klunker an mich fesseln.« Er blickte auf ihren Ehering, woraufhin sie reflexartig ihre andere Hand darüberlegte. Seit Dan ihn ihr übergestreift hatte, hatte sie ihn nie mehr abgenommen. Wenn es ihr jetzt auch heuchlerisch erschien, hätte sie trotzdem das Gefühl, ein Stück von sich selbst aufzugeben, wenn sie ihn abnahm. Als würde man ihre gesamte Identität mit einem Skalpell von ihr abschaben.

»Sag das nicht.« Verteidigend berührte sie den goldenen Ring an ihrem Finger.

»Warum nicht? Weil die Wahrheit schmerzhaft ist?« Lucien verzog missbilligend den Mund. »Ich wette, dein Mann nimmt ihn ab, wenn er seine Geliebte vögelt.«

Seine Worte fühlten sich wie Faustschläge an. »Musst du so verletzend sein?«, schoss sie zurück.

»Ja. Ja, das muss ich. Denn wenn ich es nicht bin, gehst du zurück und hörst dir seine Plattitüden und Lügen an.«

»Aber ist das nicht meine eigene Sache? Warum interessiert es dich, was ich tue, Lucien?«

Lucien schlug wütend und verzweifelt auf seine Armlehne. »Was soll das jetzt, Sophie? Warum zweifelst du an allem, was du diese Woche gesagt und empfunden hast?«

Sophie seufzte schwer. »Weil wir hier über mein Leben reden, Lucien, und nicht über die Folge irgendeiner Reality-Soap. Ich muss mir zumindest seine Seite der Geschichte anhören.«

»Seine Seite der Geschichte?« Luciens Lachen klang nicht fröhlich. »Ist das die Szene, in der er auf die Knie fällt und du ihm vergibst?« Er blickte sie durchdringend an, und Sophie starrte wütend zurück. Er schluckte heftig. »Ich werde dir seine Seite der verdammten Geschichte zeigen.«

Er nahm seinen Laptop, klappte ihn auf und drehte den Bildschirm nach ein paar Handgriffen zu Sophie hin, die sich einer Reihe von Fotografien gegenüberfand. Sie kniff die Augen zusammen und versuchte, einen Sinn in den Bildern zu erkennen. Doch sie ergaben keinen Sinn. Nicht hier, nicht auf Luciens Laptop, nicht in Luciens Privatjet.

Ihr Mann mit seiner Geliebten an einem Flughafen.

Dan in einer Bar, wie er sich lachend über seine Geliebte beugt.

Dan auf einem Balkon, wo sich seine nackte Geliebte an ihn schmiegt.

Dan ohne seinen Ehering.

Sophie bekam keine Luft mehr, ihre Lungen schienen plötzlich zu eng zu sein.

Unfähig, den Blick vom Bildschirm zu lösen, hielt sie sich erschrocken die Wangen. Nach den Tagen mit Lucien hatte sie ihr Recht verwirkt, das Opfer zu spielen, dennoch zersprang ihr Herz in unzählige Stücke, als sie sah, wie Dan eine andere Frau im Arm hielt. Sophie wollte in den Bildschirm fassen und sein Lächeln berühren, seinen Kopf von der anderen Frau fortreißen und ihn zwingen, stattdessen sie anzusehen.

In diesen Armen hatte sie den Rest ihres Lebens verbringen wollen, und sein Kuss war der einzige, den sie je auf ihren Lippen gewollt hatte.

Tränen strömten über ihre Wangen, und ein heftiges

Schluchzen löste sich aus ihrer Kehle. Es war eine Sache, um Dans Affäre zu wissen, aber es war etwas ganz anderes, Bilder mit den beiden zu sehen, die sich für immer in ihre Netzhaut einbrannten. Sie ließ das Gesicht in die Hände sinken und weinte sich die Seele aus dem Leib.

Lucien klappte langsam den Laptop zu und stellte ihn zurück auf den Tisch neben sich. Sophie weinen zu sehen war unerträglich. Alles in ihm sehnte sich danach, sie in den Arm zu nehmen. »Sophie ... Es tut mir leid, Prinzessin.« Als er sie berührte, zuckte sie zusammen, und als sie den Kopf hob und ihn ansah, erschrak er zutiefst.

»Es tut dir leid? Was genau tut dir leid, Lucien? Dass du meinen Mann verfolgt hast, oder dass du meine Eheprobleme benutzt hast, um mich ins Bett zu bekommen? Herrgott, du musst mich für völlig naiv halten.« Sie stieß die Worte zwischen Tränen und Schluchzen hervor, aber die Wut half ihr, sich ganz gerade zu halten. »Du hast das geplant. Du wusstest, dass Dan mich betrügt, und du hast die Gelegenheit genutzt, dir etwas zu nehmen, das dir nicht gehört.«

Lucien mühte sich, Sophies Gedankengang zu folgen. Sie hatte alles völlig falsch verstanden.

»Sophie, nein ...« Er fasste nach ihren Händen, aber sie entzog sie ihm. »So war es nicht.«

»Wirklich? Denn ganz genau so sieht es aus meiner Sicht aus. Warum, Lucien?« Sie rieb sich wütend mit den Händen über die Wangen und verschmierte die zerlaufene Wimperntusche in ihrem Gesicht. »Spar dir die Antwort. Du bist kein Stück besser als Dan. Du bist sogar noch schlimmer, denn du tust so verdammt aufrichtig.« Sophie verzog die Lippen. »Ist das deine Masche? Lucien Knight, der ehrenwerte Wikinger, der Verführer, der Retter der betrogenen Herzen? Ist es das?« Sie ballte die Hände so fest zu Fäusten, dass ihre Knöchel weiß wurden. »Ist es das?«

»Ja. Weil ich ein wahrer Thor bin.« Luciens Versuch, witzig zu sein, fiel auf steinigen Boden. Er hielt inne und seufzte. »Ich wollte es nur besser für dich machen, Sophie.«

Ihr bitteres Lachen schallte durch die Kabine.

»Weißt du was? Ich brauchte dein beschissenes Märchen nicht. Du musstest mich nicht retten.«

Trostlosigkeit senkte sich auf seine Schultern wie die Hantel eines Gewichtshebers. Er konnte ihr nicht die Wahrheit sagen. Er konnte nicht sagen, dass etwas an ihrer zerbrechlichen, abwehrenden Art, als sie beim Vorstellungsgespräch über ihren Mann sprachen, bei ihm Alarmglocken ausgelöst hatte. Oder dass er aus purem Instinkt gehandelt hatte, als er die Anweisung erteilt hatte, Daniel Black zu überwachen. Er konnte ihr nicht sagen, dass er in der letzten Woche so viel mehr von ihr erhalten hatte, als er ihr selbst gegeben hatte, oder dass sie sein Leben genauso verändert hatte wie er das ihre.

So zuckte er stattdessen mit den Schultern und zog sich in seine gewohnt ungerührte Haltung zurück. »Es ist besser, dass du es weißt. Es ist das Beste, wenn du alle Karten in der Hand hältst.«

»Das Beste?« Sie sprang aus ihrem Sitz auf und wich vor ihm zurück. »Das Beste?« Mit bebender Stimme öffnete sie die Tür zum Schlafzimmer. »Verpiss dich, Lucien. Ich brauche keine Nachhilfe in Sachen Liebe von jemandem, der nichts darüber weiß.«

33

Sophie blickte starr aus dem Fenster, als Lucien seinen Wagen vor ihrem Haus parkte. Es wirkte irgendwie fremd und bedrohlich, nicht mehr wie der Hafen, der er einst gewesen war. Es war kurz vor zehn, und zum Glück schien die Straße am Sonntagmorgen auszuschlafen, die zugezogenen Vorhänge hielten das graue Morgenlicht davon ab, in die Zimmer einzudringen. Sophie war dankbar. Publikum war das Letzte, was sie jetzt brauchen konnte. Lucien fiel mit seinem Aston Martin in der Vorortsiedlung ohnehin auf wie ein Leuchtturm – zwischen den dicken Männern, die ihre Hunde ausführten, und den Familienkutschen in den Auffahrten.

Sie hatte keine Ahnung, was sie sagen sollte. Der letzte Teil des Heimflugs war schrecklich gewesen. Nachdem sie die Fotos von Dan und seiner Geliebten gesehen hatte, wäre Sophie am liebsten schreiend weggelaufen. Stattdessen war sie gefangen gewesen. Sie hatte zusammengekauert auf dem Bett gelegen und immer wieder die Ereignisse der letzten Woche Revue passieren lassen. Alles, was sie meinte über Lucien zu wissen, hatte sich als falsch erwiesen. Er hatte sie benutzt. Sie war für ihn eine leichte Beute gewesen, und das hatte er ausgenutzt.

»Sophie, es tut mir wirklich leid.« Luciens Stimme klang leise und voll Bedauern. »Dich zu verärgern war wirklich das Letzte, was ich wollte.«

Als sie seine leeren Phrasen hörte, schloss sie die Augen. Wie konnte er annehmen, dass diese Fotos etwas anderes gewesen waren, als sie zu verletzen? Doch es waren nicht nur die Bilder von Dan, die ihr wehtaten. Sie empfand zusätzlich heftigen Schmerz über Luciens Betrug. Sie war eine völlige Idiotin gewesen, dass sie sich von ihm hatte ins Bett locken lassen. Ihr letztes Stückchen Selbstachtung löste sich auf, als sie daran dachte, wie leicht sie sich hatte verleiten und auf was sie sich alles eingelassen hatte.

»Ich dachte, es würde dir helfen.«

»Mir helfen?«, wiederholte sie langsam und bewegte die Worte in ihrem Kopf. Sie ergaben keinen Sinn. »Bitte erklär mir – denn ich brenne darauf, es zu erfahren –, wie du meintest, mir zu helfen, indem du mir Bilder von meinem Mann mit seiner Geliebten zeigst, Lucien. Kannst du dir nicht vorstellen, dass es schon genug wehtut zu wissen, dass er eine andere trifft?«

Er seufzte schwer und rieb sich mit den Händen über das Gesicht. »Ich habe einen Fehler gemacht.«

»Nein, ich habe einen Fehler gemacht, und mir tut es leid.« Sophie hörte das Beben in ihrer Stimme, konnte es jedoch nicht abstellen. »Ich bedaure, dass ich dir überhaupt begegnet bin.« Sie schüttelte voller Abscheu den Kopf. »Als wäre es nicht schon schlimm genug, dass mein Mann eine Affäre hat. Jetzt habe ich den einzigen Vorteil verloren, den ich besaß. Ich bin kein Stück besser als er.«

Ein bitteres Lachen drang aus ihrer Brust. »Und weißt du, was es noch schlimmer macht, Lucien? Bei Dan sieht es zumindest so aus, als würde er etwas für die andere empfinden. Nach allem, was ich vermute, liebt er sie vielleicht sogar.« Ihre Stimme brach, und gegen ihren Willen liefen Tränen über ihre Wangen. »Was ich getan habe, ist viel schlimmer.

Ich habe mich aus Rache von einem kalten, berechnenden Fremden vögeln lassen.« Sie spie die Worte aus. »Ich habe mich selbst betrogen.«

Lucien sah sie mit betrübten Blicken an, seine braune Haut wirkte aschfahl. So hatte sie ihn noch nie gesehen.

»Du hast das nicht aus Rache getan, Sophie, du bist viel besser als ...«

»Erzähl du mir nicht, was ich bin, Lucien«, fiel sie ihm ins Wort. »Eigentlich weißt du nichts über mich, zumindest nichts, was wirklich wichtig ist. Ich habe es getan, um meinen Mann zu verletzen. Es hätte jeder sein können.«

»Das ist eine Lüge, und das weißt du«, erwiderte er ruhig.

»Nein, ist es nicht. Warum es beschönigen? Du hast in mir eine leicht Beute gesehen und ich in dir die Chance, mich zu revanchieren. Nicht mehr, nicht weniger.«

»Okay, Ms Black. Du hast deine Sicht der Dinge dargestellt. Jetzt bin ich dran.«

Sie schwieg, weil ihr keine andere Wahl blieb. Er hielt sie fest, und seine Hände fühlten sich an wie ein Schraubstock.

»Ob du es glaubst oder nicht, es tut mir wirklich leid, dass ich dir diese Bilder gezeigt habe, aber ich bedaure kein bisschen, dass ich Sex mit dir hatte. Du bist wunderschön, Sophie Black, und du brauchtest jemanden, der dich daran erinnert.«

Sophie begegnete schweigend seinem Blick. Vor Verzweiflung wirkten seine strahlend blauen Augen trübe, und sein ihr zugewandter Körper war hart wie Stein. Nur seine Daumen bewegten sich und strichen über den Puls an ihren Handgelenken.

»Am ersten Tag, als du in mein Büro gekommen bist, hast

du so traurig ausgesehen«, sagte er leise. »Ich wollte, dass das verschwindet.«

Sie wollte den Blick senken, aber seine Augen ließen sie nicht los. *Wie machte er das?* Es fiel ihm scheinbar so leicht, aufrichtig zu sein, aber nach heute Morgen wusste sie nicht mehr, ob er vielleicht nur ein verdammt guter Lügner war. Lucien hatte eine Art sie anzusehen, dass sie am liebsten wieder in seine Arme gesunken wäre, aber wollte er nicht genau das mit seinen klugen Worten erreichen? Sie einlullen und zum Narren halten?

»Nur zu deiner Information, du Held. Du hast nichts besser gemacht. Du hast alles nur zehnmal schlimmer gemacht.«

Sie sah, dass er zusammenzuckte, und versuchte, ihm ihre Hände zu entziehen, doch er hielt sie weiterhin fest.

»Willst du mir sagen, dass du all die Dinge, die wir getan haben, nicht gut gefunden hast? Ich weiß es besser.« Er beugte sich näher vor zu ihr, und Sophie spannte sich an.

Sie wollte ihn nicht so dicht bei sich haben.

Sie wollte ihn dicht bei sich haben.

»Ich weiß es, weil ich dir in die Augen gesehen habe, Sophie. Jedes Mal, wenn du gekommen bist. Und da war keine Traurigkeit mehr in ihnen.« Seine streichelnden Daumen machten sie verrückt. »Ich habe Freude darin gesehen und Schönheit. Und du hast gestrahlt.«

Seine Offenheit ließ ihre Wut abkühlen und machte sie wehrlos. Plötzlich fühlte sie sich unendlich müde, und ihr Herz schmerzte vor Trauer.

»Wie soll denn das hier ausgehen, Lucien?«

Er seufzte und schüttelte den Kopf. »Ich glaube, ich dachte, ich könnte dich glücklich vögeln.«

Das war mit das Verrückteste und zugleich das Süßeste, was Sophie je gehört hatte. Wie konnte jemand, der so unglaublich sexy und männlich war, nur so kindisch sein?

»Und was dann? Willst du vor mir auf die Knie sinken und mir deine Liebe gestehen?« Sophie sah, wie er die Zähne zusammenbiss und seine Augen flackerten. »Nein, vermutlich nicht. Lass mich raten. Ich soll nach Hause gehen und Dan die Meinung sagen, während du weiterziehst, um die nächste verschmähte Ehefrau zu retten.« An Luciens angespanntem Kiefer pochte eine Ader. »Soll ich Montag zur Arbeit erscheinen, als wäre nichts gewesen?«

Sie blickte aus dem Fenster auf den prasselnden Regen. Er hatte dieses Märchen wirklich nicht richtig durchdacht. In allen Geschichten, die sie als Kind geliebt hatte, hatte der Ritter die Prinzessin nie gerettet, um sie dann dem bösen Prinzen zu überlassen.

Als sie sich ihm wieder zuwandte, öffnete er den Mund, um etwas zu erwidern, schien dann jedoch seine Meinung zu ändern und schüttelte bloß mit einem resignierten Schulterzucken den Kopf. Auch gut. Es gab nichts, das er ihr zur Wiedergutmachung anbieten konnte.

»Werde erwachsen, Lucien. So ist das Leben nicht.«

Lucien versuchte nicht, Sophies Hände festzuhalten, als sie sie ihm entzog und die Tür öffnete. Er stieg ebenfalls aus dem Wagen. Kalter Nieselregen schlug ihm entgegen, als er ihre Tasche aus dem Kofferraum holte.

Er sah, wie Sophies Blick an der Haustür hängen blieb. Offensichtlich wollte sie nur von ihm fort. Er konnte es ihr nicht verübeln. Ihre Wangen waren blass und ihr Blick so traurig, dass es ihn schmerzte, sie anzusehen.

»Darf ich dich später anrufen?« Ohne große Hoffnung streckte er die Hand aus und berührte den Ärmel ihres kirschroten Mantels.

Sie schüttelte den Kopf und wischte sich mit dem Handrücken über die Augen.

»Komm morgen zur Arbeit«, versuchte er es noch einmal und konnte eine gewisse Dringlichkeit in seiner Stimme nicht unterdrücken. Er musste sie bald wiedersehen, nur um zu wissen, dass sie es geschafft hatte, was auch immer ihr jetzt mit Dan bevorstand.

»Ich kann nicht, Lucien«, flüsterte sie. »Das weißt du.«

Er strich mit den Fingern über ihre Wange, die nass von ihren Tränen und dem Regen war.

»Ich will dich nicht so verlassen.«

»Du verlässt mich nicht.« Ihre Stimme klang fester, sie nahm ihm die Tasche ab und trat zurück. »Ich verlasse dich.«

Lucien raufte sich die Haare und sah zu, wie sie ging.

Er hatte es versaut.

Was zum Teufel hatte er sich nur gedacht?

Er hätte ihr nie diese Fotos zeigen dürfen. Er würde alles geben, um die letzten Stunden ungeschehen zu machen. Der Schmerz in Sophies Augen, als er sie so schonungslos mit der Wahrheit konfrontiert hatte, hatte ihm schier das Herz gebrochen.

Jetzt wusste er, wie seine Mutter ausgesehen haben musste, als sie seinen Vater mit der Sekretärin überrascht hatte. Als er gesehen hatte, wie Sophie zusammengebrochen war, hatte er sich elend gefühlt.

Lucien seufzte schwer, als er zu der fest geschlossenen Tür blickte. Sophie war in ihre Welt zurückgekehrt.

Als er wieder auf den Fahrersitz stieg, schlug er fest mit den Fäusten auf das Lenkrad. Er wollte sie gestärkt in die Auseinandersetzung mit ihrem Mann schicken, damit sie den verdammt schlauen Kerl in Stücke reißen konnte, aber seine Schocktherapie war nach hinten losgegangen. Sie war nicht gestärkt. Sophie war geschlagen und gebrochen, bevor sie überhaupt in den Ring stieg, und das war ganz allein seine Schuld.

34

Noch immer im Mantel und mit ihrer Reisetasche in der Hand ging Sophie durch die kühlen, stillen Zimmer ihres Hauses und wirkte wie ein Hotelgast.

Ihr fiel ein, wie Dan und sie das Haus sechs Monate vor ihrer Hochzeit zum ersten Mal besichtigt hatten. Sie hatten sich in dem Moment in das Haus verliebt, als sie das erste Mal über die Schwelle traten. Es war nicht das größte oder schickste, aber sie konnten daraus das perfekte Nest für sie beide – oder irgendwann für drei – machen. Dan hatte den Immobilienmakler angelächelt.

Die Arbeitsplatte aus schwarzem Marmor in der Küche fühlte sich kühl unter ihren Fingern an. Sie hatte ihr bescheidenes Budget überstiegen, aber Dan hatte das Konto überzogen, weil Sophie es sich so sehr gewünscht hatte.

Sie blieb im Wohnzimmer stehen, um das Bild von ihrem Hochzeitstag zu betrachten. Es war nicht das beste Foto von Sophie, aber sie hatte ihm einen Ehrenplatz gegeben, weil Dan ein Lächeln purer Freude auf dem Gesicht hatte. Als sie es jetzt betrachtete, sah sie dasselbe Lächeln auf einem anderen Foto vor sich, auf dem er es einer anderen Frau schenkte.

Im Schlafzimmer ließ Sophie die Tasche ans Ende des ordentlich gemachten Bettes fallen und setzte sich unsicher auf die Kante. Von allen Zimmern im Haus wirkte dieses am unheilvollsten.

Hatte Dan die Frau je mit hierher gebracht?

Hatte er mit ihr in diesem Bett geschlafen?

Bei dieser unangenehmen Vorstellung stand Sophie auf und knöpfte ihren roten Mantel auf, dann öffnete sie die Tasche. Sie musste auspacken, um Norwegen und Lucien Knight aus ihren Kleidern und aus ihren Gedanken zu verbannen.

Sie schüttelte ihr bestes Kleid aus und hielt es vor sich. Es musste in die Reinigung, um die Flecken der cremigen Panna cotta zu entfernen, die auf der schwarzen Seide zu sehen waren. Sophie legte das Kleid zusammen, und die Erinnerung an den gestrigen Abend in Luciens Esszimmer raubte ihr den Atem. War es wirklich erst vor vierundzwanzig Stunden gewesen? Es schien eine Ewigkeit her zu sein.

Als sie erneut in die Tasche griff, stießen ihre Finger gegen etwas, das sie dort nicht erwartet hatte. Sie runzelte die Stirn und schob die Kleidung zur Seite, dann schnappte sie leise nach Luft. Auf dem Boden ihrer Tasche befand sich eine schwarze Schachtel, ungefähr so groß wie ein Schuhkarton. Auf den Deckel war das allzu vertraute Knight-Inc.-Logo geprägt.

Sophie atmete scharf ein und musste sich setzen. Was war in dem Karton? Sie zog ihn heraus und balancierte ihn vorsichtig auf den Knien. Er war schwerer, als sie erwartet hatte, und sie war sich sicher, dass der Inhalt ihr nicht helfen würde, Lucien aus dem Kopf zu bekommen. Sie sollte den Karton eigentlich ganz hinten im Kleiderschrank verstecken, ohne überhaupt erst hineinzusehen. Oder noch besser, ihn gleich in den Müll werfen.

Doch sie öffnete die Schachtel.

Mit zitternden Fingern schlug sie das schwarze Seidenpapier zurück. Zuoberst lag eine edle cremefarbene Karte mit Luciens kühner schwarzer Handschrift.

Deine drei Wünsche.
9 Uhr am Montag.
Sei da.
Lucien

Sophie wusste genau, was sich unter dem Seidenpapier verbarg, holte die Gegenstände aber dennoch nacheinander heraus.

Ein Band aus schwarzer Spitze und Seide.

Die schwere silberne Eichel, die auf einmal schwerer und geschmackloser wirkte.

Den Glasdildo mit dem Polarschimmer, der unter dem schweren Londoner Himmel und Sophies Stimmung seiner Regenbogen und seines Glitzerns beraubt war.

Hier in dem ordentlichen Schlafzimmer wirkte das alles so nüchtern und gewöhnlich. Vielleicht war Lucien ein Zauberer, der sie durch seine Berührung zum Leben erweckt hatte. Als sie seufzte und sie zurück in das Seidenpapier legte, entdeckte sie noch etwas anderes in dem Karton.

Sie nahm eine kleine goldene Samtschachtel in die Hand. Dem abgenutzten Zustand des Stoffes nach zu urteilen war sie alt. Als sie die Schachtel in Händen hielt, wusste sie gleich, dass jemand den Inhalt sehr geliebt und sie häufig geöffnet haben musste.

Sie schloss die Finger um sie. Sophie hielt den warmen, festen Stoff in der Hand. Was befand sich darin und weshalb wollte Lucien, dass sie es bekam?

Sie öffnete die Finger und klappte langsam den Deckel auf. Ein gefaltetes Papier flatterte auf ihren Schoß, dann sah sie, dass in der Schachtel ein zierliches goldenes Armband lag, dessen Glieder vereinzelt mit einem kleinen runden Diamanten besetzt waren. Als sie das Band gegen das Licht hielt, glitzerte jeder Diamant wie das Polarlicht. Sophie hielt den Atem an. Es war beeindruckend, als hätte jemand zum Himmel gegriffen und winzige Stücke des glänzenden norwegischen Nachthimmels eingefangen.

Doch nicht nur die Schönheit des Armbands faszinierte sie. Sophie erkannte es wieder. Sie hatte es schon einmal gesehen.

Oder vielmehr hatte sie ein Foto gesehen, auf dem jemand es trug.

Auf dem Foto, das auf Luciens Schreibtisch stand, hatte sie es am Handgelenk seiner Mutter bemerkt.

Sophie unterdrückte die Tränen, die beim Anblick des zierlichen, wertvollen Schmuckstücks wieder fließen wollten. Die Sexspielzeuge waren zwar unerwartet gewesen, hatten sie aber eigentlich nicht überrascht.

Aber das hier ... warum? Es musste sehr kostbar für ihn sein. Sie legte das Armband vorsichtig zurück in die Schachtel und las die Notiz.

Eine andere starke und schöne Frau hat es sehr geliebt. Es soll dich immer daran erinnern, wie groß die Welt ist und dass du immer eine Wahl hast.
Denk daran, Prinzessin
Alles Liebe, L.

Immer wieder las Sophie die Worte und schüttelte sacht den Kopf. Gerade als sie geglaubt hatte, Lucien Knight durchschaut zu haben, machte er eine komplette Kehrtwende und tat etwas so schamlos Romantisches, dass sie wünschte, er wäre hier, damit sie ihm in die Augen blicken und die Wahrheit erkennen könnte.

Sie schloss das Armband um ihr Handgelenk und betrachtete die winzigen Steine, die Regenbogenfarben auf ihre Haut warfen. Und dann setzte sich Sophie und begann sich zu erinnern.

Sie erinnerte sich an den unendlichen kaleidoskopartigen Himmel, die schneebedeckten Berge und die glitzernden Fjorde.

Sie erinnerte sich an das warme Fell in ihrem Rücken und den kühlen Champagner auf ihrer Zunge. Und sie erinnerte sich an den dunklen, fein gezeichneten einsamen Wolf, der auf den schönen Schultern des Mannes kauerte, der sich die Zeit genommen hatte, ihr zu zeigen, wie groß die Welt wirklich war.

In Gedanken versunken, zuckte Sophie zusammen, als sie plötzlich unten die Haustür zuschlagen hörte. Schritte und das Geräusch eines Rollkoffers auf dem hölzernen Flurboden verkündeten Dans Rückkehr. Sie hielt den Atem an und packte rasch Luciens drei Geschenke zurück in den schwarzen Karton.

Zeit, in den Kampf zu ziehen.

In der blauen Ecke, ihr Mann – der Mann, den sie für immer hatte lieben wollen.

In der roten Ecke, ihr Geliebter – der Mann, den sie nie hatte lieben wollen.

Sophie zögerte, sie fühlte sich hilflos und allein.

Liebte sie überhaupt einen von beiden? Liebte einer von beiden sie?

»Sophie?« Dans Stimme hallte die Treppe hinauf. »Soph, bist du dort oben?«

Sie trat schnell zum Kleiderschrank und ließ den schwarzen Karton ganz hinten verschwinden, dann schloss sie leise die Tür.

»Komme sofort«, rief sie, überrascht, dass ihre Stimme ruhig und klar klang. Sie blickte ein letztes Mal auf das Armband an ihrem Handgelenk, dann öffnete sie die Schlafzimmertür und ging die Treppe hinunter.

Und in dem Augenblick schlug jemand heftig gegen die Haustür.

Sophie erstarrte auf halbem Weg nach unten, ihr Blick folgte dem vertrauten, in einen Anzug gekleideten Rücken ihres Mannes zur Tür, als dieser den Riegel zurückzog.

Flüchtig bewunderte sie, dass Dan daran gedacht hatte, einen Anzug zu tragen, obwohl sie wusste, dass er in keiner Besprechung gewesen war. *Sehr überzeugend, Dan.*

Sie wusste, wer draußen stand. Es war unvermeidlich.

Dan öffnete schwungvoll die Tür und starrte den Fremden an, der mit verschränkten Armen am Türpfosten lehnte.

»Was immer Sie verkaufen, wir brauchen nichts«, sagte er gereizt.

Der Fremde starrte ihn an und sagte nichts.

Eine Weile verging. Sophie spürte, dass Dan kurz davor war, die Tür zu schließen. Sie wusste allerdings genauso sicher, dass der Besucher das nicht zulassen würde.

Sie brach das Schweigen.

»Er will uns nichts verkaufen«, sagte Sophie leise, aber deutlich und blickte von einem zum anderen.

Dan drehte sich mit einem fragenden Blick zu ihr um. Ob sie nun bereit war oder nicht, die Kämpfer schienen bereits aus ihren Ecken zu kommen.

Sollte sie zwischen den beiden als Schiedsrichterin fungieren? Wie konnte sie das! Ihre Loyalität teilte sich auf zwischen dem Mann, mit dem sie wohl oder übel verheiratet war, und dem schönen Wikinger, der ihre Welt auf den Kopf gestellt hatte.

»Das ist Lucien.« Sie schluckte heftig.

Ring frei. Sophie hörte beinahe die Glocke.

»Das ist Lucien Knight.«